新媒体时代下的文学理论教育教学研究

代莉　徐颖　魏珂◎著

北方文艺出版社
哈尔滨

图书在版编目（CIP）数据

新媒体时代下的文学理论教育教学研究 / 代莉，徐颖，魏珂著． -- 哈尔滨：北方文艺出版社，2023.12
ISBN 978-7-5317-6083-2

Ⅰ. ①新… Ⅱ. ①代… ②徐… ③魏… Ⅲ. ①文学理论- 教学研究 Ⅳ. ① I0

中国国家版本馆 CIP 数据核字(2023) 第 237356 号

新媒体时代下的文学理论教育教学研究
XINMEITI SHIDAIXIA DE WENXUE LILUN JIAOYU JIAOXUE YANJIU

作　　者 / 代 莉 徐 颖 魏 珂	
责任编辑 / 李 萌	封面设计 / 汉唐工社
出版发行 / 北方文艺出版社	邮　　编 / 150008
	经　　销 / 新华书店
地　　址 / 哈尔滨市南岗区宣庆小区 1 号楼	网　　址 / www.bfwy.com
印　　刷 / 廊坊市瀚源印刷有限公司	开　　本 / 710mm×1000mm　1/16
字　　数 / 371 千字	印　　张 / 15.5
版　　次 / 2023 年 12 月第 1 版	印　　次 / 2024 年 4 月第 1 次印刷
书　　号 / ISBN 978-7-5317-6083-2	定　　价 / 80.00 元

前　言

新媒体时代是网络媒体高速发展的时代，是新媒体影响其他领域变革发展的时代。文学理论课程在大学教育课程中占据着重要的地位，新媒体对文学理论课教学改革的重要性也由此突显出来。由于新媒体的逐渐兴起，文学书籍阅读正在逐渐被网络文学取代，网络文学借助新媒体传播，让文学爱好者随时随地可以阅读文学和了解文学最新发展动态，呈现了一种全新的文学传播态势。在我国，许多大学生在成长过程中受到了新媒体发展的影响，无论是他们的阅读习惯还是个人喜好，都随着新媒体的发展而变化。

传统的文学教育方式更加注重教育的理论性，趣味性常常被教育工作者所忽略，文学理论课程相比其他课程逻辑性与思辨性更强，对于学生而言学习与理解的难度也更大。因此，文学理论教学要更加注重对学生综合素质的培养与当前新媒体文学传播对学生的影响。

本书结合文学理论教学现状，首先分析了新媒体环境下文学的起源、发展及属性，阐释了新媒体时代下文学及文学理论的创新发展。其次，分析了文学理论教学面临的困境及危机，并提出文学理论教学的改革路径。最后，阐述了新媒体时代下文学课程教学的改革策略，希望借此厘清新媒体与文学教学之间的关系，使文学理论课程建设向更加专业、深入和实用的方向发展。本书内容全面，结构完整，力求体现理论性、实用性、新颖性的特点，能够为我国文学教学的发展提供指导。

本书由西北师范大学代莉、武汉工程大学邮电与信息工程学院徐颖、江西水利职业学院魏珂著。具体撰写分工如下：代莉负责第一章至第三章的撰写工作，徐颖负责第七章至第九章的撰写工作，魏珂负责第四章至第六章的撰写工作。代莉负责全书的统稿工作。

本书系西北师范大学青年教师科研能力提升计划项目资助。

在本书的撰写过程中，笔者参阅和借鉴了知名学者和专家的论著、文献，从其中得到启示，在此致以衷心的感谢。由于笔者学识水平和时间所限，书中难免存在不足之处，敬请读者指正，以便进一步完善提高。

目 录

第一章 文学的起源和发展 ················· 1
    第一节 文学艺术的起源 ················· 1
    第二节 文学发展的社会动因 ················· 6
    第三节 文学发展中的继承与革新 ················· 13
    第四节 全球化语境下文学的未来 ················· 16

第二章 文学属性 ················· 21
    第一节 文学观念的嬗变 ················· 21
    第二节 文学的文化属性 ················· 25
    第三节 文学的意识属性 ················· 29
    第四节 文学的审美属性 ················· 38
    第五节 文学的语符属性 ················· 41

第三章 文学理论及应用 ················· 50
    第一节 文学理论的性质 ················· 50
    第二节 文学理论的形态和任务 ················· 55
    第三节 文学理论的发展 ················· 60
    第四节 文学理论的应用 ················· 65

第四章 新媒体时代下文学 ················· 76
    第一节 新媒体时代的文学创作 ················· 76
    第二节 新媒体时代的文学传播 ················· 81
    第三节 新媒体时代的文学传承 ················· 88
    第四节 新媒体时代的文学接受 ················· 92
    第五节 新媒体时代的文学消费 ················· 96

第五章　新媒体时代下文学理论的创新发展 …… 101
- 第一节　新媒体时代对文学发展及其文学理论的挑战 …… 101
- 第二节　新媒体时代文学理论的多维创新探索 …… 110
- 第三节　新媒体时代文论创新推动文论开放性发展 …… 115
- 第四节　对新媒体时代文学理论创新发展的理论反思 …… 121

第六章　文学理论教学基础论 …… 129
- 第一节　教学的基本理论概述 …… 129
- 第二节　教学与大学教学 …… 133
- 第三节　文学理论知识的重要源泉与主要载体 …… 144
- 第四节　文化理论的两种形态 …… 148

第七章　文学理论教学过程与方法论 …… 154
- 第一节　文学理论教学过程的本质与特征 …… 154
- 第二节　文学理论教学过程的诸要素 …… 158
- 第三节　文学理论教学过程的改革 …… 163
- 第四节　文学理论教学过程中的独语与对话 …… 169
- 第五节　文学理论教学过程中的生活化与科学化 …… 174

第八章　文学理论学习论 …… 180
- 第一节　学习理论概述 …… 180
- 第二节　理论学习的本质与特点 …… 186
- 第三节　文学理论学习的环境 …… 191
- 第四节　理论学习的形式 …… 199
- 第五节　理论学习的理想形态 …… 204

第九章　新媒体时代下文学理论教学的改革 …… 211
- 第一节　新媒体与文学类课程教学改革 …… 211
- 第二节　新媒体环境下古代文学教学的改革研究 …… 218
- 第三节　新媒体环境下当代文学教学改革研究 …… 225

参考文献 …… 239

第一章　文学的起源和发展

第一节　文学艺术的起源

任何事物都有一个发生和发展的过程，任何理论也都有它的历史和逻辑的起点。对于文学的起源也需要从发生学的角度加以研究，从文学的萌芽状态去探讨它、把握它，用历史的观点去认识它。

一、研究文学艺术起源的主要途径

一是借助考古学。19世纪末以来，随着史前艺术遗迹的不断发现及史前文物的大量出土，为艺术起源研究提供了可靠的资料和佐证。1879年，西班牙一个名叫马塞利诺·特·索特乌拉（Marcelino de Sautuol）的工程师在采集化石标本时，无意中发现了保存大量原始绘画的阿尔塔米拉洞穴。据考古学家研究，这是距今一万年以上的旧石器时代晚期的作品。此后，世界各地相继发现许许多多的原始艺术遗址。这些原始艺术遗址的发现，为研究文学艺术的起源提供了最直接、最有力的证据。

二是借助文化人类学。世界著名人类学家D.霍姆斯（D.Hommes）和瓦纳·帕里斯（Varanaria Paris）认为，人类学是研究从史前时代到当代人类的体质和文化发展的一门学问，它关系到文学、音乐和舞蹈，以及价值观念和哲学体系等问题。在史前艺术遗迹大多已经消失的情况下，对现代残存的原始部落进行人类学研究，可以为我们探索艺术的起源提供重要的参照。

三是借助儿童艺术心理学的研究。原始人的心理和思维与儿童有许多相似之处。法国学者列维·布留尔（Leviacae Bulil）在《原始思维》中指出："与社会的儿童和成年人的思维比较，'野蛮人'的智力更像儿童的智力。"瑞士著名心理学家皮亚杰（Piaget）在20世纪20年代出版的《儿童对世界观的看法》中，对儿童心理与原始人心理进行了许多相似的比较分析。但是当今的儿童与远古的原始人所处的时代和社会条件有很大差别，因而这种途径只能在对文学起源的探讨中起间接的辅助作用。

二、文学艺术起源于以劳动为中心的人类生存活动

对于这个问题，我们可以从以下三个方面来认识。

（一）文学艺术的起源与人类生产活动的关系

一是原始人的生产活动为文学艺术的产生创造了物质前提。人类通过生产活动一方面满足了基本生存需要，在劳动过程中把前肢变成双手，另一方面学会了使用和制造工具。由于大脑逐渐发达，表达意识、情感的语言随之产生，欣赏音乐的耳朵、感觉形式美的眼睛等各种感觉器官也都在劳动中逐渐形成和完善。没有劳动，就没有文学艺术产生的生理条件与心理基础。

二是原始艺术与劳动生活关系密切，两者经常交织在一起。原始艺术是作为劳动的一个组成部分伴随着劳动产生的。人的觉察节奏和欣赏节奏的能力，使原始社会的生产者在自己劳动的过程中乐意按照一定的拍子，并且在生产动作上以均匀的唱的声音和挂在身上的各种东西发出有节奏的响声。这就是最早的音乐节奏的来源。这种节奏对于诗歌的产生同样具有重要意义。原始人为了辅助劳动、协调运作、提高效率、减轻疲劳，自然而然学会按一定劳动节奏发出一种劳动呼声。这种类似劳动号子的劳动呼声，就是诗歌产生的重要渊源。而我国最古老的诗歌——《弹歌》所吟唱的内容，"断竹，续竹；飞土，逐宍"，实际上就是描写原始人劳动的场面。人类在艺术考察中还发现了一种有趣的现象：在狩猎部落的绘画、雕刻、舞蹈题材中，没有植物，只有人和动物。这说明，原始艺术是有着一定的功利目的的。狩猎民族的生产方式，决定了他们所记录下的无非是他们狩猎的劳动生活。只有当人类进入农耕时期之后，才逐渐产生了有关耕作和植物的文学艺术作品。这表明，原始艺术的内容与当时的劳动生活、生产对象紧密相关。

（二）文学艺术的起源与原始思维的联系

原始思维的特殊性是艺术产生的主要心理基础。原始思维具有如下三个特征。

其一，原始思维是一种表象性思维，具有非常鲜明的形象性特征。原始初

民还不善于对事物进行概括、归纳，抽象思维尚不发达。例如，澳大利亚某些土著中没有树、鱼、鸟等属名，但却有关于树、鱼、鸟的专门用语，如鲷鱼、鲈鱼等，区别很清楚。他们不能抽象地表现硬、软、热、冷、圆、长、短等事物的特性，只能用石头、大腿、月亮等物来替代，而且说话总要伴以手势，力图用动作把他们想要用声音表达出来的东西传到对方的眼睛中去。

其二，原始思维是一种我向性思维。原始初民真诚地把各种事物、现象都想象成有生命的东西，这反映了原始人是将幻想当作事实来感受，把世界纳入人本位的主观图式的，其思维具有我向性特点。

其三，原始思维是一种原逻辑思维，它是逻辑思维的源头，同时又是非逻辑、非理性的。在原始人思维的集体表象中，客体、存在物、现象能够以我们不可思议的方式存在，同时是它们自身，又是其他什么东西。它们也以差不多同样不可思议的方式发出和接受那些在它们之外被感觉的，继续留在它们里面的神秘力量、能力、性质、作用。它们完全不顾逻辑及其基本规律，从而呈现为具象世界、超现实的意象和画面，以及变形的人物和非理性的情节等。

以上这些特点表明，原始思维是一种不自觉的艺术思维，本质上是形象的幻想式的思维。人类学关于原始思维的研究，为我们进入原始艺术的精神天地打开了一道大门。可以肯定地说，在人类审美意识的发生与原始文学艺术的创造中，原始思维起了十分关键的作用。

（三）文学艺术起源与人类审美意识

审美功能成为人类产品的主要功能，乃是自觉的艺术创造的标志。审美意识的自觉，使人类产生了对于文学艺术作品的审美需求，也使人类从"前艺术"进入自觉艺术创造的时代。

什么是美？迄今仍是美学家争论不休的问题，但美的事物能够引起人们的愉悦感却是公认的。美不是抽象的概念，而是形象的体现，也为许多美学家所认同。笔者比较赞成艺术美源于现实又超越现实，并反映物与人产生有益关系的观点。我国古人论美，伍举说："夫美也者，上下、内外、大小、远近皆无害焉，故曰美。"《国语·楚语上》所谓"无害"，也就是有益，从而更符合人的理想和愿望。毒蛇猛兽危害人，古人便不以为美。老虎被关进笼中或成为画像，于人无害，人们才会感到美。这由人与物的关系产生变化所致。艺术品之所以会成为无价之宝，是因为它已超越现实，也超越实用价值，能给人们提供感到有益的审美愉悦感受。

　　人类并非生下来就能够识别事物的美与不美。人类对于美的感觉是在历史实践中逐步积累和形成的。人是具有思想情感和创造力的动物。笔者认为，人的本质力量的对象化，指的就是人类在历史的实践过程中，因与客观的对象发生关系，包括因自己能动性、创造性和思想感情倾向，按照自己的愿望和理想，不同程度地认识和改造了对象，从而使对象成为人的对象，并丰富了人对自己和对事物的感觉与认知。从美的领域来说，人类因对自然美的感知，并在自己情感倾向和理想愿望支配下创造了超越自然的艺术美。感知和创造，又进一步培养和丰富了人对于美的感觉和需求。艺术美由于体现了人的能动性、创造性和思想感情倾向，因而区别于自然美，往往显得更高、更强烈、更有集中性、更典型、更理想，因此就更具有普遍性，从而也更增添了观赏者的美感，并促进人们审美意识和需求的发展。按照马克思的论述，人要想产生美的感觉，还得有自己的主观条件，否则就难以辨识事物的美与不美。比如，对于文学来说，固然因为先有文学作品，才培养了人对文学美的感觉。对于一个从来不曾接触文学的人，他自然不可能产生这方面的感觉；而一个人如果没有美的感知能力，没有语言和文字的识别能力，他当然也无从识别文学的美。客体的美与主体的感知是辩证地相互促进的。人类最初的艺术品的创造往往不是自觉的，而是在感到美后才进一步自觉起来的，从而产生对于美的需求和创造。

　　对于美的感知，是人类区别于动物的一大精神特征和精神需求，其中蕴含对于真与善的追求。真是比较于被再现的客体而言，善是比较于对主体的有益而言，美感则产生于主客体的一定关系中，即客体对主体无害、有益，或更符合主体理想和愿望的关系中。然而真、善不等于美。美总是通过形象含有真、善的内涵。故而，艺术不仅是情、意、象相统一的产物，也是真、善、美相统一的产物。对于美的追求，是人类一切艺术品创造的内在动力，也是人类之所以要创造艺术品的精神需求。如果没有这种动力和需求，艺术就难以产生和发展。尽管一切艺术都要经过人的体力或脑力劳动所创造，但如果只有劳动，而没有对于美的追求，艺术就难以产生。

三、文学艺术起源是主客体多种因素综合作用的结果

各门艺术的起源都是主客体多种历史因素综合作用的结果，其起源并非单个原因所能够完全解释。但劳动无疑起着非常重要的作用，完全否定劳动的作用是不对的。因为，第一，没有劳动的发展，便不会产生区别于动物的人和人的手、脑、语言的发展。第二，一切艺术都是人的体力劳动和脑力劳动的成果。艺术品不会存在和产生于自然界，一切艺术品都是人的劳动创造物。在这一意义上，说艺术起源于劳动，并非没有道理。但艺术又离不开产生它的社会生活源泉。正是特定时代的社会生活及其需求成为艺术产生的土壤，成为激起和呼唤艺术表现的主要对象，并构成艺术产生的客观起因。而人类主体技能和创造力，以及审美意识的萌生和表达思想情感需求的发展，使人的本质力量对象化，并能够按照"美的规律"去建造，是一切艺术创造的主体内在动力。正是人类美感的发展和审美意识的成长，才促使人类去追求源于现实又高于现实的各种艺术的创造。

总之，艺术门类众多，起源有早有晚，它们的起源往往是历史综合条件所产生的结果，不是单一的原因就可以充分说明的。仅仅说它们是劳动的产物或人的创造物，等于什么也没有说。因为劳动的产物或人的创造物太多了，单取"劳动说"并不能说明劳动产品中艺术与非艺术的区别，也无法充分解释不同艺术门类的真正起源。艺术的起源不仅与劳动有关，还与当时人们的审美意识与需求的萌生和发展，与人们需要表现自己的一定生活和思想情感、理想愿望存在着密切的关系。文学艺术作为主客体统一的产物，也是人类审美意识和需求交互作用的产物。审美意识与需求赋予人作为艺术创造主体以内在动力，人在劳动创造中发展的有关技能则赋予人创造艺术的实际可能，只有在主体动力、技能与客体源泉相结合，审美意识和审美需求交互作用的条件下，人类才可能创造出超越实用价值、产生审美功用的产品，各种原始艺术才得以产生和发展。

第二节 文学发展的社会动因

一、社会历史变化对文学发展的影响

文学发展总是伴随着社会历史的变化而变化发展的。随着人类历史的不断演变,文学的性质、内容与形式也必然会发生变化,这是不以人的意志为转移的客观规律。

我国古代一些文论家早就注意到了文学发展和社会发展的关系。刘勰在《文心雕龙·时序》中根据他对先秦至宋齐文学演变的考察,提出"歌谣文理,与世推移""文变染乎世情,兴废系乎时序"的观点。韩愈通过对先秦作家、作品的研究,指出"周之衰,孔子之徒鸣之","秦之兴,李斯鸣之","楚,大国也,其亡也以屈原鸣"。李贽在为《水浒传》写序时,更是把司马迁的"发愤著书"说和文学的时代性结合起来。他说:"《水浒传》者,发愤之所作也。盖自宋室不竞,冠履倒施,大贤处下,不肖处上。"故"水浒出焉"。

对于文学发展变化的原因,学术界有种种不同的看法。影响较大的主要有个人决定论、理念决定论和自然条件决定论。个人决定论,就是把文学的发展看作偶然孤立的事件,归结为少数天才个人随意创造的结果。理念决定论认为,决定文学发展的因素是理念,即绝对精神。其认为艺术的各个阶段和类型,不过是理念这个统一体的各种特殊表现而已。理念决定论的代表人物是哲学家黑格尔(Hegel),他把美定义为"理念的感性显现",由此出发,他认为艺术发展的不同阶段是由理念显现的不同程度决定的。当感性的物质表现形式压倒理念精神的内容时,为象征艺术阶段;当精神的内容与物质形式达到高度的平衡或统一时,为古典主义艺术阶段;当精神内容压倒物质形式时,则为浪漫主义艺术阶段。黑格尔把艺术看作辩证运动的过程,并从内容与形式、精神与物质的关系中区分艺术的发展阶段和类型,确实具有一定的合理性和启发意义。

我们认为,无论是从理论上来看,还是从文学发展的实际来考察,文学都是随着社会生活的发展而发展的。在理论上,我们可以从以下三个方面来理解。

其一，从文学在整个社会结构中的位置及其关系来看，在社会结构的经济基础和上层建筑两大部分中，文学属于上层建筑中的社会意识形态之一，处于由经济基础、上层建筑（如法律）、政治制度及其他各种意识形态等各个大小系统组成的网络之中，是整个社会结构系统中的一个组成部分，所以文学不是游离于社会之外的孤立偶然的现象，整个社会的变化和发展影响它的变化和发展。

其二，从社会存在与社会意识的根本关系来看，社会存在决定社会意识，社会存在的变化和发展不可能不引起作为社会意识形态之一的文学的变化和发展。

其三，从文学反映生活的基本属性来看，文学是作家对社会生活能动反映的产物。没有作家大脑的加工改造，就不可能有文学的产生，而作家是社会生活中的一分子，他本身就是一个社会角色。社会时代的变化和发展必然会引起作家思想情感的变化和发展，也必然会致使文学的变化和发展。

从文学发展的实际来看，文学的内容和形式是随着社会生活的变迁而发展变化的。社会生活制约着文学表现的内容。例如，文学史上任何一种新的文学主题的出现，都可以从它产生的时代中找到促使它出现的原因。如我国从汉末到魏晋时期突然出现了一大批具有很强的主体意识的诗作。它们有的表现出对个体生命的珍视与对美好爱情的向往（如古诗十九首）；有的表现出用个人奋斗去创造历史的豪情与自信（如曹操的诗作）；有的表现出对世俗名利的蔑视与对个性自由的追求（如阮籍等人的诗作）。在中国文学史上，这是一个具有现代意义的文学观念觉醒的时期，对以后中国文学的发展产生了巨大的影响。这种文学创作上的质的飞跃，与当时文人主体意识的觉醒、哲学思想的活跃及传统价值观念受到怀疑与冲击等有直接联系。另外，李白诗歌的大气磅礴得益于盛唐社会的繁荣及人们由此产生的强烈的自信心态；明代以话本小说与戏剧为代表的市民文学艺术的蓬勃发展，是当时城市工商业发展及市民阶层兴起的结果；而"五四"时期辉煌的文学创作实绩，则与中国社会由传统向现代转型时各种思潮的激烈交锋与碰撞有直接的关系。

社会生活的变化发展引起文学内容的变化发展，但要想反映新的内容，就必须有与之相适应的新形式。在文学史上，文学形式在社会生活变化发展的推动下，经历了一个由少到多、由简到繁、由初步到成熟的发展过程。例如，中国诗歌的发展就充分表现了这一过程。在文学艺术诞生的初期，诗、乐、舞是三位一体的。与原始社会人类集体性劳作和单一、简单的社会生活相适应，诗歌的语言形式也多以四言为主，其结构简单、节奏明快、语助词较多且多重叠反复。随着社会生活的日益丰富，艺术的体裁形式也逐步由单一变为多样，诗歌也由四言发展到汉魏的五言，再到唐代的七言。"五四"时期白话文、自由诗体兴起，也是由于旧体诗的形式已不足以反映新的生活和思想情感的缘故。

在讨论社会生活的发展与文学形式的关系问题时，有两种倾向应当避免。一种是20世纪西方形式主义和结构主义文学理论，完全否定文学的发展同社会生活的联系，希望在对文学的封闭式研究中寻找文学形式演变的原因。另一种是庸俗社会学文学研究，认为文学的发展与社会的发展产生直接的对应关系。实际上，社会生活对文学形式的影响必须通过审美意识这一中间环节，而审美意识的变化是潜移默化的，并不与社会生活的变化同步进行，各种文学形式具有无可置疑的连续性。片面强调问题的一个方面而忽视另一个方面，是错误的。

二、经济对文学发展的影响

马克思主义文学理论家从物质资料的生产方式及与之相应的社会经济制度着眼来揭示文学艺术产生和发展的原因。马克思把整个社会比喻为一座建筑物，他把由一定的生产力所决定并反映着生产力发展水平的生产关系的总和所构成的经济制度，看作制约种种社会现象的基础；而把一个社会的政治、法律制度，以及与这些制度相适应的政治、法律观点和道德、哲学、文学艺术等社会意识形态看作整个社会的上层建筑，它们建立在经济基础上，并归根结底由经济基础所决定。

经济基础对文学发展的影响主要表现在以下三个方面。

首先，经济发展导致物质生产和精神生产的分工，对文学艺术的发展产生了深刻的影响。在原始社会，由于生产力极为低下，必须人人劳动才能维持人类的生存。那时，还不可能有脱离生产劳动而专门从事文学艺术创作的人。劳动者就是艺术创造者。文学生产的全民性特征，也必然使其发展受到社会实践的制约，反映着原始人共同的生活，表现他们共同的认识、情感和幻想，不带阶级色彩。随后私有制的出现导致社会分裂与国家的诞生，相应地出现了不同经济基础之上的不同性质的文学艺术。物质生产和精神生产的分工对文学的影响具体表现在两个方面。第一，它极大促进了艺术的独立发展和繁荣。由于物质生产与精神生产的分工，社会上出现了专门从事文学艺术创造的艺术家。他们逐渐摆脱了劳动等生存实践活动对艺术的直接规定和制约，使艺术生产成了独立的部门。由于分工，艺术天才完全集中到个别人身上，出现了艺术才能特别突出的文学艺术家，他们专心致志地从事艺术的研究和创作，从而促进了艺术的发展和繁荣。第二，社会分工使广大劳动群众的艺术天才和文学艺术家的艺术才能受到某种限制。由于分工，劳动者要承担繁重的体力劳动，丧失了受教育、掌握文化的机会，因此他们的个性和才能的发展受到了限制。

其次，经济基础决定文学的社会属性及其变化发展。任何时代的文学都不是凭空产生的，它是对一定社会生活的反映。社会生活不是抽象的，而是具体的，它的属性和特点是由社会的经济基础决定的。由于不同社会形态的经济基础不同，社会发展的每一个历史阶段都具有不同的社会生活内容。文学要想对此做出反应，也就必然要具有不同的社会属性。比如，原始社会的文学艺术主要表现的是人与自然的斗争，不表现阶级性，这是由原始社会的经济基础所决定的。

最后，经济为文学的发展创造了社会条件和物质基础。如话本、章回小说、杂剧等新的文学形式之所以出现和兴盛于中国古代社会的中后期，与当时商品经济的发展，手工业、运输业、商业的发达，以及城市经济的繁荣密切相关。这一经济状况造就了一个前所未有的广大的市民社会，为多个文学形式的存在和发展创造了相应的文化环境和读者群。

由此可见，经济对文学的影响深刻，它是文学发展的最后决定因素。

但是，物质生产与艺术生产之间往往会出现发展不平衡现象。关于艺术，大家知道，它的一定的繁盛时期绝不是同社会的一般发展成比例的，因而也绝不是同仿佛是社会组织的骨骼的物质基础的一般发展成比例的。这里有以下两种情况。一是"在艺术本身的领域内"，不同艺术种类和样式的发展有不平衡现象。二是文学艺术的发展与社会物质生产发展不是成比例的。这里也有两种情况：从纵向来看，社会发展的低级阶段，在生产力发展水平较低的情况下也可能出现文学艺术的繁荣；从横向来看，经济落后的国家的文学艺术的繁荣也可能超过经济发达的国家。

艺术生产与物质生产之间出现不平衡现象，其根本原因在于文学是一种特殊的社会意识形态，它与哲学等同属于"观念的上层建筑"，是"更高地悬浮于空中的思想领域"。它们与经济基础的联系，不像政治、法律那样直接。文学在同物质生产劳动分离后，它的发展便具有自己的相对独立性，而且经济基础并不是文学发展的唯一决定因素。政治、法律、哲学、文学、艺术等的发展是以经济发展为基础的，但是它们又相互影响并对经济基础产生影响。并不是只有经济状况才是原因，才是积极的，而其余一切都不过是消极的结果。这是在归根结底不断为自己开辟道路的经济必然性基础上的互相作用。

另外，经济对文学发展的作用往往不是直接的。作为"更高的即更远离物质经济基础的意识形态"的文学，它与经济基础的关系不是直接的，而是间接的，其中要经过一些"中间环节"，即政治、法律制度及其他社会意识形态等，否则就不能解释复杂的文学现象。艺术同经济基础发生联系只是间接的。因此，在探讨艺术的时候必须考虑到中间的环节。文学的发展变化也并非随着经济基础的发展变化而立即发生。一般来说，当经济基础变更后，上层建筑中的政治、法律制度等会随之迅速发生变化。但与之相比，文学的变化则要缓慢得多。这一方面是因为一种意识形态一经形成便具有相对独立性和稳定性；另一方面是因为文学与经济基础的关系不像政治、法律制度那样直接，它远离经济基础，其变化也相对缓慢。因此，当旧的经济基础消失后，与之相适应的文学并不会马上消失，还可能继续发生并在相当长的时期内存在。因而，在新的经济基础上的旧文学的清理和新文学的建设都是一项长期而艰巨、复杂的任务。

三、其他意识形态对文学发展的影响

文学除了受社会条件和经济基础的制约，还受政治、哲学、道德等意识形态的影响。

政治对文学的影响。文学与政治同属于上层建筑范畴，但它们与经济基础的关系不是等距离的。政治是上层建筑领域中最活跃的因素，起着主导作用。文学与政治相比，是更高地悬浮于经济基础之上的社会意识形态，它与经济的关系不是直接的，有时要经过政治这一中介才能对经济发生作用。文学与政治在上层建筑领域中地位和作用的不同，决定了政治对文学的影响。第一，政治作为政权机构，要求文学与它保持一致，与它有所配合，组成一个与之相应的文化管理系统。如果文学与之发生对抗，它会运用自己的权力予以改造，使之弱化。因而，开明的政策，会促进文学的繁荣和发展；保守的政策，将导致文学的衰落与凋零。这样的例证，在中外文学史上不胜枚举。第二，政治作为一种社会理想和思潮，必将在文学作品中得到广泛的反映。如陶渊明、李白、杜甫、白居易、柳宗元、

欧阳修、王安石、苏轼、李清照、辛弃疾、文天祥等人的诗词，无不关怀着国家、民族的命运，充溢着博大的爱和追求理想的忧思。第三，不少作家本人就是政治家、思想家，他们的政治理想和观点直接影响其文学创作。

哲学对文学的影响。文学与哲学在思维方式和表达方式上各不相同：哲学着重阐明世界和人的处境及人生的意义；文学则重在感受世界、领悟人生。但是，人从哪里来，又到哪里去，往往成了哲学和文学共同探索的主题。因此，哲学与文学始终保持一种深刻的内在联系，并且哲学往往是文学的基础。当一种哲学成为一种社会思潮时，它将影响一定时期文学的面貌，使作家的思想和创作方法被某种世界观所支配。而且哲学思潮的相互消长往往左右着文学的发展，影响文学发展的面貌。

道德对文学的影响。道德主要用于调节人与人之间的关系，是人们在共同的社会生活中所遵循的行为规范。随着社会生活的发展，道德不断突破狭小的个人关系而深入发展到整个社会背景之上，涵盖一切社会关系。历史上每一次革命的胜利都引起了道德上和精神上的巨大高涨。它促使以描写人为中心、以社会生活为表现对象的文学作品，在塑造形象、表达审美理想、评价社会生活的时候，把人物的行为和情感放到道德的天平上，使得各个时代的道德观念深入文学中，成为文学中一种根深蒂固的现象。

四、社会心理对文学发展的影响

文学的发展必然受制于社会生活的方方面面，除了以上各种因素对文学产生影响，社会心理对文学发展的影响也是明显而持久的。

社会心理是社会群体在相互交往中形成的不定型的、自发的、共同的社会意识，是在特定情境中形成的人们的社会性知觉、情绪、愿望、需要、兴趣、时尚等的总和，具有原始性、群体性、易变性和无意识性的特征。马克思主义认为，上层建筑包括社会意识形态和社会心理两个层次，"在生存的社会条件上，耸立着由各种不同情感、幻想、思想方式和世界观构成的整个上层建筑"。情感、幻想即社会心理，它具体表现在大众中广泛流行的情绪、心态、情趣、习惯、爱好等方面。它和意识形态比起来，对文学发展的影响更为直接。所有的意识形态都有一个共同的根源：这个时代的心理。艺术最直接地受社会人的心理的制约和决定。各种社会意识形态对文学艺术产生影响，作品的哲理、伦理内涵和政治倾向反作用于社会意识形态，都要通过社会心理这个中介。社会心理对文学艺术的影响具体表现在以下方面。

（一）社会心理影响着创作主体

作家和所有的人一样，都生活于社会关系中，在其现实性上也是社会关系的总和。他们作为社会成员中最敏感的一部分，对已形成的社会心理感受最为深刻，所做出的反应也最为迅速。当社会心理适应了作家的文化心理结构时，就内化为作家的一种概括化、言语化、简缩化的"情结"，并深深地影响他们的创作。

（二）社会心理影响着文学的艺术形式

文学艺术从严格的意义上说是社会心理的反映。作家对社会心理的感受，就是获取创作题材的途径。也就是说，社会心理中蕴含着丰富的创作素材。作为题材的社会心理一旦被作家掌握，他们就产生创作的冲动，这时他们感受到的社会心理就会急切地吁求某种艺术形式，催促作品的诞生。

（三）社会心理影响着艺术趣味

群体艺术趣味是指社会某一时期、某一阶级的艺术趣味。社会心理总是这样或那样地制约着群体的趣味。但是，随着时代和社会心理的变化，这种沉重的艺术虽然可以在历史上占一席之地，却不再成为大家的群体趣味了。同时，群体趣味也可以培育社会心理，它们之间的关系是相互的。

（四）社会心理影响着文学思潮

在文学史上，文学思潮不断出现。每一次文学思潮的兴衰都会在文学史上留下深深的痕迹，标志着文学的发展又揭开了新的一页。这里的原因是多方面的，但与一定历史时期社会心理的关系尤为密切。比如，浪漫主义文学思潮的出现就与当时人们的审美理想、审美趣味及其背后的社会心理密切相关。在经过了文艺复兴以后约三个世纪的科学发展和最初的工业化及资本的发展后，人们发现科学和工业化也不是一切都好，最初的科学是原子论、机械论，科学把宇宙和世界都看成机器——可以拆卸，也可以安装。一切都可以是碎片，有的哲学家甚至宣称人也是机器。自然的有机整体性失去了；同时，那时的工业化也是原始的，原本洁净的乡村变成了被污染得乱糟糟的城市，生活的宁静失去了。原本以为人征服自然是有意义的，但这时人们对此产生了怀疑。在工业化过程中建立起来的复杂的社会关系给人类带来许多问题。因此，人们就产生了一种要梳理近代文明的心理，要从大自然和人类社会中寻找意义和美的心理。正是在这样一种社会心理的支配下，人们的审美理想、审美趣味也发生了变化。过去人们觉得能逼真地模仿自然和社会就是最高形式的美，现在不同了，人们觉得人自身感情的流露才是美的。这就出现了由再现论到表现论的转化，浪漫主义文学思潮便得以诞生和流行起来。

第三节　文学发展中的继承与革新

继承与革新，是文学发展的内在规律。文学发展的历史，也就是既继承民族优秀文学传统，又革新创造的历史，文学的价值和意义正是在这一历史过程中逐步得到实现。

一、文学发展中的历史继承性

所谓文学发展的历史继承性，是指任何时代的文学发展都是以以往的文学遗产为基础的，必然受到已形成的文学惯例和传统的影响，始终处于与以往文学传统的历史联系之中。文学发展中的历史继承性，是文学发展中客观存在的必然规律，是文学自律性的重要表现之一。

文学的发展之所以具有历史继承性，是因为以下三点。

第一，历史的继承性是社会事物发展的最一般的规律。人们自己创造自己的历史，但是他们并不是随心所欲地创造，并不是在他们自己选定的条件下创造，而是在直接碰到的、既定的、从过去承继下来的条件下创造。文学的发展也必然遵循事物发展的这一普遍规律。任何一个时代的文学都必然受到传统文化、文学的影响。

第二，文学发展的历史继承性是由文学意识形态的特殊性所决定的。每一个时代的哲学作为分工的一个特定的领域，都具有由它的先驱传给它，而它便由此出发的特定的思想资料作为前提。文学作为反映社会生活的特殊形式，与经济基础的联系不是直接的，而是间接的，它是一种"更高地悬浮于空中"的意识形态。因此，文学不像政治、法律制度那样随着一定社会的经济基础消亡而马上消亡。而它以审美的方式反映社会生活的特殊性，又使它不像哲学那样只能作为思想资料供后人研究。文学作为一种特殊的社会意识形态，不仅有认识和教育作用，而且有审美价值。作为一种美的存在形态，它必然为后世人们所欣赏。其永久的艺术魅力、审美价值和创造经验，必然为后世人们所瞻仰、揣摩、借鉴。因而，文学的发展是无法摆脱历史流传下来的文学遗产的影响和作用的。

第三，文学发展的历史继承性为文学发展的实际所充分证明。这不但表现在思想内容上，而且表现在艺术形式和理论探讨上。明代前后七子提出了"文必秦汉，诗必盛唐"的口号，认为秦汉之文和盛唐之诗是诗文的最高典范，诗文创作的基本法则都包含在这些经典的诗文中，后世文人写作应该遵循这些古法。他们的目的在于通过学习古代最优秀的作家、作品以改变明代文坛沉闷的气氛，是借古人法式来表现现实内容，为现实服务。这种做法虽然有着复古主义倾向，受到公安派的批评，但是从文学发展的实际状况来看，他们的观点也有一定的合理性。每一个时代的文学，都要从过去时代的文学中接受思想上或艺术上的影响。这从我国历史上一些有较深刻思想意义和社会影响的事件，常常成为历代文学家喜爱的题材而常写常新的文学现象中可得到证明。

二、继承文学遗产的原则

对于文学遗产，包括民族文学传统和外来文化，我们应该做到以下两点。

第一，坚持"古为今用"，对文学遗产采取分析与批判的态度。一切文学遗产都是对特定历史时期社会生活的反映，为特定的社会经济基础所决定并为之服务的。它与变化了的经济基础和发展了的社会，必然有矛盾或不相适应的一面。即使是在历史上具有人民性或有进步意义的文学，也不一定适应新的历史时代文学发展的实际需要。因此，要根据现代文学发展的需要来选择和继承，这也就是所谓的"古为今用"。我们选择继承的必须是对我们今天文学的发展有用、有益的那部分文学遗产。这就需要我们在清理文学遗产时，在认识文学作品的人民性和其进步意义的基础上，进一步分析研究它在今天的现实意义和文学价值。不加分析与批判地全盘接受一种文学传统或全盘否定一种文学传统，对于文学的发展都是有害的。

第二，对于文学遗产，我们在批判的时候不应当求全责备，而应当用历史的眼光去看待它们，给它们一个比较客观的评价。优秀的文学遗产也有它自己的特点，有它自己赖以产生的特定社会条件和文化背景。完全抛开文学传统产生的历史条件去对它进行评价，往往会得出看似有理、实则虚妄的结论。历史地看待文学遗产，将使我们对文学遗产的吸收与借鉴更具建设性和科学性。

文学发展中的继承性是由文学活动自身的规律决定的，文学发展中的革新与创造同样由文学活动自身的规律所决定。只有通过革新与创造，文学才能有所进步和发展，这是文学发展自律性的又一个方面。文学的发展之所以离不开革新与创造，是因为以下三点。

一是革新与创造是一切事物发展的普遍规律，文学的发展必然要遵循这一普遍规律。任何事物的发展都是一个不断运动的过程，只有在继承的基础上，通过革新创造，一个时代的文学才能具有不同于以往时代文学的独特性，才能与时俱进、发展进步。

二是文学的革新与创造是由社会生活的发展变化决定的。文学的对象是处于不断运动变化中的社会生活。新的时代的社会生活必然要求有与之相适应的新文学来反映，并为之服务，这就要求作家敢于突破旧文学的束缚，敢于革新和创造。

三是人们审美意识的发展变化也要求文学不断革新创造。文学是为读者服务的，而读者的审美意识是随着社会生活的变化而变化的。要想不断满足读者变化的审美需要，就必须革新和创造，否则就会丧失读者，丧失文学的社会功能，自然也就谈不上文学的发展了。文学作为美的一种存在形态，必须有独特的审美价值以满足读者的审美需要，而独特审美价值的获得就在于革新和创造。许多作家就是通过革新和创造才使自己的作品具有了独特之处，给读者以极大的审美享受的。

三、文学的艺术革新

随着经济的改革，人民物质生活水平的不断提高，社会生活从政治化向世俗化的转变，人们不断增长的审美需求，拓宽了作家的思维空间和艺术视野，促使文学以审美情趣、审美理想为原则，不断进行艺术探索和艺术革新，以满足不同层次的人们审美的需要。

一是随着国际文化交流的发展，现代世界的各种思潮蜂拥而至，冲击着国人固有的思维方式，开阔了人们的艺术视野，为人们借鉴、吸收、研究西方文学成功的艺术经验及进行艺术变革提供了机会。

现代主义文学创作以全新的艺术实践冲破了当代文学封闭的格局，推动了当代文学的发展。现代主义文学的艺术精神，最引人注目的是对个体生命体验的尊重，是对当代国人的思想情绪的写真。这种艺术观念的变革，扩大了文学表现的范围和功能，促进了艺术思维方式的嬗变。这种文学的创作不再仅仅是对客观现实的经验世界的摹写和再现，而是着重于对人的丰富、复杂的主观世界的发掘。把人物的意识流动、内心的情感体验、不同的心理感受，以至于幽深隐秘的潜意识世界，都纳入了文学表现的范围，这将有利于揭示人的内在心理机制，加深人类对自我的认识。

二是艺术变革还体现在对中国传统的艺术精神的继承上。当文学开始尊重自身的审美属性，并把审美属性作为自己责无旁贷的本质追求时，就会出现一大批审美趣味、艺术风格迥异的作品，如贾平凹的《商州三录》、吴若增的《翡翠烟嘴》、阿城的《棋王》等作品，以及江河的《太阳和他的反光》、杨炼的《诺日朗》等东方文化诗。这些作品不仅体现出迥异于前的审美趣味，而且也蕴含着民族传统文化的情致和艺术精神，可以说，这是民族传统的审美意识在当代的复苏。

第四节　全球化语境下文学的未来

一、各民族文学的借鉴与融合

各民族文学之间的相互借鉴、影响与融合，是中外文学发展史上的客观事实，也是文学发展的内部规律之一。一个民族的文学艺术总要吸收其他民族文学艺术的营养才能有所创造，有所前进。一般来说，一个民族的文学艺术在吸取外来文学艺术营养时要经历以下过程：第一步，把外来文学艺术原封不动地"拿来"；第二步，鉴别外来文学艺术的精华与糟粕，吸取精华，摒弃糟粕；第三步，把外来文学艺术与本民族的文学艺术有机结合起来，从而创造出新的文学艺术作品。

各民族文学相互影响的发展趋势是文学的一般共性与民族特色的有机融合。在各民族文学艺术相互影响的发展过程中，文学的内容与形式、风格与流派、创作方法与艺术思潮，会逐渐形成一些共性。随着各民族文学相互影响的日渐频繁，这种趋势还会发展和加强。文学发展的共性会不会磨灭各民族文学的特色呢？当然不会，因为各民族社会生活的特色是永恒的，因而各民族文学的特色也是永恒的。有人企图否认各民族文学艺术的特色，把某一民族的文学艺术说成一切民族文学艺术的唯一形式，那只是一种主观妄想，而不是客观规律。

各民族文学从来就是相互借鉴和相互融合的，这是世界文学共同的发展规律。诚然，文学的相互影响是非常复杂的现象，我们在借鉴外来文学传统时，要本着"洋为中用"的原则，大胆吸取外来文学的精华，为繁荣我们的社会主义文学事业服务。同时，我们也要积极参与世界文学艺术的交往和交流，为西方作家提供借鉴，也使我们的文学在一个更为广阔的世界文学背景下有新的发展。

二、全球化语境下文学的未来概述

全球化是席卷世界的一股汹涌浪潮，也是一种世界化的意识形态。"全球化"现象呈现三种可能：一是"全球化"可能早已开始，它与启蒙历史同步；二是其出现时间可能稍晚，与现代化、资本主义的发展相伴而来；三是"全球化"是一种新现象，是在后工业化、后现代化，以及资本主义的解体与冲突中产生的。全球化在社会生活的三个领域得以呈现：一是经济领域，进行的是生产、交换、分配和消费；二是政治领域，涉及权力的集中和运动、权威的构造与外交政策的实施；三是文化领域，关系到意义、嗜好、趣味、价值观等象征符号的生产交换和表达。

全球化是在人类社会生产力极大发展的基础上，随着国际交往和世界市场的扩大而出现的世界社会运动的自然历史过程。广为流行的全球化概念着重描述的正是这样一个历史过程，在这个过程中，各种社会因素和关系在空间上不断扩展，人的行为方式、思想观念及社会力量的作用表现出洲际（或区域之间）的特点。具体而言，就是空间上的"世界压缩"和地域联结。人们好像是生活在一个空间越来越狭小、联系越来越紧密的"地球村"。新的技术革命，特别是大众电子媒体和互联网的普及，全球新闻直播、电子邮件、信息高速公路等仿佛已经消融了国家和文化的疆界，使原来的空间和地点概念失去了实在感。现代媒体还引发了非物质的流动、价值观念的交流变异和政治文化的网络化、透明化。

全球化时代的来临，对以语言、地域为界定标准的民族文学构成了挑战，中国文学被放置在一个更加开放的多元文化语境下。作为意识形态和文化的渗透，全球化对中国文学的影响是不可低估的。大众文学的兴起、网络文学的产生与发展、叙事文学经典向影视的改编和复制，标志着我们的文学有了新的生长域。

（一）文学永远不会消亡

经济和文化的全球化使大众消费文化成为一种时尚和潮流，文化生存模式和文化运作方式由此发生了根本性的变化。在视觉文化和商业文化的洪流中，传统文学长期以来形成的中心地位和权威身份已被颠覆，整个文学界普遍出现一种生存危机，尤其是那些纯文学的写作，由于迅速地边缘化而弥漫着浓郁的悲观情绪，以致文学正在走向终结与消亡的观点一度甚嚣尘上。

我国著名文学理论家童庆炳先生针对这种观点发表了截然相反的看法，对文学的未来充满了信心。他认为："文学虽然有这样或那样的改变，但文学不会消失，因为文学的存在不决定于媒体的改变，而决定于人类的情感生活是否消失。如果我们相信人类和人类情感不会消失的话，那么作为人类情感的表现形式的文学也是不会消失的。"童庆炳先生的结论是建立在对文学本性理解的基础上的。作为语言艺术的文学以表现人类的真实情感为神圣使命，这就使它具有了特定的人文本性和人文价值，具有提升人类精神境界的功能。人类社会在任何时代都需要精神升华，后现代社会中信仰崩溃的现实，使精神的救赎和心灵的引领显得尤为重要。文学对人类情感的表现使它具有独特的精神抚慰优势，可以在一定程度上帮助我们超越这种精神迷失，通过深刻的内心体验开掘存在的诗意，使失去家园的人类精神在新的信念的召唤下，在灵与肉的主体性升华中重获救赎。因此，只要人类还存在情感生活，文学便具有永远存在的理由。

（二）走向图像化、消闲化的文学

既然文学不会消亡，那么未来的文学将会是怎样的呢？这是近年来文学界、理论界关注的一个焦点问题。据专家预测，未来的文学将走向图像化和消闲娱乐化。

文学将走向图像化。全球化使现代社会成了一个图像社会。我们现在的文化运作方式和文化生活形态主要是由图像的呈现和观看构成的，这与一个世纪以来图像符码和图像信息在文化生活中的大量涌现分不开。大体言之，包围我们的图像有两大部分：一为视像部分，包括摄影、摄像、电影、电视、网络及由真实影像拍摄而成的各种广告等；二是图画部分，即由人绘制的各种图像，主要包括动漫、卡通制品、电子游戏等。它们共同构成了当下的图像文化和视觉文化。

在图像文化的围困下，文学与图像的冲突和结缘是很自然的事情，这不仅表现为对文学的排斥与放逐，而且也表现为迫使文学本身走向图像化。文学的图像化表现之一是电影、电视文学的大量生产和复制。这种现象本来自有电影以来就有了，所有的文学经典几乎都有过影视改编的经历，作家有的已成为影视剧本的职业写手，这一切无可厚非。但变化最大的是，文学写作本身已失去自主性。例如，当一个小说家拿起笔写作的时候，他首先要思考如何使他的作品能符合影视改编的要求，也许这是商业逻辑在起作用，但这个商业逻辑是建立在视像文化基础上的。文学图像化的另一个表现是读图文学的兴盛。一方面，几乎所有的文学名著都已经"图说"化，如新华出版社出版了《鲁迅小说全编绘图本》；另一方面，摄影文学、电视散文，特别是卡通读物广泛涌现。

文学的图像化现象改变了过去文学的教化、训导功能，使文学成为娱乐、消闲的方式。娱乐、消闲的文学正代表着未来文学的又一走向。在全球化时代，随着文化消费的不断推进，大众化的通俗文学悄然勃兴，呈现出越来越大的受众市场。人们在紧张、单调、枯燥的劳动之余，看一个电视剧，或读一读有图文学作品，更多的是为了消除精神疲劳，获得一种轻松和感性愉悦，当然也包括获取一些有用的信息。娱乐、消闲本来就是文学的基本特性之一。它在今天得以彰显，成为一种时尚文化消费的基本功能，是与这个图像充斥、消费文化兴盛的时代潮流分不开的。可以想象，未来的文学是娱乐、消闲性很强的文学。随着我国双休日的推行，"五一"、"十一"、春节长假和职务休假的实施，人们的闲暇时间增多，因而观看电视、网上聊天、阅读通俗文学作品等自然成为一种人生方式。当然，突出文学的娱乐、消闲作用，并不排斥"寓教于乐"，读者或观众在观看图像文学之时获得一种阅读快感之后，也会使思想得到启迪，性情得到陶冶。值得思考的是，如何满足读者的需求，写出和出版一些让读者得到娱乐和休闲的好作品，是作者和出版商急需解决的问题。

（三）全球化与本土化融合的文学

一个不容置疑的事实是，未来的文学必将受到世界经济一体化、科技一体化和审美现代性的影响。首先，随着全球经济、文化一体化进程的深化，信息、通信、交通、计算机、卫星、网络等技术快速发展，世界各国间的距离日渐缩小，经济和文化间的联系大大加强，文明的共性日渐超越各民族文化的个性，成为全球意识的重要体现。在这种条件下，文学的相互交融、并存、互补将成为未来文学发展的必然格局。

其次，全球化使得社会意识制度不再以强加的方式来决定文学的生产和消费。作家在文学创作过程中除了参与一些时尚写作，更注重个人生存和生活体验的抒写，由社会化写作向个人化写作转变。读者的阅读习惯开始更新，传统的个人化书本阅读让位于视像、听媒和网上阅读。写作的个人化和阅读的机读化突显了文学的消费性、娱乐性功能。

最后，也是最突出的现象，即作家在写作时注意考虑自己作为"地球村"的一员来进行创作，因而他们的创作思想、表达方式、写作技巧都与传统有很大不同。如先锋作家在文学全球化方面做出了大量有意义的探索。先锋作家勇敢地冲破种种传统规范，大胆运用世界流行的后现代表现方式，追求更为自由、更为世人所接受的审美空间。因而，他们的努力有了某种"世界"性和前卫色彩。但是，他们在追求世界性的同时却忽略了本土化：过分注重形式，放逐情节，玩弄辞藻，没有深度，致使他们的小说苍白、平面而空洞，因而失去了读者。先锋小说的衰落告诉我们：文学的全球化还必须与本土化结合。

近年来，思想界、文学界掀起了一场有意义的讨论：全球化与本土化。在讨论中取得的一个共识就是全球化与本土化两者要融合。本土化是根本，异质文学只能在被过滤、被改造的情况下融入。文学不能搞西方中心主义，当然也不能搞本土中心主义。未来的文学既不是对西方欧美原创后现代主义的全盘接受，也不是对东方中国本土文学传统的全盘继承，而是在立足于双方汇通基础上的重新站立，从中寻找新的文学增长点。作家在经过一段时间的思考和摸索之后，经过对西方后现代大师的模仿和自己实验，最终实现汉语文学后现代话语的自觉建构。这种话语建构方式，便是全球化与本土化的融合与汇通。可以预见，未来的文学是全球化与本土化相融合的文学，这将在当下和未来的文学实践中得到充分的证明。

第二章 文学属性

第一节 文学观念的嬗变

在人类早期的文献记载中，文学还没有形成独立的观念，无论在中国还是在西方，最初形成的文学观念都相当宽泛。在中国早期的文字材料中，"文学"一词主要指文献或文章之学。如孔子在谈论门下弟子特长时曾说："文学：子游，子夏。"（《论语·先进篇》）再如《墨子·天志（中）》中："故子墨子之有天之意也，上将以度天下之王公大人为刑政也，下将以量天下之万民为文学、出言谈也。"《荀子·大略》中："人之于文学也，犹玉之于琢磨也。"《汉书·纪·武帝纪》提到，"选豪俊，讲文学"。这些典籍中的"文学"指的就是包括典章制度在内的文献知识或文章之学。可见这种泛指的"文学"观念在国学研究中具有相当久远的影响。在西方，"文学"的原初含义来自"字母"或"学识"，这一点与中国古代差不多，文学有"文献资料""文字著作"的含义。

这种把文学几乎等同于语言文化的认识，体现了文、史、哲尚未分离时期人们对文学及其性质的理解，这也正是对文学自身尚未成熟，还没有形成独立品格的历史事实的反映。这种宽泛的文学观在今天也仍然有它的意义：文学的界域在不断变化，广义的文学观有助于人们在更为广阔的文化背景下了解文学的发生和演变过程，也有助于更为全面地理解文学的丰富内涵和基本属性。

随着社会历史的发展，在对文学观念的探讨中，逐步出现了比此前更为集中、明确的文学概念表述，形成了狭义的相对"纯化"的文学观念。在狭义文学观念的形成过程中，人们对文学的理解也因为着眼于不同的关系、采取不同的角度而有所不同。美国现代学者艾布拉姆斯（Abrams）认为，有四类文学观念对人们理解文学产生了深远的影响。这四类文学观念即模仿说（再现说）、表现说、实用说和客观说。

在这四类文学观念中，强调"世界"与"作品"关系的模仿说（再现说）是最为古老，同时也是影响最为深远的一种认识文学的方式。模仿说的文学观对后世产生了深远的影响，认为文学是对现实的反映的观点在西方文学理论中长期处于统治地位，后来出现的以"再现"来解释文学与生活的关系，把文学比喻为再现生活的"镜子"，以及现实主义文学思潮的发生和发展等，都源于艺术模仿现实的文学观。

此外，还有中国古代的"感物说"。在文学活动刚刚开始时，中国文论就有"男女有所怨恨，相从而歌。饥者歌其食，劳者歌其事"的说法，把诗歌创作解释为对生活感受的抒发，由此形成了对中国文学发展有着深远影响的"感物说"的文学观。这种文学观强调文学是感受万物的表达。例如：刘勰用"春秋代序，阴阳惨舒，物色之动，心亦摇焉"来解释文学的发生。陆机认为文学是"遵四时以叹逝，瞻万物而思纷。悲落叶于劲秋，喜柔条于芳春"的产物。他们都强调大自然的变化引起人们的种种感受，文学便是对这类感受的抒发。五代大画家荆浩在《笔法记》一书中说："画者，画也，度物象而取真。"这里的"物象"就是客观外物，"度物象而取真"就是通过对外物的观察进行模仿。清代思想家叶燮也说"文章者，所以表天地万物之情状也"，认为文章是对天地万物情状的表达。这些观点也都强调了文学艺术与社会生活之间的关系。当然，应该指出的是，古代中国是一个诗歌大国，"再现"的文学观念并不占主导地位。

表现说的文学观在文学四要素中强调作品与作家的关系，认为作品是作家情感的自然流露。中国古代的"言志"说和"缘情"说与表现说相类似，《尚书·舜典》提到"诗言志"，《诗大序》提到"诗者，志之所之也，在心为志，发言为诗。情动于中而形于言"，都强调了文学对主体情志的表现。陆机在《文赋》中明确提出"诗缘情而绮靡"的文学观。"诗缘情"的认识不仅注意到了主体在文学创作中的意义，而且把情感视为文学表现的主要对象，大大推进了对文学特质的认识。这里也应该注意的是，中国古代的"言志""缘情"说只是类似于表现说，而并不等同于西方的表现说。西方的表现说强调的是对情感的自然抒发，而中国的"言志""缘情"说则要受到礼教的制约，所谓"发乎情，止乎礼义"，其情感是不能自然、随意地抒发的。

实用说是一种与模仿说一样出现很早、影响深远的文学观念。这种文学观是从功能角度来界定文学的，强调作品与读者之间的关系，认为文学是一种教化的手段。在中国古代，文学活动被纳入维护"礼义"的思想轨道，文学被视为伦理与道德教导的工具。如孔子提出："诗可以兴，可以观，可以群，可以怨。"曹丕提出文章乃"经国之大业，不朽之盛事"。这些观点强调的都是文学的实用价值，把文学视为实现教育目标的手段。

客观说的文学观念在四要素中强调作品的地位，认为作品一旦从作家笔下诞生之后，就获得了完全客观的性质和独立的"身份"，强调文本的自足性而排除文学和社会生活的关联。文学既不是社会生活的再现，也不是作家情感的流露，文学就是文学，文学仅仅是一种特殊的语言建构，或者说文学就是"艺术手法"。有学者强调文学是根据其语言、结构、技巧等形式特征而区分于政治、经济、新闻及其他艺术的。客观说将文学从外界的参照物中孤立了出来，切割了作品与作家、作品与读者之间的联系，强调从作品内部的形式构造中寻找文学本体。

文学观念的演变及多种文学观念的并存，体现了文学现象本身的复杂性与文学本体研究的复杂性。但是，文学观念毕竟是文学理论的首要问题，研究文学理论必须具备考察文学的眼光，否则就很难深入文学这一广延性很强的现象中去。我们认为，对文学观念的建构要系统地考察其属性，从而在此基础上全面地、多层次地予以定位。从系统层次来看，文学是人类的一种文化形态，文学是一种社会意识形态，文学是一种审美形态，文学是语言艺术。概括起来看，我们可以把文学定义为：文学是一种用语言反映社会生活、表达主体审美意识的文化形态。

一、文学转向

中国传统的文学观念从"兴、观、群、怨"到"诗言志"，再到之后的"文以载道"，文学的功能论始终占据着绝对的主导地位。这种文学观念主导了20世纪中期到20世纪90年代之前的文学发展。在20世纪90年代之后，大众文化的崛起，促使文学观念再次发生动摇，出现历史性的"文化转向"。

二、文学功能论

在20世纪之前的两千多年间，文学基本秉承文学功能论的观念，使得"诗言志"和"文以载道"两种文学观念处于绝对主导地位。

（一）诗言志

诗作为古典文学中最重要和最有代表性的文体，其诗学观念对整个文学观念起着决定性的作用。从倘抄至论语，从汉魏至唐宋，"诗言志"成为文学理论中一种核心观念，不论政治抱负、风俗教化之大志，抑或个人性情、人生感悟之小志，都能诉诸诗歌，文学的功能也在诗言志的核心观念中得到强化并成为一种主导的文学观念。

（二）文以载道

文以载道的文学观念经历了两千多年的发展，最终形成一种相对完备的理论体系。而在此文学发展历程中，这种文学观念始终围绕圣人之道、济世之道、伦理之道、心性之道和致用之道等展开，"文"的价值更多地体现在表现诸种"道"的功能，因而也在此基础上形成了主导文学发展及其观念的文学功能论。

三、文学论

（一）文学要素论

文学的要素具有无限扩展性，文学从实用性转向逐渐加入文学要素的过程，使其成为一个开放的世界和精神领地。这种文学观念更加契合文学的本体属性，但同时也延续了文学为时代和民族服务的文学功能论的观念。

（二）文学本体论

文学本体论是对文学的哲学本体和语言本体的探索，有利于对文学的本体属性的探究。其符号特性和语言逻辑等问题成为文学本体论的出发点。

（三）文学文化论

虽然文化研究在某种程度上只是作为一种文学研究方法出现，但是这种新的研究方法和学术转向在20世纪末期却已经开始动摇文学的根本问题，进而形成一种文学文化论的文学观念。

在中西文学观念的碰撞和融合过程中，中国文学观念经历了一个从要素论到本体论、文化论的演化过程，此过程对中国文学发展起着主导性的作用。在未来的文学发展中，必须更加重视全球化语境中中国文学和文化的对话与融合问题，从各种文学观念中汲取积极的一面并进一步完善中国的文学观念，促进中国文学的发展。

第二节 文学的文化属性

文学观念是复杂多样并不断发展的,但不论人们有多少探讨文学的方法,或者有多少对文学的不同定义,有一点却是可以肯定的,即文学既是一种复杂的人文现象和文化现象,又是独特的艺术现象和审美现象。而从其所属的大的范畴来看,它首先是一种文化现象,是一种文化形态。作为文化形态,文学既具有普遍的文化属性和文化品格,又根植于广泛的文化结构之中,与人类的文化精神、文化心理和文化人格密切相关,包含着丰富的文化内涵,具有广泛的文化意义。

一、文学是一种文化形态

说文学是一种文化形态,首先必须明白文化是什么。从语源上看,文化一词源于拉丁文"cultura"。"cultura"的含义较多,有土地耕种、动植物培育和人的精神修养等,从总体上看,指的是人的创造行为。在中国,文化的语源可追溯到《易传》:"文明以止,人文也。观乎天文,以察时变;观乎人文,以化成天下。"汉代刘向在《说苑》中直接提到"文化"的概念:"凡武之兴为不服也。文化不改,然后加诛。"可见,文化的最初含义基本上是文治教化。中国与西方关于文化一词的共同点在于,文化总是与人相关,与人的生存行为和生存境界相关。

尽管能找到关于文化一词含义的共同点,但是却很难形成一个具有共识性的文化定义。迄今为止,学界对文化的界定据统计已超过一百种,不过主要可以分为狭义和广义两种。狭义的文化特指个人的素养及其程度,包括个人受教育的程度、知识的多少、涵养的有无,甚至专指"运用文字的能力及一般知识"(《现代汉语词典》)。受到人们普遍认可的还是广义的文化概念,广义的文化定义中较有影响的有 19 世纪英国文化人类学家泰勒(Taylor)的解说:文化或文明,就其广泛的民族学意义来说,是包括知识、信仰、艺术、道德、法律、习俗和任何人作为一名社会成员而获得的能力和习惯在内的复合整体。

凡是人类所创造的一切,不论是精神方面的,还是物质方面的,都可以被称为文化。因此，可以说，文化是人类创造的物质和精神生活的总和，人类的历史就是自然的改造史和文化的创造史。作为人类精神创造的文学，也理所当然是文化的一个有机的组成部分。

按照马克思主义唯物史观的理解，人类文化总体由经济基础和上层建筑构成，在经济基础之上，耸立着由各种不同情感、幻想、思想方式和世界观构成的整个上层建筑。上层建筑作为由经济基础影响和制约的各种制度，以及情感、信念、幻想、思想方式和世界观的总和，包括政治、法律制度和社会意识形态两大层面，与政治、法律制度相比，文学和哲学、道德、艺术诸范畴都处在一种远离经济基础，更高地悬浮于空中这样一个特殊的意识形态的位置中。在这一整体文化结构中，文学以其特殊的审美性质，保持着它在文化创造方面的文化价值取向和突出的人文特质。

在整体文化结构系统中，文学作为语言艺术、人运用的语言符号系统，展现人生的意义和精神追求，尤其是人的审美理想追求。尽管文学也要描写物质文化、行为文化，甚至本真的自然，但文学在描写这些文化对象的时候，作家必然要以自己的精神世界去把握、去拥抱它们。这些事物一旦被作家写进作品中去，它们就不再是原本的物质文化或行为文化，而是已经属于观念形态或精神形态的东西，文学作为艺术世界，已经是一个符号的世界和意义的世界。因此，可以说，文学是文化系统中具有符号意义的精神文化。

二、文学活动的文化内涵

文学作为一种文化形态，它既隶属于大的文化系统，具有普遍的文化品格，又根植于文化结构之中，具有丰富的文化内涵。文学的文化内涵具体从文学活动的诸要素（作家、作品、读者）中体现出来。

首先，文学创作是一种特殊的文化创造行为，具有特殊的文化内涵。作为文学创作的主体，作家的主体性质具有突出的文化特性，任何作家都是在特殊的文化生成过程中培育起来的，其心理构成和创造行为中有突出的文化倾向。个人一生的历史，主要而言是对其社群代代相传下来的模式与标准进行适应的历史。一个人自出生落地，社会的风俗就开始塑造他的经验和行为；到了能言之时，他已经是文化的小产品；到成年能参加社会活动时，社会的习惯就是他的习惯，社会的信仰就是他的信仰，社会的盲点就是他的盲点。作家作为个体的人，其行为和价值观念的形成与发展，也必然要受到文化传统与文化环境的制约。

　　文学史的大量现象也已经证明，作家普遍的文化倾向的形成，总是处于一般的文化环境之中，文化传统、民族心理和时代精神对作家文化人格的生成具有重要的作用。处于不同文化环境中的作家，往往受着不同文化思想的影响，负载着不同的文化，甚至处于同一时期的不同流派、不同风格、不同追求的作家也负载着不同的文化。如中国现代文学巨匠沈从文，他所提供的"湘西文学世界"已成为中国现代文学中最具特色与光彩的文学景观之一。我们可以发现，在沈从文身上就汇聚了中国传统文化，特别是湘西乡土文化的种种因素，而且这种乡土文化与现代都市文化相碰撞、交汇，从而形成作为乡土作家的沈从文的独特文化个性。研究者注意到一个简单的事实：沈从文的文学乡土世界并不是在湘西构造的，而是在远离本土的现代都市（主要是在北京与上海）构造的。我们知道，湘西是中国边地，相对完整地保存了中国的乡土文化；北京自明清以来作为皇城而成为中国文化的中心，在近代却艰难而缓慢地经历了向现代都市转化的过程，传统北京文化既衰落着，又顽强地生存着，使变化中的北京依然保留着某种乡土性；而上海却是按照西方模式建立起来的现代都市，是现代中国的一个象征。湘西、北京、上海三个区域空间，几乎概括了转型期中国的主要文化形态，这些文化形态凝聚于沈从文身上，使他成了转型期中国最为优秀的文化承载者、观察者与描述者。如《边城》就是他在北京目睹了让他醉心的博大而精致的北京文化的美正在历史的变迁中逐渐消失，这同时又让他联想到他的湘西，让他醉心的淳朴而自然的美也无可避免地处于消失的过程中，从而创作出来的。这样的文化体验，使得他的乡村牧歌一方面渗入了哀歌的调子，另一方面又展现出一种"优美、健康、自然，而又不悖乎人性的人生形式"，体现了他对原始文化所留下的古朴的民情、民风、民俗的深深眷恋。

　　其次，文学作品是一种文化符号，具有丰富的文化内涵。文学作品作为文化符号，首先是由它使用的工具（语言）所决定的。文化是以使用符号为基础的现象体系，全部文化或文明都依赖于符号。正是使用符号的能力使文化得以产生，也正是对符号的使用使文化延续成为可能。没有符号就不会有文化，人也只能是一种动物，而不是人类。而在人类所有的符号类型中，语言又具有特殊的重要性。符号表达的最重要的形式是语言表达能力，语言表达意味着思想的交流；交流意味着保存，即传承；而保存意味着积累和进步。而文学是语言的艺术，语言不仅是文学作品生成的基础和条件，更是构成文学这一人类文化现象的基础。每一种语言除一般性的概念意义外，还包含着丰富的文化内涵。严格地说，每一种民族语言中的许多语词是不能对译的，如汉语中的"师"字就不是英语中的"teacher"所能对译的，"师"绝不仅仅指"教书的人"或"教师"，它至少还含有"师法""师承""师表""师长"等多重文化内涵。而像汉语中的"冰清玉洁""苍松翠柏"等词，更是含有"比德"的象征意义与诗化的情绪意味，是无法翻译的。可见，语言的词义中积淀着一个民族久远而丰富的文化历史内涵，显示着鲜明的民族文化特色，它本身就是一套发音的文化风俗系统。文学语言作为文化符号，也必然会承载丰富的文化内涵。

文学作品作为文化符号，还可从它所反映的对象中体现出来。作为一种文化载体，文学作品既包含着共时性的文化转换，又凝聚着历时性的文化积淀。

所谓共时性的文化转换，是指文学作品要受到诸如哲学、经济、政治、科学等社会文化因素的影响，它总是能显现出一个时代的文化印迹。

所谓历时性的文化积淀，是指在文学作品的表层文化征象背后，总是沉淀着某种深层的文化内核，残留着一个民族进化历程中所遗传下来的文化基因，潜藏着文化系统中最稳定、最丰富的东西。譬如在中国古代有很多"怨妇诗"，如谢朓的《玉阶怨》："夕殿下珠帘，流萤飞复息。长夜缝罗衣，思君此何极。"再如李白的《玉阶怨》："玉阶生白露，夜久侵罗袜。却下水晶帘，玲珑望秋月。"这两首诗写的都是思妇之情，谢朓的诗写漫漫长夜，妇女将对丈夫的等待和思念缝进"罗衣"里，表现了极致的思念之情。李白的诗则用一系列的意象，将妇女的思念之情含蓄而生动地传达了出来。这些怨妇诗中就隐含着相当深刻的中国传统文化内涵。

最后，文学接受是一种特殊的文化理解和文化阐释行为，具有特殊的文化属性。在文学接受中，读者总是要由对艺术形象和情感状态的解析，进入对作品所蕴含的广泛的文化含义的领悟。文学接受是一种性质特殊、含义丰富的文化沟通活动，它是把文学作品的个性化、具体化的话语形态转化为具有普遍的社会语义内容的过程，这种交流过程有利于恢复与拓展文学的历史文化维度和现实文化品格。英国伯明翰当代文化研究中心的学者将文学阅读分为"品质阅读"和"价值阅读"。所谓"品质阅读"，是指"试图尽可能完全地把握作品的肌质，表示首先注意到语言中的各种要素，如重音和非重音、重复和省略、意象和含混等，然后由此向人物、事件、情节和主题运动"。而所谓"价值阅读",则表示阅读者"试图尽可能敏锐和准确地描述出他在作品中所发现的价值"。这里所说的价值就是文化价值,发现文学所负载的文化意义,也可以说,"价值阅读"是发现文学文本的文化价值和文化内涵的阅读。

文学接受作为一种文化再生产活动,还具有文化累积和文化增值的属性。接受者往往站在自己的文化立场与文化话语体系中,不断充实、完善和建构文学作品的文化内涵,从这种意义上看,文学接受是一种无穷累积的文化再发现的过程。而随着时间的推移和后世接受活动的不断展开,某些经典文本的影响甚至会纵贯古今、横跨东西,成为本民族、本国,乃至全人类历史文化整体中的一个重要因素。而这种联系的延伸和积累,又使得经典文本的内涵被无限扩展,从而提高了文学作品的文化含量。

第三节 文学的意识属性

在社会结构的两大构成因素中,经济基础是社会生产关系的总和,上层建筑是建立在经济基础之上的政治、法律制度和社会意识形态,它们无法摆脱经济基础的内在制约,同时也反作用于经济基础。但是,上层建筑中的社会意识形态,如艺术、哲学等,比起政治和法律制度,距离经济基础要更远一些,是"更高地悬浮于空中的思想领域"。作为意识形态的文学,与丰富、复杂的社会生活之间有着特殊的关系:文学源于生活又高于生活,文学既反映社会生活,又超越社会生活。一方面,从文学自身的创作发生来说,文学是作家审美体验的外化,审美体验直接来自生活,生活是文学创作取之不尽、用之不竭的源泉。另一方面,文学对生活的反映并非机械地实录,而是渗入了强烈的主体性因素,是主体审美领悟和创作能力的直接显现,是作家对社会生活的能动反映。从这个方面来看,文学的主体性赋予了文学高于生活的可能,正是有了主体性的渗入,才带来了文学的价值倾向性,也为文学真实带来了更复杂、更深刻的内涵。

一、文学的社会意识性

从理论上来说,文学是意识活动的产物,也必然是社会生活在人脑中的反映。

人脑是思维和意识产生的器官，生活却是意识产生的源泉，意识只是客观存在的主观映象。整个唯物主义的一般原理就是，意识反映存在，存在决定意识。意识在任何时候都只能是被意识到了的存在，而人们的存在就是他们的实际生活过程。

从实践上来说，文学与生活有着千丝万缕的联系。客观生活既是文学发生的动力，也是文学反映的具体对象。中国古代的感物说形象地描述了世界万物激发主体的人生感悟，从而推动文学的发生。钟嵘《诗品序》也指出，"气之动物，物之感人，故摇荡性情，形诸舞咏"，"若乃春风春鸟，秋月秋蝉，夏云暑雨，冬月祁寒，斯四候之感诸诗者也"。然作者所感之物，除自然四时变更之外，还有广阔、复杂的人生境遇、社会矛盾。感物说表明，世界万物激发主体感受，是文学创作的根本动因。

强调主体精神的中国传统理论突出了生活对创作主体审美经验形成和创作发生的重要作用，而西方发端于古希腊的模仿说则直接阐释了社会作为文学创作素材的重要性。这两种理论正好异曲同工地证明了一点：生活是文学活动不可缺少的前提，文学源于生活；离开了生活，文学就成为无源之水、无本之木。当然，在创作中，有些作品没有表现出强烈的现实性，有些久远的历史记忆和文化原型还会以原始意象的形态复活在今天的文学中。但这并不能说明文学的源泉就是文化遗产，复活的原型意象其实具有了新的历史内容。因此，文化遗产只能是文学创作的"流"，而算不上是"源"。

文学源于生活，文学与生活具有一定程度的依存关系，这是否就意味着文学等同于生活、从属于生活，甚至低于生活呢？艺术的第一目的是再现现实，自然和生活胜过艺术，文学的价值在于文学是对生活的复制，文学远没有生活本身有意义。这种观点带有明显的机械唯物主义倾向，在强调客观生活价值的同时，忽略了文学作为一种审美精神产品的内在价值，而这种价值恰恰是生活本身所无法企及的。事实上，文学虽来源于生活，却并不是对生活的机械复制，它具有对生活本身的超越性。这个结论可以从以下两个方面找到有力的支撑。

第一，从反映角度看，文学反映生活，却突破了生活现象的零碎和表面性，深入揭示生活的内在本质。诗人的职责不在于描述已经发生的事，而在于描述可能发生的事，即根据可能或必然的原则。诗是一种比历史更富哲学性、更严肃的艺术，因为诗倾向于表现普遍性的事，而历史却倾向于记载具体事件。诗人能够按照"可能"或"必然"的原则表现"普遍性"的事，意味着文学能够穿越生活个别事件的偶然性，达到对生活本真的描写。

第二，从价值角度看，文学与生活之间还存在一种精神价值关系。价值的基本含义是"表示物对人有用或使人愉快等属性"，表示客体对于主体的需要及其发展具有意义。当主体根据自己的某种需要来确定客体的意义、评价客体的存在时，主客体之间就建立起一种价值关系。这就说明，文学除了反映生活，还有某种更高的目的和更深的意义。文学与生活之间不仅仅是反映关系，更是一种价值关系。文学不仅仅反映现实生活，更探索生活的奥秘，追寻生活的意义。文学作品都或隐或显地包含着作家对生活的理解、感悟，对人生意义的思索和理想追求，体现了主体的审美价值取向。这种价值追求赋予了文学以深远的精神内涵，能够给读者以精神的启迪和审美的享受，文学也因此成为人类的精神家园。批判现实主义之所以具有穿越时空和文化樊篱的普遍感染力，就在于其对社会人生的深入思考，对生活中丑的深刻批判，对人道主义的深情赞美，照亮了人们心灵的空间。回顾中国文学史上的屈原、李白、杜甫、苏轼、曹雪芹、鲁迅等人，他们能够被历史铭记，并不仅仅在于他们写出了生活和历史的真实，更在于他们确立了人生不同于庸常的价值和意义，树立了人类精神追求的丰碑。

通过以上的分析可以看出，文学虽然来源于生活，但确实有高于生活的一面。但无论是作家能够按照生活的"可然律"和"必然律"来反映生活本质，还是作家能够在主客体之间建立起一种超越于现实的价值关系，都说明了一个问题，即在文学活动中，主体与客体之间并不是一种机械掌握的关系，而是渗透着作家主体精神的能动反映关系。因此，主体性是文学高于生活的重要根源，也是文学艺术审美魅力的重要根源。

二、文学的主体性

在文学创作中，创作主体自身的各种因素，包括个人先天的气质类型，以及后天的人生经验、感悟、思想、情感、个性等，会深刻地影响主体对生活的把握及对艺术的创作，这就是文学的主体性。主体性的渗入，使文学所反映的生活并不是纯粹的客观现实。艺术要通过一个完整体向世界说话，但是这种完整体不是在自然中能够找到的，它是我们自身的心智的果实，或者说，是一种丰产的、神圣的精神灌注生气的结果。强调艺术家是自然的主宰，意味着艺术是一种主体精神照耀下的能动的创造，艺术家描写的生活是融入了主体体验、理解和价值判断的生活。这种生活是艺术创作主体生命体验的凝结、生气灌注的结果。

现代心理学推翻了传统心理学"刺激—反应"的简单公式，强调主体固有的心理积淀，包括知识背景、人生经验等对刺激的接纳和同化作用。个体的心理结构就像一个筛子和整合器，在接收信息的时候，它会对信息进行筛选、过滤和加工。有的信息会被过滤掉，无法在主体心中产生映象；而与主体心理结构相似或相通的信息会被主体接收，产生刺激和映象，或进一步形成心理体验，并强化自己原有的心理体验。所以，外界生活对不同主体产生的效果和意义是有很大差别的。外在刺激能否产生，产生什么样的审美体验，在于刺激与主体心理场的同化反应状况。主体在社会实践中已经形成的一切，即他的人生经验、文化修养、政治信仰、审美理想、艺术趣味、性格、爱好和内在的气质，形成了主体的内在心理结构，再加上当时的心境、情绪等，共同构成了主体的信息接收"心理场"。客观生活正是通过"心理场"转化为意识的，作家的审美意识也是主体"心理场"过滤后的产物。同一客观对象在同一时空不同主体精神的观照下，产生的是截然不同的反应，这正好体现了主体个性心理结构对意识的巨大作用。

同属于意识形态，科学以追求客观真实性为最高目的，因此要尽量去除主体情感和主观想象的干扰。主体性因素会妨碍科学的客观性，却赋予艺术以主体的生命感悟和情感，因而能够激起读者的审美体验，产生审美效应。作家身不由己地将自己的人生境遇和生命体验复活在艺术世界中，艺术形象就有了鲜活的生命。鲁迅的《伤逝》燃烧着悔恨与自责、激情与无奈，赎罪和忏悔的眼泪激荡着读者的心灵，也让读者深切地领悟到一个被现实包围的渺小生命与渴望超越的伟大灵魂之间，有着怎样难以逾越的距离。

不同生命个体具有不同的生理差别、人生境遇和情感体验，这造就了不同的主体心理结构和个体的主体性差异。个体的主体性投射到各自的艺术创作中，就形成了"各师成心，其异如面"的艺术差异性。同样是以黄河为观照和描述的对象，李白借"黄河之水天上来，奔流到海不复回"的磅礴气势，一泻千里，抒发了岁月如流在主体心中产生的"万古愁"情、忧患意识；王之涣则以"黄河远上白云间"的闲远静穆，衬托出"一片孤城万仞山"的苍凉悲壮。这里的黄河已经不是地理意义上的黄河，而是经过主体精神浸染的、渗透着主体生命感悟的黄河。同是以梅花为观照对象，以"卜算子"词牌填词，陆游用"驿外断桥边，寂寞开无主，已是黄昏独自愁，更著风和雨"的梅花意象，表达了"无意苦争春，一任群芳妒，零落成泥碾作尘，只有香如故"的情怀，突显了一个爱国诗人的悲凉情怀和高洁人格。

主体性的存在为文学的丰富性提供了可能，也使文学在观照生活、塑造艺术世界时，不可避免地具有了倾向性。文学的倾向性是指审美主体对审美客体的爱憎、褒贬、扬抑等情感态度，它是主体价值取向在艺术形象中的流露。倾向性存在于整个文学活动之中，通过文学形象显露出来，是具体历史文化积淀与个体感受、体验共同作用的结果。倾向性的内涵非常丰富，包括政治倾向、伦理倾向、哲学倾向和审美倾向等。

我们生活在阶级社会里，文学总体上会表现出一定的阶级立场和思想意识。但根据文学题材、体裁的不同，其阶级性的表现方式和程度是有差别的，或隐或显，或强或弱，甚至在一些写景和抒写亲情的作品中很少有阶级性的痕迹。如果将阶级性作为唯一的标准来衡量文学，文学就失去了自己的独立品格，文学的生命性和审美性将被抽干，文学也就成了非文学。但是，民族性作为一种文学倾向，是文学中最恒久也最明显的标志。可以说，民族性就是流淌在文学生命中的血液，就如同我们身上的皮肤，无法抹去。当然，民族性的具体表现深入在文本的每一个角落，民俗风情的描绘和人物民族性格的刻画，语言的使用和故事结构、虚实策略的选择等，都体现了特定的民族审美心理结构。

文学的伦理道德倾向也是文学魅力产生的重要前提。道德评价、道德冲突和道德理想是文学表现的重要内容。从《孔雀东南飞》《西厢记》《牡丹亭》《红楼梦》到《伤逝》《雷雨》等作品，展示了不同时代道德与情感、人伦与人性、婚姻与家庭的复杂关系。而20世纪60年代以来兴起的生态文学，表现出反思人与生态系统的关系，关注人与自然的一体性、统一性，呼吁一种与世界交流、对话和关爱相处的伦理态度。这种新的伦理指向赋予了今天的文学以更丰富、更细腻的伦理内涵，为文学的发展提供了崭新的空间。另外，主体观照世界、体悟人生的方式和具体的生命感悟、自身的人生观、思想信仰密切关联。主体的哲学倾向和可能具有的情怀都会细密、自然地渗透在文学中。

显而易见，文学作为一种精神产品，具有复杂的主体倾向性，这使文学具有一种超越现实的价值高度。

三、文学的真实性

文学的真实性是指文学立足于真实的生活,并能够反映生活的这一属性。人们一致认为,真实性是文学的生命所在。但是,文学真实是否排斥虚构,如何理解文学的真实性成为我们要面对的重要问题。文学与生活之间不是简单、机械的反映关系和摹写关系,文学来源于生活却高于生活,文学活动中始终伴随着主体性因素的参与。可见,用不加改造的生活真实,或者纯粹客观的科学真实来衡量文学的真实性都是不合理的。生活真实虽然是活生生的生活原生态,但它的存在有很多的偶然性、个别性、表象性。科学真实虽然突破了偶然性和表象性的蒙蔽,能够抵达生活内在本质,但生命体验和主体性的缺失使其失去了震撼人心灵的力量。所以,衡量文学真实性的标尺应该是艺术真实。艺术真实来源于生活真实,但又是对生活真实的提炼、概括、综合和超越。

以表现论为基础的中国文论一直将"神似"看成艺术真实的最高境界,强调艺术应该体现出事物内在的生气、精神和神韵,而"神似"的获得存在着"以形传神"和"离形得似"两种途径。晁补之认为,"画写物外形,要物形不改。诗传画外意,贵有画中态",强调"以形传神",把形似看成实现神似的基本条件。更多的人则追求艺术与生活的"不似之似"。例如:欧阳修所谓"古画画意不画形";倪瓒主张画者"不求形似",但求写"胸中逸气";苏轼干脆说"论画以形似,见与儿童邻",表现出对以"形似"论艺术的不屑。"离形得似"论强调了这一点,即艺术创作只有挣脱物质外形的束缚,才能真正传达出事物内在的神韵和意趣。

不同的艺术真实观都有自己坚实的理论立足点,并不存在孰高孰低之分。应该说,艺术真实的具体表现形态是与特定的艺术类型直接相关的。在写实型文学中,既要追求生活细节、生活场景的逼真,人物言行举止的合情合理,以及性格的丰富细腻,以给读者真切的生活感受,又要符合"可然律"和"必然律",能够反映时代的脉搏、历史发展的规律、深远的文化内涵和人复杂的心灵世界。在这类文学中,真实既与外在的观感相符,又与内在的感受相通,尤其强调艺术世界对生活的反映关系。

在表现型的艺术里,客观生活面貌的真实将不再成为衡量艺术真实的重要标尺,人生体验和情感的真实才是其追求的高度。创作主体不必拘泥于生活的常态,应该尽情展开自己想象的翅膀,调动各种艺术手段,如虚构、变形、夸张、通感，将发自肺腑的主体情感和深层的内心体验充分地表现出来。杜甫《古柏行》写"霜皮溜雨四十围，黛色参天二千尺"，用极度夸张的手法写出了古柏的高大、苍劲，意在表达主体对诸葛亮伟大人格的崇敬和仰慕。古柏的意象已经是人格化了的虚构的艺术对象，能够唤起读者心中强烈的敬仰之情。但是在地理学家沈括的眼里就"不妥"，理由是"四十围乃是径七尺，无乃太细长乎"。既是思想家又是文学家的鲁迅则深悟艺术的真谛，他明确说过，"诗歌不能凭仗了哲学和智力来认识，所以感情已经冰结的思想家，即对于诗人往往有谬误的判断和隔膜的揶揄"。确实，庸常的生活眼光、精确的科学计算和冷静的哲学分析，都会有碍于对表现型艺术诗性的感悟，唯有以诗性心灵去体会，才能在与生活表象相差甚远的艺术世界里感受到真挚、深邃且撼人心魄的审美情感。

相对于传统的现实型和表现型艺术而言，现代象征型艺术的世界构造与生活的真实具有更大的差距。意象选择、情节提炼、人物塑造、情感表达都与生活真实不符，混乱、拆解、随意拼凑和强烈的荒诞感充斥在各种艺术类型中。艺术可以像梦境一样流动，似幻似真，虚幻的是场景的非生活化，真实的是深入骨髓及无意识领域的生命感悟和欲求；艺术也可以把生活的具体性和神圣性放在一边，在抽象、无聊的生活循环中展示无意义的生存。意识流、荒诞派戏剧、表现主义等现代艺术形式用虚幻的艺术画面，暗示了生存的内在本质。在这里，真实性既超越了生活细节的真实，也超越了主体情感的真实，只把主体对生命本真的参透和领悟沉甸甸地呈现在读者的面前，让读者穿透生活本身的表象性和虚构性，穿透历史和文化对人的"异化"，抵达对本真的认识、对内在的人的认识。

显然，在不同的艺术类型中，艺术真实会以不同的具体形态呈现出来。当然，在不同的文学体裁中，真实性的表现也有很大的差别，提倡真情和真意的诗歌与提倡细密真切的小说不一样，也与集中冲突的戏剧不一样。有多少种体裁，就有多少种逼真。但无论哪一种艺术真实，都是主体精神观照下经过主体能动创造的真实，它不停留在生活真实的表面，而是抵达生活内在的不同层面和不同维度。从这个角度来看，文学源于生活又高于生活的命题具有了更有力的支撑，同时它也表明，文学作为社会意识形态，与其他意识形态具有一定的差别。

四、文学的人学特性

诚然，文学是一种以价值关系为基础，把握社会生活的社会意识形态，反映了主体与客体的精神文化关系，具有意识形态属性，但与哲学、伦理学等不一样，它不局限于关注人类生存的某一特定领域，而是以生气灌注的生命整体作为观照对象，描写特定社会关系中活生生的完整的人，以及人的性格、人的命运和人的灵魂。文学因关注心灵、跃动生命、抒写人性而具有审美感染力。文学史，就其最深刻的意义来说是一种心理学，研究人的灵魂，是灵魂的历史。从这个意义上说，文学就是人学。

　　古今中外描写优美风光、人文景观，抒写人之常情（如爱情、亲情、友情、乡土情、民族情、爱国情等）及美好品格（如善良、诚实、英勇、顽强、坚贞等）的作品，都能得到人们的普遍认可，产生一种超越时空和具体社会关系的共同美。这种共同美的产生与人类心灵中相通的美好情愫相关，我们可以称之为"人性"。人性是人类一向所共有的，无分古今，无间内外，长久的、普遍的、没有变动的。这种人性观强调了人类的群体意识和超越性。但是，人性真的是抽象的、静止的、一成不变的吗？《现代汉语词典》对"人性"的解释有两种：人所具有的正常的感情和理性；在一定的社会制度和一定的历史条件下形成的人的本性。两种解释其实没有根本性的区别，只是前者更侧重于人作为一个个体所具有的区别于动物的属性，后者更侧重于人作为社会的人所具有的社会性，突出了人性的发展性和历史具体性。二者相互依存、相互影响，形成了人性的不同表现层面。显而易见，人性与社会性既保持着一定的距离，又无法脱离社会性。如果没有距离，就会使"人性"等同于社会性；如果距离过远，则会成为抽象的人性。

　　人是最名副其实的社会动物，人的本质是一切社会关系的总和。人性作为一定社会制度和一定历史条件下形成的人的本性，与特殊的历史文化背景和具体情境密切相关，具有历史性和具体性特征。由此就出现了人性与非人性在不同历史时期、不同情境下的转换现象。有时，为国家、民族、人民舍弃自我的生命与荣辱，就是最伟大、最动人的人性，也能在文学中产生震撼人心的审美感染力。因此，人性是具体的、丰富的，其范围是广阔的，表现形态是变化不一的。如果仅仅以阶级性、人民性或者动物性来衡量人的全部生命和价值，人就失去了人固有的丰富性和生命层次性，从而被抽象为符号，或者降格为动物。因此，我们在解读文学中的人性内涵时不能一概而论，而应该以历史的、发展的眼光具体分析。

　　文学如何来表现人和丰富的人性呢？文学作为一门"人学"，它的内涵是极其丰富的，而人学的主要构成因素则是人物形象。文学通过描写人的生存、命运，以及人的性格和人的精神追求，来展示人性的伟大与细微。曹禺的话剧《雷雨》是一出关于命运、人性、生存的悲剧，纵深的历史洪流、微妙的人际关系、冲破文化樊篱的生命欲望，以及人类生存的崇高和渺小、虚弱和强劲，在这里碰撞出毁灭与生存的现实悲剧，引起读者强烈的审美感受。"人性"和"人道主义"虽然说具有历史的具体性，但毕竟不等同于人的政治阶级性，其内在的超越性是无法避免的。这就使文学要表现的人和人性具有了相当的复杂性。文学中的人应该是怎样的呢？一句话，"人学"中的人，应该是既流动着个体生命的血液，具有生命个体性，又紧握历史的脉搏，具有历史具体性，还归属于人类的群体，具有人类共通性的完整而复杂的人，是显示着人的灵魂、内心世界，人的感觉、感受、情感、情绪、思维，人的无意识，以及整个像海洋一样丰富的精神世界的瞬息万变的形态，有形、无形的运动轨迹的人。因此，侧重于生命个体性的人情、自我张扬，侧重于生存社会性的人道、悲悯，以及在"小我"与"大我"之间艰难徘徊、挣扎、超越等，都是人性，都是"人学"要表现的生动而深刻的内涵。不仅直接以人物形象为描写对象的叙事性作品能展现人性的光辉，抒情写意性作品也能在情景交融、物我同一的意境和意象营造中突显人的心灵和精神境界，具有人性美。

  不过，人性是发展的，其具体内涵应该随着时代的发展不断更新，以担当起人不断超越自我、实现自我完满生命感的神圣使命。由于人类历史对人具有双向循环功能：人在创造文明的时候确证了自己的本质力量，也就是说实现了自我；同时，人又被文明束缚，并在被异化的过程中抗拒异化而回归自然本真。因此，在过分强调个体生物性本能、欲求的环境中关注人类精神、灵魂，与在过分以社会性压制个体性的文化背景中呼吁个体生命性具有相同的意义。所以，文学应该重建人类的精神家园，再造人类的神性光环，使文学的人性重新张扬崇高的美感，回归健康、饱满的审美人生。

第四节　文学的审美属性

一、文学是一种审美意识形态

文学具有审美价值取向，并不意味着它只能表现美的对象，不能表现生命中不利于生命存在的对象——丑。中国文化一直关注美，但也并不排斥丑：诗歌中素有"老树""枯藤""病梅""瘦湖""皱水"等意象，文学批评中也有提倡"老气""古拙""寒瘦""宁拙勿巧""宁丑勿媚"的倾向。

当然，丑可以作为艺术表现的对象，并不意味着丑本身就是美。只有当审美主体能够深掘出丑的实质，并对丑产生一种否定性的评价，从而唤起人们辨识丑的能力和对美的向往与追求时，丑才具有审美意义。

因此，文学并不取决于写丑的还是美的对象，而在于主体是否从审美关系上去观照对象，以及主体的审美体验、审美理想是否具有人性的深度和审美震撼力。

二、文学的审美性特征

文学审美属性的具体内涵集中表现在形象性、情感性和虚拟性三个方面。

第一，文学具有形象性。文学与其他意识形态最明显的区别在于反映生活的具体方式上，不是用抽象的概念和严明的逻辑推理来证明，而是用生动具体的感性形式——"形象"和"图画"来展示生活的面貌，显示生活的内在本质，是形象思维的产物，具有鲜明的形象性。文学的形象性，指的是文学以生动具体的形象来显现创作主体的审美意识并反映社会生活的属性。艺术既表现人们的感情，也表现人们的思想，但是并非抽象地表现，而是用生动的形象来表现，这就是艺术最主要的特点。用生动感人的形象反映生活，是文学反映生活的特殊方式，是文学作品的外在标志，也是文学审美性的重要体现。

文学作为一种审美意识形态，是一种语言艺术，形象性不仅是其外在标志，也是其具体的存在方式。文学形象与其他的艺术形象一样，都是审美创作主体性与客观性融合的必然结果。其实，所有的意识形态都或多或少地渗入了观照者的主体精神，主体情感也是许多精神活动的重要推动力。但其他精神产品的结果都力求客观与真实，所以尽量避免情感因素的干扰。唯独艺术不同，它不仅不排斥情感，而且正是情感构成了其生命内核，使之不同于其他的意识形态，情感因素也贯穿在艺术形象之中。

第二，文学具有情感性。如果说形象性是艺术的外在标志，那么情感性则是艺术的内在标志，是文学作品与广告、新闻的根本性区别所在。从某种角度上说，文学活动就是情感的活动，情感自始至终在文学活动中起着重要作用。

从创作角度看，情感是文学创作的内驱力。"激情、热情是人强烈追求自己的对象的本质力量"，是艺术家进行艺术创作的原动力。缺乏对生活的情感体验，没有激情，就无法产生创作冲动而进入艺术创作。

从文学文本看，情感是文学形象的内核，是形象的血液、灵性和生气，是艺术的生命所在。创作主体在艺术的形象世界中融入了情感，并借以表达、释放自己的情感，以唤起读者的情感体验，使之得到情感的满足与净化。正是情感性的存在，使文学不同于"以理服人"的其他科学形态，能够"以情动人"，让读者在如痴如醉的情感共鸣中得到精神的陶冶和灵魂的升华。

总之，文学是情感的符号，是文学产生艺术感染力的内力所在。文学的情感性是衡量文学审美价值的重要标志之一。传统的现实型、浪漫型艺术都主张主体情感的巧妙渗入，即使有些现代小说主张客观化抒写，强调让作者退出文本，但是文本的叙述效果却能给读者以强烈的情感冲击，这说明了一个问题，即文学情感的表达方式和效果是因文体而异的。

应该注意的是，文学是艺术活动，文学情感并不等同于日常生活情感。人类的情感非常丰富，但基本的情感类型可以分为两种：满足个体生理官能需要的生物性情感和满足人的社会需要、精神需求的社会性情感。同时，人类的情感又表现为肯定性和否定性两个方向：肯定性情感伴随着爱、喜悦、愉快、欣慰等心理感受；否定性情感则伴随着悲、怒等心理感受。情感反应与认识有关，但又不同于强调客观性的认识活动，它与基于人的需要、态度、观念等思想意识的价值判断关系更为密切。在日常生活中，情感的产生与外在刺激相关，其表达往往借助体态、声音和行动。由于多种主客观条件的限制，日常生活情感一般具有偶然性、浅表性、功利性和不充分、不持久的特征，没有时间流传的永久性和空间流动的自由性。而文学情感是一种熔铸了审美体验的审美情感，它既保持了日常生活情感的真切性，又能超越其局限性，是经过理性沉淀的情感。而这种情感又借助独特的审美意象传达出来，展示出不同作家的独特审美感悟和审美创造力。

审美情感是经过审美体验和理性沉淀的情感。日常生活情感虽然真实感人，却难以引起美感，难以引发人们心灵的震撼。审美情感则是审美主体经过反复体验和理性沉思的情感。体验不同于经验，它是经验中让人回味并体现出意义、思想与诗意的部分，可见体验是向人的整个生命性展开的。而人的本质不是单个人所具有的抽象物，在现实性上，它是一切社会关系的总和，这就意味着，人的生命不是纯粹生物性的个体存在，而是与社会关系、文化历史关联着。因此，体验带来的审美情感必然与自然情感有一定的距离，并融入了一定的理性成分。诗是强烈情感的自然流露。它起源于在平静中回忆起来的情感，诗人深思这种情感直到一种反应使平静逐渐消逝，就有一种与诗人所沉思的情感逐渐发生，确实存在于诗人的心中。这种新发生的情感就是审美情感。它是审美主体与自然情感的刺激隔着一定时空距离，在平静中回忆、品味、深思过去情感而产生的审美体验，所以具有了一定的超越性。审美情感超越了自然情感的现实功利性和个体性，是情与思、感性与理性的融合，更是个体情感与广阔、深厚的生命感悟的融合，因此也更深广、更厚重、更炽烈。

审美情感也是具有强烈个性色彩的情感。审美情感是一种建立在反复体验和理性认识基础上的价值判断，与个体生命体验、知识阅历和对生命的理解有关，是"个体心理结构"与"民族心理结构"在特定历史背景中产生的价值判断的产物。而个体在特定历史文化背景中的情感经历、体验、感悟又各不相同，基于此，不同审美主体对同一事物、事态和现象就会产生不同的价值判断，即不同的情感态度，这就是审美情感的个性色彩。

审美情感的个性色彩由于以现实人生为对象，受包括"集体无意识"在内的深层心理结构的影响，再加上理性因素的适度参与，因而具有深刻的人生体验、丰富的人性内涵和深邃的文化哲理意蕴。强烈的个性意识突破了个体感受的局限，深入某种普遍性的情感领域，能够引起读者的普遍共鸣。也正是情感的个性色彩，为我们理解生活提供了不同的视角和参照。

第三，文学具有虚拟性。文学以文本为媒介指向人类的历史现实和心灵现实，但它本身并不是现实的历史、现实的人生和个体生命现实的心灵。它不同于科学对生活的反映，科学不允许虚构，科学结论是对客观规律实实在在的揭示，而文学却承认虚构的合法地位，文学的形象世界本身就是符号化的图像。因此，文学是一种虚构行为，文学文本是一个虚构之物。文学作为艺术提供给人类的最重要的意义并不是客观与真实，而是满足人类的想象力，拓展人类的想象疆域。人类学认为，人是"有缺陷的动物""不同角色的扮演者"等，只有想象能够实现人的"多重角色"。因此，人类的生活离不开"想象"的支撑，虚构和想象是人类的重要特征，而艺术行为将我们的想象物化为想象之物，即艺术家与读者其实是在不言自明地进行一场想象力游戏和情感交流的共谋，他们之间不约而同地达成了心灵上的默契。读者能够在欣赏时与艺术文本保持适当的距离，允许艺术家想象、虚构、夸张和变形。艺术家也并不把艺术当成生活实录、科学论文、通信协议或者私人账本，也不要求读者将艺术文本当作事实来看待。

第五节　文学的语符属性

作为一种艺术，文学与其他艺术一样，具有形象性、情感性与虚拟性等审美特性。同时，文学又是艺术中一种特殊的门类，它是用语言符号塑造艺术形象、反映对象世界、表现主体审美意识的，因此它又有别于其他艺术，具有其独有的特性。

一、文学是语言艺术

艺术是一个庞大的家族，根据不同的标准，可以把艺术分为不同的门类。比较常见的艺术分类主要有如下六种。

一是以艺术形象的感知方式为标准，把艺术分为听觉艺术、视觉艺术和想象艺术三大类。听觉艺术主要指音乐；视觉艺术主要有绘画和雕塑；想象艺术主要指文学。

二是以艺术形象的存在方式为标准，把艺术分为空间艺术、时间艺术和时空艺术三大类。空间艺术主要有绘画和雕塑；时间艺术主要有文学和音乐等；时空艺术有戏剧、舞蹈、电影电视艺术等。

三是以艺术形象的展示方式为标准，把艺术分为静态艺术、动态艺术两大类。静态艺术主要有绘画、雕塑等；动态艺术主要有文学、音乐、舞蹈和戏剧等。

四是以创作主体与生活的关系为标准,把艺术分为表现艺术和再现艺术两大类。表现艺术主要有音乐、舞蹈和抒情文学等;再现艺术主要有绘画、雕塑、戏剧和叙事文学等。

五是以艺术的社会功能为标准,把艺术分为实用艺术和美的艺术两大类。实用艺术主要有建筑艺术、工艺美术等;美的艺术主要有文学、音乐、绘画、雕塑和舞蹈等。

六是最具有普遍性的分类方式,即根据其使用材料和塑造艺术形象手段的不同,把艺术分为造型艺术、表演艺术、综合艺术和语言艺术四大类。

造型艺术是运用一定的物质材料在平面或立体的空间中塑造可视形象的艺术,主要指绘画和雕塑,此外还有摄影艺术、建筑艺术和书法艺术等。绘画用颜料、绢、布、纸等物质材料,以一定的色彩、线条和块面为手段,通过透视、光影、色彩与比例关系等,在平面即二维空间中造成视觉上的空间立体感。雕塑主要使用木、石、泥、金属等物质材料,使用占有一定空间的物质实体的体积语言,塑造可供观看和触摸的艺术形象。不同于绘画的平面造型,雕塑是立体造型,它具有三维空间的实体性,有较强的空间效果和生动逼真的感染力量。

表演艺术是通过表演者的活动来展现一定时间内的动态形象的艺术,主要指音乐和舞蹈。音乐以声音的流动、有组织的乐音构成声音形象来表达人的感情。它的表现手段是按一定规律组织起来的人的声带和器物的音响所构成的旋律、节奏、和声与配器等。音乐形象并不是固定的,而是宽泛而模糊的、不确定的。它要作用于人的听觉,然后让人产生丰富的联想和想象,形成充满情感的审美意象,从中得到美的享受。舞蹈是以经过提炼、组织和艺术加工的人体姿态运动,包括动律、手势、舞姿、造型、表情和身段等来表现情感的艺术。和音乐一样,舞蹈也是运动形象,它需要表演者有意识地把握自己的动作,使之在时间与空间中按一定的节奏延伸,创造出概括化的、动作优美的、具有较强的虚拟性与写意性的艺术形象。

综合艺术是指综合运用各种艺术手段和材料来塑造形象的艺术。它有广义和狭义之分。广义的综合艺术通常指由几种艺术成分综合而成的艺术,如综合了音乐与诗歌成分的歌曲,综合了绘画与雕塑的建筑,综合了造型与表演的时装艺术等。狭义的综合艺术通常指兼用造型、表演与语言艺术等各种艺术手段的戏剧、电影、电视艺术等。这些艺术门类综合了文学、表演、音乐、舞蹈、绘画、建筑、工艺等多种艺术手段塑造艺术形象，是剧作家、导演、演员，以及舞台美术和作曲等许多艺术家共同合作的产物，具有很强的综合性特点。在高科技迅猛发展的时代，随着电脑和互联网的日益普及，电脑创作的作品和网络多媒体艺术不断出现，这些艺术同样也可以视作综合艺术。如网络多媒体小说、超文本诗歌、电脑绘画、电脑作曲、网络电影、网络戏剧等，它们常常要综合运用语言、声音、图片、动画、摄影摄像的图像，以及电脑、网络等现代信息技术手段，共同完成艺术形象的塑造。

最后谈谈语言艺术。语言艺术是指以语言为媒体构成艺术形象的艺术，它专指文学。文学以语言的形式存在，无论是作家的创作，还是读者的欣赏，都离不开语言。作家如果未能熟练地掌握语言，就无法创作文学作品；读者如果没有一定的语言基础，也无法进行文学欣赏。所以，文学是用语言表情达意的艺术样式，那些著名的文学家往往被称为"语言大师"。

二、语言在文学活动中的地位

如果单纯从上面讲的艺术分类的角度来看，语言对文学的意义主要体现在它的传达作用上。语言是文学塑造艺术形象、传达审美意识所使用的媒体或材料，可以说，"工具性"是语言的基本属性。事实上，长期以来，人们对语言在文学中的地位的认识也主要停留在"工具论"上。

在中国古典文论中，人们对语言的本体性地位已有所体悟，如《易传·系辞传上》指出，"鼓天下之动者存乎辞"。就是说，文辞具有鼓动天地万物运动和变化的神奇力量。西汉扬雄在《扬子法言·问神卷》中指出："言，心声也。"初步认识到语言是人的内在心灵的具体存在方式。但从主流上看，中国古典文学语言观也是以工具论为主的。古代诗人在语言表达方面所下的功夫，以及文论家对诗歌修辞、文体、声律等所做的深入研究，其最终目的也都是"宗经""征圣""言志"和"载道"，语言只是手段、形式与载体。

我们认为，语言是文学的直接现实。对于语言在文学活动中的地位，可以从如下三个方面去理解。

首先，语言是文学文本的基本存在方式。文学以语言为物质材料显现在人们眼前，一部文学作品、一个文学形象，都只能以语言的形式印在纸张等物质媒体上，然后供人们阅读，离开了语言，文学就无法存在。我国古代文论将文学作品分为"言"（语言）、"象"（形象）、"意"（意义）、"道"（本质）四个层面。在这四个层面中，"言"是最基本的，语言产生形象，形象决定意义，意义包含本质。如果没有语言，作品的其他层面就无法存在，它们都必须负载在语言之上。任何文学文本，无论是诗、小说还是散文，总是以具体的语言符号系统而存在。例如，直接构成《哈姆雷特》的不是它的意义，而是它的语言符号系统。

其次，语言是文学文本创造意义的场所。从文学文本中语言与意义的关系来看，过去的文学理论也讲二者的统一，但那只是以意义为基础，以语言为外壳的统一，表现出先有意义后有语言、重意义而轻语言的偏颇。而现代文学艺术理论越来越清楚地认识到语言与意义是不可分离的。一方面，语言是意义的生长地，语言使意义得以生成，没有语言便没有意义；另一方面，意义的生长始终通过语言，如果离开了语言，意义便失去了存在的可能。

在文学创作中，并不是作家头脑里先有了意义，然后用语言使之物态化，而是文学的意义本身就是在语言中构成的。如果离开了语言，就根本不可能有意义，也更不可能有文学。

中国作家汪曾祺先生也曾经指出：语言不只是一种形式、一种手段，应该提到内容的高度来认识……语言不是外部的东西。它是和内容（思想）同时存在、不可剥离的。语言不能像橘子皮一样，可以剥下来、扔掉。世界上没有语言的思想，也没有思想的语言。往往有这样的说法：这篇小说写得不错，就是语言差一点。我认为，这种说法是不成立的。我们不能说这首曲子不错，就是旋律和节奏差了一点；这张画画得不错，就是色彩和线条差了一点。我们也不能说，这篇小说不错，就是语言差了一点。语言是小说的本体，不是附加的、可有可无的。从这个意义上说，写小说就是写语言。小说使读者受到感染，小说的魅力之所在，首先是小说的语言。小说的语言是浸透了内容与作者的思想的。我们有时看一篇小说，看了三行就看不下去了，因为语言太粗糙。语言的粗糙就是内容的粗糙。

汪曾祺先生在这里强调了语言与内容有同等重要的地位，语言与内容（思想）同时存在，相互共生而不可分离，并且更进一步提出"写小说就是写语言"的口号，主张语言是小说（文学）的本体。确实，在文学文本中，语言通过再现现实而创造和生成意义，使意义在自己的怀抱中生长。语言不仅是意义的表达工具，更是创造意义的场所。

最后，语言是构成文学文本美的首要因素。前面我们已经谈到文学的审美特性，我们知道文学与其他艺术一样，都具有审美性，都是美的精神产品。也正像旋律与节奏构成音乐美的首要因素，色彩与线条构成绘画美的首要因素一样，语言也是构成文学美的首要因素。

语言是文学文本的美得以形成的原材料或资源，通过作家对语言这一"美的资源"的悉心开发和铸造，语言本身就会在意义表达中显示出它独特的"美"来。例如，汉语的四声及由此形成的平仄和节奏等，就是汉语文学美的一个重要资源及其有机构成部分。汪曾祺也指出："声音美是语言美的很重要的因素。一个有文学修养的人，对文字训练有素的人，是会直接从字上'看'出它的声音的。中国语言因为有'调'，即'四声'，所以特别富于音乐性。"汉语独特的音乐美是构成汉语文学美的重要方面，尤其是当这种声音特色被成功地用来表达意义，从而体现"声音之道"时。比如韩愈《听颖师弹琴歌》的开头四句："昵昵儿女语，恩怨相尔汝。划然变轩昂，勇士赴敌场。"朱光潜在其《诗论》中对这四句诗声音组合上的特点有相当精辟的分析，他认为，这里的"昵昵""儿"，以及"女""语""尔汝"等，或双声，或叠韵，或双声而兼叠韵，读起来非常和谐。头两句除"相"字外，没有一字是开口呼的音，各字音都圆滑轻柔，恰能传出儿女私语的情致。后两句声韵突转，"划"字音来得斩截，韵脚也由上两句的闭口上声韵转到开口阳平声，传达出"勇士赴敌场"的豪情。可见，语言美是文学美的重要组成部分。

三、文学的语符性特征

文学是语言艺术，语言在文学活动中具有非常重要的地位。作为用语言符号塑造艺术形象、显现主体审美意识的艺术，与其他艺术相比较，文学具有其自身的特殊性。

第一，文学形象具有间接性。所有的艺术都要塑造艺术形象，但在造型艺术、表演艺术与综合艺术中，艺术形象往往直接作用于人的感觉器官，因此具有直接性。而文学作品的艺术形象是以语言为中介的，其形象不能直接作用于人的感官，因此具有间接性。语言是一种人为的符号，是人的心灵的产物，语词与其所指称的事物之间并没有直接的、必然的联系，这种指称关系只是约定俗成的，甚至是武断的。比如"人"这个词，英文用"man"来表示，但无论是"人"还是"man"，都只是一个概念，一个人造的符号，与客观存在的人之间并没有直接的联系。从"人"这个语词到真实存在的人之间，必须经过心灵的中介，有一个转化的过程。在文学活动中，作者构思中的形象必须转化为语言才能表达出来；读者接受文学形象也必须先阅读这些文字符号，在此基础上经过想象和联想，才能浮现出文本所包含的形象。因此，所谓艺术形象的间接性，就是指文学所塑造的艺术形象不直接诉诸感官，而是要经由想象和联想予以间接的表现、体味和把握。

如果说所有的艺术形象都是人类情感的符号，那么作为语言艺术的文学，其形象则是符号的符号。譬如苏轼在《念奴娇·赤壁怀古》中描绘了这样一幅艺术画面："大江东去，浪淘尽，千古风流人物。故垒西边，人道是，三国周郎赤壁。乱石穿空，惊涛拍岸，卷起千堆雪……"这种艺术形象如果用绘画表现出来，一定会是非常直观的，接受者可以用视觉直接感知。而作为诗歌形象，尽管也是非常生动的，但是由于它是用语言符号表现出来的，所以必须在读者认识这些文字符号的前提下把这些符号在大脑中"翻译"成画面，然后才能浮现出具有立体感的生动的艺术形象。要想对文学形象进行感受和重建，接受者必须具备两个基本条件：一是一定的生活阅历与审美经验。形象是感性的生活，包含着丰富的生活内容。如果阅历太浅，就不能与形象中包含的生活内容形成起码的沟通。儿童不喜欢看供成人阅读的作品，就是因为他缺乏相应的生活阅历，无法在阅读中与文学描写的生活内容达到沟通，因而无法感知形象。二是一定的文化基础，特别是语言基础。文学形象最外层的结构是语音文字，要想感知文学形象，首先就必须懂得语音文字。《红楼梦》是一部伟大的文学名著，倘若让刘姥姥这样的读者去欣赏，就无异于痴人说梦，因为刘姥姥不识字。同样，如果读者不懂英文，也就无法欣赏用英文写成的文学作品。但是，文学形象的间接性同时也带来了其他艺术形式所不可替代的特殊的艺术魅力。

艺术形象的间接性可以带来文学欣赏时巨大的想象张力，给读者以更为丰富的想象空间。如前所述，由于语言符号本身不具有具象性，以语言符号塑造的文学形象是在读者的复现与再创造中完成的，因此它能更为充分地发挥读者的想象。如欣赏绘画与雕塑作品时，尽管在欣赏中也会激发想象，但这种想象总是面对具体的实体形态而展开的。面对世界名画《蒙娜丽莎》，我们会产生丰富的想象和联想，感受其微笑的神秘莫测和意味深长，但蒙娜丽莎的身体姿态、面部表情是固定的，并不需要我们用想象去"复现"。而文学形象则不同，优秀的作家可以运用富于表现力与造型性的语言塑造出具体可感的艺术形象,使之栩栩如生、跃然纸上。并且,文学形象的这种间接性还使读者在自己的想象中消除了视觉艺术或听觉艺术所形成的时间或空间上的距离感,变得感同身受、更为真切。

第二,文学具有反映生活的灵活性和广阔性。因为文学不是直观地塑造艺术形象,而是通过语言的中介诉诸读者的想象和再创造,所以比起其他艺术,文学在反映社会生活时几乎不受时间和空间的限制,拥有反映生活的广阔性和灵活性。在各种艺术门类中,音乐能表现声音,但不能表现色彩;能表现时间的流动,但不能表现空间的跨度。绘画能表现色彩,但不能表现声音;能表现空间感,但只能表现静态的空间。它们往往受到所使用的物质材料的限制。舞蹈和戏剧等艺术门类能在一定程度上跨越时空的限制,但它们离不开表演艺术家的临场表演,受到表演本身的诸多限制,时间和空间的表现都得不到真正的自由。而文学既可以绘声绘形,又可以铺彩设色,还可以超越时空的限制,在反映生活上体现出极大的自由度和灵活性。在表现色彩方面,如"西塞山前白鹭飞,桃花流水鳜鱼肥。青箬笠,绿蓑衣,斜风细雨不须归"。短短几句诗,描绘了一幅色彩丰富、层次分明的瑰丽图景,包含白色、红色、青色与绿色等多种颜色,组成自上而下、由远及近的空间层面。在表现声音方面,如"车辚辚""马萧萧""大弦嘈嘈""小弦切切"等,把事物的声音模拟得惟妙惟肖,使人如闻其声、如临其境。文学还可以运用各种形象化的修辞手法,乃至语言的韵律来表现声音的美,如鲁彦《听潮》中的一段:"海在我们脚下沉吟着,诗人一般。那声音仿佛是朦胧的月光和玫瑰的晨雾那样温柔;又像是情人的蜜语那样芳醇;低低地,轻轻地,像微风拂过琴弦;像落花飘零在水上。"

这里用了一连串的比喻、通感、拟人等手法,把海潮的低吟声描写得声情并茂、优美动人。文学作为语言艺术,在时空表现上的灵活性还使其反映的生活面可以达到相当广阔的程度。文学在时间上既可以表现事物的静态和瞬间,又可以在时间的流动中描写事物,还可以跨越漫长的历史长河,描写几代人的生活。在空间上,它既可以展示宏观的历史画面,又可以显现微观的生活现象,还可以在空间的转换中表现对象。无论现实还是历史,不管是天上人间,还是地府仙境,都可以在文学中得到表现。特别是叙事性文学作品,常常可以从人物的行动中,从时间的推移和环境的变化中,细致地再现社会生活持续不断的演变和发展,运用多种方式来展示广阔而复杂的社会生活,再现一定时期的社会风貌和历史发展趋势。如《静静的顿河》《百年孤独》《红楼梦》《三国演义》《白鹿原》《尘埃落定》等长篇小说，所反映的生活容量和幅度都很大，在时空转换上体现了极大的灵活性和自由度。《百年孤独》描写了一个家族七代人的创业、兴盛和衰亡史；《三国演义》展示了整个三国时期90余年广阔的社会生活；《红楼梦》塑造的有名有姓的人物就有700多个，其所反映的生活内容无比丰富。文学在反映生活上的这种灵活性和广阔性是其他任何一种艺术形式都无法比拟的。

第三，文学具有表达思想情感的细腻深刻性。语言是传达思想感情的物质外壳，拥有直接传情达意的机缘，能够明确而深刻地表达思想。这一点也是文学作为语言艺术的一个突出特点，是其他艺术所不能企及的。音乐可以用节奏与韵律表达思想情感，譬如可以用凄切而低沉的调子表现苦难，用明快而高亢的调子表现愉悦等。绘画也可以用色彩与构图表达思想情感，塑造可视的艺术形象，让人从其艺术形象中受到情感的震撼与思想的启迪。

因为语言艺术既可以运用语言构造灵魂的肖像，营构寄寓思想的符号体系，又可以对描写的内容进行分析评论（当然文学讲究思想表达的隐晦）。鲁迅的《故乡》在塑造闰土形象，展示闰土由活泼可爱转变为木讷、贫困的命运遭际以后，进一步说明造成闰土不幸命运的社会原因。在作品结尾处，作者以叙述人的身份发表感慨："我想：希望是本无所谓有，无所谓无的。这正如地上的路：其实地上本没有路，走的人多了，也便成了路。"这就使作品具有了相当深刻的思想性。可见，文学对人类思想的表现既可以保持感性的生动和细腻，又可以直接发挥语言作为概念的功能，表现理性化的思想。尽管后一种方式只能作为形象表现的补充极为有限地使用，但也极大丰富了文学对思想感情的表现力，使文学成为一种思想性最强、理性色彩最浓的艺术。

另外，在对人类思想感情的表现方面，文学尤其在表现人物内心世界上具有很强的优越性。其他艺术也可以表现人物的内心世界，但它们对人物内心世界的表现是有限的。由于受所使用材料和艺术手段的限制，音乐只能靠音响、旋律、节奏来抒发内心的感情，绘画只能用人物的外部特征，如服饰、外貌、瞬间定型的动作、表情等来表现人物的心理。法国雕塑家罗丹（Roddan）的雕塑作品《思想者》表现的是主人公内心的痛苦、沉思和所蕴含的巨大力量，但在表现方式上却只能通过一个手撑着头、眼睛凝视着前方的强壮有力的男子蹲着的造型来暗示，至于这个男子想的是什么，甚至他是否在想，雕塑本身则无法直接展现出来。语言艺术则不同，它可以直接作用于人的心灵，用触及灵魂的笔触直达人的内心世界。它适于发掘、描写人各种各样的极其丰富多彩、复杂微妙的内心活动，引导读者走进人物的心灵，把握那隐秘的意识和潜意识流程。用文学表现人的内心世界的方法多种多样。例如：可以通过环境、景物来衬托人物心理；可以通过人物的言行和外在神态表现其内心世界；可以用梦境、幻觉来表现人物的主观愿望和潜在意识；可以通过意识流等手法，让读者直接看到人物意识流动的过程；还可以直接通过内心独白，揭示人物复杂、矛盾的心理状态。

文学作为语言的艺术，由于能够更为巧妙地塑造艺术形象，更为灵活自如地反映社会生活，更为深刻地表现人的思想感情和审美意识，因而成为一种非常重要的艺术样式。当然，各类艺术的特点也不是绝对的，更不是互相对立、互相排斥的，它们既有相互区别的一面，也有相互吸收的一面。比如，文学在保持自己特点的同时，也大量吸收、借鉴了绘画的视觉性、音乐的节奏感、电影的蒙太奇手法等。只是这种吸收与借鉴不是为了淡化文学自己的特点，而是为了更好地丰富与发展文学自己的表现手法和表现内容。

第三章　文学理论及应用

第一节　文学理论的性质

文学理论是一种对文学活动及其规律和相关知识进行理性论说和理论阐释的学问，也是一门对文学现象进行审美价值研究和理论建构的学科。作为文学理论的研究对象，文学现象是人文性的文化现象，文学活动是塑造人的心灵的一种情感化、形象化的文化活动，这两个方面都体现出人文精神的特点。因此，文学理论总是着力于对人自身的文化阅读心理机制、文学审美需求和诗性的情感生活进行透视、揭示和阐释。文学理论、文学批评和文学史，是文艺学的分支学科中直接面向文学问题的最基本的学科。通过这三个分支学科之于文学研究的关联和区别，去把握文学理论的学科形态和学科品格，可以获得对文学研究的本源性认识。

一、文学研究的学科形态

在文化发展的古典时期，即19世纪以前，基于研究领域、研究方法、研究任务的突显，区别于哲学、历史学等其他学科，文学研究的学科形态已趋于独立，但是理论内部的学科之间仍处于形态交叠而边界不清晰、理论发展而学科不独立、话语繁缛而体系不健全的状态。随着20世纪社会科学研究中学科发展的现代化、自律化趋势，理论形态的区分越来越成为学科研究的重要内容。在这种现代学科分类中，研究文学的学科被称为"文学学"，并进行相应的学科划分。借鉴国外的研究成果，我国学术界把研究文学及其他艺术的学科统称为文艺学。依循这种惯例，国内学界也把文学理论、文学史和文学批评三个文学研究的门类，称为文艺学的三个分支学科。[①] 基于这一学科归属，文学理论研究的一项重要内容就是立足于鲜活而丰富的文化现象，实现认识文学的文化本性、把握文学的人文内涵、

---

① 童庆炳. 文学理论教程（修订2版）[M]. 3版. 北京：高等教育出版社，2004.

呈示文学内在规律的理论目标，最终可以使文学研究拥有独立性、体系化的知识基础、研究方法和理论场域。文学理论、文学史和文学批评都以文学为研究对象，都要求把历史的、现实的文学观念、审美体验与文本的文化逻辑结合起来进行研究，在共同的研究领域组成相对一致的学科群落。其中，文学史重在对一定时间限度内的文学现象进行研究，文学批评不断地审度新的文学现象和文学经验，文学理论则是依据文化研究的法则对文学的普遍现象进行系统的、整体的研究。

文学理论。文学理论作为文艺学的分支学科，其理论话语建构的基点是概括古今中外文学现象的普遍规律和文学活动的基本原理。文学理论立足于文学的一般现象，立足于文本阅读的现场体验，来阐发文学概念。但是，文学理论研究的文本阅读重在选择典型的文学事实，作为其推理论说的范例，作为配合理论概括的具体说明，其理论指归是文学的一般特点和普遍规律。文学理论家综合运用由此及彼、由表及里、去粗取精、去伪存真的方法，从浩瀚的人类文化现象中找出反复出现的文学规律，对其做逻辑研究，总结出文学活动的基本原理。

文学批评。文学批评作为文艺学的分支学科，其理论话语建构的基点是评价新文学现象。批评家对作家的艺术探索予以理性分析和评价，采用一定的途径、方式和手段提出新的文学观念，及时揭示它们所包含的文化含蕴、审美价值和时代精神。文学批评的理论着力点在于创新文学批评的观念和革新文学批评的方法，以此经历长时期的批评积淀而产生其学科自身关于文学文体、文学创作、文学结构、文学功能等方面的批评话语，也为日常文化所实践，总结出文学活动所遵循的道路和规范的惯例，从而形成一种关于文学研究的理论样式。这类研究，在国内，如南朝的钟嵘在《诗品》中，通过对一百二十二位诗人的具体评析，提出"古今胜语，多非补假，皆由直寻"的文学观念，推动着中国古代文学批评的话语实践。由于文学活动是一种纷繁复杂的具体化的文化现象，文学批评多着力以文本意识去审度文学的新现象，阐释文学观念，归纳出自身学科发展所依赖的思想和概念，同时也为文学理论和文学史的理论建构提供了鲜活而丰富的理论素材。

文学史。文学史作为文艺学的分支学科，其理论话语建构的基点是发掘具有历史规律性的文学现象。文学史家注重研究文学发展的历史过程和规律，揭示或重新阐述某个时期文学现象的内容和形式、思潮和流派所产生、发展的谱系，揭示文学与特定时代的哲学、艺术、道德、政治、经济等社会文化的关系，揭示特定时代的作家、作品的历史地位和作用，揭示不同地域、民族之间的文学交流与文化影响的关系。区别于文学批评的是，文学史的理论建构所面对的是具有"历史性"的文学现象，揭示它们在一定时段所受意识形态和审美文化制约的特点，以及受读者价值判断而产生的历史走向。虽然文学史研究因采用史学方法往往受到历史客观性的制约，呈现总体稳定的状态，但是文学史的理论建构也因其对作家、作品和读者形成的交叉关系的文化认知和价值发掘的发展而总是处于动态前进之中。区别于文学理论的是，文学史的理论对象是特定时段的客观实在，而作家的文学写作与文学成就在文学理论的普遍原理的概括中，有可能在概念预设下的非对称情况，因此文学史家的文学研究并不仅仅凭借文学理论的宏观概念和原理，也不完全采信文学批评的微观成果，而是立足于特定时代的文化现象，从具体的文学阅读体验出发，判断文学活动的创意之处及其创造性成就。在我国当代的文学研究中，关于中国古代文学史的著作层出不穷，正体现了文学史研究的上述开放性特点。

二、文学理论的多元品格

不同于其他两种文学研究的理论形态，文学理论是对文学的性质、特征、发展规律和社会作用进行一般阐释和宏观概括的学问，其研究所得的原理和原则为文学解释提供理论依据、思维方法。对于文学理论的学科建构而言，既要从宏观上发掘其理论形态在文化场阈的特殊性，又要从文学审美价值的具体阐释中构建其人文话语的底基。宏观构建的理论维度，使文学理论获得科学发展的逻辑话语体系；微观运行的审美场阈，对文学现象的个别性和现象之间的异质性的研究，使文学理论获得文化实践的人文话语根基，从而体现出学科发展的多元品格。

（一）学科自律的品格

首先，文学理论的学科品格表现为学科话语的独立构建。这里的学科话语是指文学理论在学科陈述时，其概念和原理所构成的"说"与交流。也就是说，文学理论的文学研究不止于文学阐释本身，不仅在于研究本身的技术革新，而更注重其学理自身的完善，注重为其研究群体间的话语沟通，发掘出文学经验对象所对应的意义符号，总结出能够表征文学经验的普适性的知性概念。这些概念的确立和阐述可以构建出相对稳定的文学原理，从而促进文学理论学科自律性的言说。事实上，中外杰出的文学理论家对于文学理论学科的贡献，也往往以关键的几个概念和原理的言说为标识。这些概念和原理正是文艺学的各个分支学科间进行文学解释的依据、理论交流的凭借、付诸实用的依托。因此，文学理论进行学科自律的话语构建，也不偏移在与文艺学的各个分支学科保持相对一致的理论取向之外。

其次，文学理论的学科自律性也表现为研究方法的自觉性。文学理论的研究有时会适度借鉴社会科学或自然科学的研究方法，自觉总结文学研究的逻辑范畴，构建和确立相对性的规范、疏导和共享的理论体系，梳理出普适性的自身结构完整的学科知识，彰显研究本身的理性思维能力，体现学科自身不断发展的理论创新能力，从而成为针对人文对象的相对实用的理论样式。同时，由于研究的对象具有人文性，文学理论不像自然科学或一般的社会科学一样，依靠探索试验的方法，确定一套恒定的理论规则，总是适度借鉴却又不断超越自然科学和一般社会科学的研究方法本身，从而避免成为哲学意义上的文学的元理论。

（二）科学实践的品格

文学理论的学科品格也表现为一种科学的文学实践。首先，文学理论具有理论源于文学实践的品格。鲜活的文学经验经由一定的文学批评、文学史的认知，最终整合成文学理论的学科知识。可见，文学理论实事求是地着眼于文学批评和文学史的文学实践，通过文艺学的分支学科之间的话语互动，来进行文学研究的理论对接，对文学批评和文学史所提供的文学事实进行概念性陈述，构建文学理论对于文学现象的普适性的话语实践机制，促进文学理论学科发展。这样，从生成论的角度看，文学理论的产生源于文学实践，遵循文化实践的检验，而不是借助于哲学的概念思辨和原则推导，开拓出一种看似可靠的文学知识谱系。

其次，文学理论具有科学性的实践品格。在文学理论的学科发展中，学科自身的话语体系表现为一种学科知识的逻辑演绎，而这一话语体系却是根植于文学经验的归纳。在两者互动的循环中，只有经过文学实践的环节，符合一般文化经验，为经验所证明了的文学理论，才是科学的理论。这种科学性的证明，就是在文学实践的当下场阈，采用归纳、演绎、综合、分析、概括、比较的科学方法，合理阐释文学作为文化现象的个别性和一般性，有效地总结出学科发展的学理规则和学科话语，从而体现出科学的具有文学指向性的实践品格。单纯通过政治、道德、历史等意识形态的观念设定进行逻辑推导的文学理论，远离文化实践，只会成为文学玄思的某种理论碑记。

最后，文学理论具有动态开放的实践品格。文学理论用理性的文化观念去审阅文学现象而成为一种科学性的文化实践。这表明，文学理论总是在特定文学经验的基础上总结出概念来认识文学，表明其概念和理论都来自实践。但是，每当文化现实发生变化，文学批评和文学史的实践随之变化，文学理论的研究也要接受文化实践的检验实践随之改变，探寻既有的文学概念与新文学现象、新文化观念的适应性。依然用过去的概念和原理来研究新的文学现象，虽然处于新文学实践中，却也是故步自封的状态。因此，文学理论的科学实践的品格，是科学、实践、开放三者统一的品格，是其在文化批评的具体语境中，着眼于一处处丰厚的文学肌质，总结出文学阅读经验的知性概念的研究态度。文学理论发展史上每一次巨大而深刻的变化，都体现出文学理论的这种动态开放的科学实践品格。

（三）审美判断的品格

虽然文学理论采用科学理性的理论意识来构建其学科体系，但是文学理论却不是居高临下的"玄思"。文学理论总是根植并生发于文化批评的场域，区别于一般的文化批评，而体现出审美判断的价值品格。从文学研究的角度来看，文学理论对于文学现象、文学活动的文化批评，能够从文化现象的普遍实际出发，超越政治、道德等单一观念的先验评判，超越文学审美趣味的感性直观，重视对"文学"的文化"还原"和审美价值判断。也就是说，文学理论作为一种关于文学现象的文化批评，从审美价值论的文化视野来研究文学，以微观的、感性的审美态度与宏观的、理性的研究相结合，用理性认识来提升感性经验，探寻文学何处为美和美在何处的奥秘，更多地在创意书写、文本风貌、文化接受的审美维度，总结出文化活动中文学审美的一般尺度，对文学现象的全部的文化关系进行审美价值判断，从而不再纠结于文学本质论的玄思妙想。区别于文艺学的其他分支学科，文学理论可以超越历史条件的限定，不对文学现象进行单一观念的评判，立足于描述具体的文学经验，并通过这种个别的文学事实的反思，深入文学经验现象的内在文化联系中，发现文学的审美价值规律，形成普适性的文学审美坐标，概括为文学理论。可见，文学理论不是以规范性的美学理论或单一的意识形态匡正文学的审美实践，而是以审美价值判断为视角，对文学活动从感性的直观状态到理性的审美升华，进行价值判断，从而形成平等、和谐而自由、包容的文化审美的品格。

第二节　文学理论的形态和任务

一、文学理论的表现形态

文学理论的研究对象是文学。文学作为一种文化活动，为文学研究的理论概括和知性表达提供经验基础。这项文化活动的基本理论经验在于，文学是由素材、创作、作品、接受四个主要环节构成的具体的人文现象。着眼于文学素材，文学是现实世界中具有审美蕴含的生活素材的语言总结。由此形成文学理论的世界视角，研究丰富多彩的文化世界和社会生活中文学素材所蕴含的生命经验、表达主题、情感态度和时代精神，发掘文学满足人类精神需求的审美价值，研判特定时期这些文学素材得以出版、发行的规则和在民间传播的状况。着眼于文学创作，文学是由作家开启的文化书写活动。由此形成文学理论的创作视角，研究作家写作的心理机制和艺术表达方式。着眼于文学作品，文学是由语音、语词、段落和结构等构成的感性的语言文本。由此形成文学理论的作品视角，研究文学作品的艺术表现手法、特色化的语言技巧。着眼于文学接受，文学是读者阅读、欣赏和批评的审美过程。由此形成文学理论的读者视角，研究读者的文化心理结构、文学接受的过程及文学消费的性质。文学理论的研究往往侧重于其中一个环节的文学认识，形成专门性的研究意向，进行知识总结和理论建构，从而形成不同的话语形态，即文学理论的具体表现样式，也称表现形态。

在商品经济的条件下，在电子媒体的网络时代，作为文化活动的文学也被理解为"艺术生产"或"文化传播"，即由生活世界、文学生产、价值生成、文学消费等环节构成的文化经济活动，文学理论的研究也相应地形成了生产研究、价值研究、消费研究、传播研究等多种视角。因此，作为文学理论的研究对象，文学活动是其唯一的认识客体，但是对于文学活动的不同认识和不同切入，可以形成多种研究视角。理论家往往会在多重视角的视域交叠中运用多种方法加以研究，使文学理论的具体表现形态千差万变。现阶段，文学理论的研究因思想观念、理论渊源、批评方法的相对统一，而形成了一些基本稳定的理论表现形态。这些形态主要有文学哲学、文学文化学、文学社会学、文学心理学、文学符号学、文学价值学、文学信息学等如下七种。①

文学哲学。文学哲学是文学理论从理性思辨的角度,对文学的艺术本性和规律进行逻辑推导和理论阐述的表现形态。其理论主旨在于对"文学是什么"和"艺术是什么",以及这两个"是什么"的关系进行"文艺学"的宏观探究。这一理论形态从哲学所关注的存在与意识的关系出发,构建出文学研究的基本范畴,致力于探讨文学作为一种艺术样式的审美本性。其研究内容和研究方法与哲学的美学分支交叠。美学往往重视造型艺术和时间艺术的研究,而不够重视语言艺术,文学哲学受其影响简约化了文学现象的具体阐释。

文学文化学。文学文化学是文学理论从文化论的角度,对文学的人文化的本性和规律进行阐述和解释的表现形态。这一理论形态从文学作为文化现象的角度,视文学为社会实践中人为化的审美创造和文化经验,在物质与文明互化的文化语境中,根源性地探讨人与文学的文化关系,研究文学与文化精神、文化形态、文化结构、文化心理的关系,研究文学表现手法的文化习惯和文化机制对文学的影响等。其理论主旨在于对文学现象关乎人的"生命理想""经验呈现"和"社会存活"的内涵、特征、选择和共识,进行"文化学"的探究。其研究内容和方法与文化学交叠。

文学社会学。文学社会学是文学理论从社会论的角度,对文学作为社会文化现象的本性和规律进行阐述和解释的表现形态。这一理论认为,文学的形成和发展,都有深远的社会历史和深层的社会根源,因此需要从社会性的角度,阐明文学发生、发展、变迁的社会规律和利益争执,阐述文学的社会功用和社会认知的意义。其理论主旨在于,对作品与社会环境的关系,文学活动与社会思潮、社会风貌、社会问题的关系,进行"社会学"的总体探究。当前,文学社会学尤其关注文学与社会规范、商品市场、生活状况、职业习惯、传播媒体、大数据调查的关系。其研究内容和方法与社会学交叠。

文学心理学。文学心理学是文学理论从心理学的角度,对文学写作和阅读作为人的心理过程的规律,以及心理情感的特性,进行实验和解释的表现形态。这一理论认为,文学是一种特殊的生命现象,文学的创作和阅读都与人的想象和评价的心理因素密切相关。因此,需要从心理学的角度,阐述文学活动中自主表

---

① 童庆炳. 文学理论教程(修订2版)[M]. 3版. 北京:高等教育出版社,2004.

现的心理想象和自我抑制的心理批评及其相互关系，阐明文学作为心理活动的本性和文学心理认知的意义。其理论主旨在于，对文学与书写、阅读的思维心理和感觉心理及其关系，对作者和读者的审美心境、美感态度、审美价值及其关系，进行"心理学"的探究。文学心理学也倾向于探讨人的心理结构与文学活动的关系，实验性地研究梦幻想象、个人人格、童年经验对文学活动的影响，并试图更深入地揭示文学活动的心理奥秘。其研究内容和方法与心理学交叠。

文学符号学。文学符号学是文学理论从符号论的角度，对文学活动作为文化符号活动的特性和规律进行揭示和阐述的表现形态。这一理论认为，人类的一切思想和经验都是符号活动，符号是人类文化延续的意义载体。当前符号的意义源于漫长时间的演进和历史意义的传承。表现在文学活动中，作家所书写的及作品世界所呈现的语言声音、文字、图像表情和情绪都是意义符号。文学符号具有能够被感性把握的肖像性、具有符号间相互关联的指示性、具有符号因约定俗成而延伸出来的象征性。因此，只有从文本的符号结构与现实世界的对应关系上研究文学作品的符号结构及其意义表现，才能更好地理解文学。其研究内容和方法与符号学交叠。

文学价值学。文学价值学是文学理论从价值论的角度，对文学活动作为价值活动的系统性和实现规律进行揭示和阐述的理论形态，是对文学进行价值论研究的理论。这一理论认为，人与世界的一切关系都是人根据自身的能力，用有限的自我精神去把握无限丰富的对象世界的过程，也就是对象之于人的意义呈现过程。表现在文学活动中，从文学创作到文学接受的过程，是人的文化符号活动通过意义呈现，而成为价值评价和效应表现的过程。文学价值学认为，从社会价值的角度看，只有把文学理解为人为了满足个体精神或一般性的社会需要而进行的价值创造和实现的活动，才能更好地进行文学释义。因此，文学理论需要研究文学活动之于人在社会现实中的有用性。

文学信息学。文学信息学是文学理论从信息论的角度，对文学活动作为文化信息活动的特性和规律进行揭示和阐述的表现形态。这一理论认为，人类的一切思想和经验都是文化信息表现，文学作为文化信息活动，其各个环节都体现着信息功能。生活世界是文化信息基地，文学创作是对文化信息的加工，文学文本是对文化信息的呈现，文学接受是对文化信息的传播和利用。区别于自然科学的信息活动，文学活动是一种系统性的文化信息流程，文学信息的获取、加工、输送、利用的方式都具有文化人文性的特点。因此，文学研究可以在文化信息系统的各个不同节点上，分别捕获不同的文学信息。

二、文学理论的学科任务

作为文学理论学科的研究对象，文学活动由"世界""作家""作品""读者"四个动态环节构成。文学活动发生的原点是文化生活，即"世界"。对"世界"有独特的生命体验和艺术发现，并能够借助独具匠心的艺术形式表现出来的创造者，即"作家"。"作家"妙笔生辉而创造出具有人文内涵的艺术文本，即"作品"。在文化交流中，文学作品的阅读和评价者，即"读者"。因此，世界—作家—作品—读者这四个环节构成动态的文学活动。文学活动不仅是指由这些环节所形成的物理的动态关联，更重要的是指在这一过程中人与对象所建立的诗意的文化秩序。这两个方面共同构成文学理论研究的对象系统，即文学活动。可见，只有全面关注文学活动的这些环节，文学理论才有可能完整地把握文学的结构特征，准确地理解文学的文化性质、文学写作和阅读的技巧与方法、文学的主要功能，以及文学发展变化的规律。因此，文学理论学科立足于具体的文学经验描述，汲取文学理论基本形态的多重滋养，相应于文学活动的构成环节，以显著的话语建构和明确的问题指向，确立文学理论的研究任务，即文学活动论、文学创作论、文学文本论和文学交往论。

文学活动论。文学理论需要明确学科研究对象的存在方式，从而确立相应的研究方法。这是文学理论需要解决的首要任务。文学理论把文学理解为人类世界特有的"动态存在"的审美文化活动，采用对文学审美经验进行归纳、概括的研究方法而开拓的文学研究理论就是文学活动论。作为文学理论的任务之一，文学活动论的基本出发点是将文学视为人在社会实践中形成的特殊的精神活动，认为文学活动随着社会实践而产生，并随社会实践的变化而发展变化，以此对文学存在方式和相应的研究方法进行理论阐释。可见，文学活动论的任务就是将文学理解为人特有的审美文化活动，揭示文学的"人学"本性和审美品格，选择相应于这种人文现象的研究方法，实现文学理论研究的对象论与方法论的统一，从而确立文学理论进行学科建构的逻辑起点。

文学创作论。文学理论需要探究学科对象能够动态存在的动力之源。这是文学理论需要解决的关键任务。文学理论把文学理解为由文学创作推动的动态过程，对创作活动的精神本性、审美属性和生产特征进行研究，以此开拓的文学研究理论就是文学创作论。可见，作为文学理论的任务之一，文学创作论的基本内容就是对文学存在方式的动力之源即主体，作为文学创作的关键条件和功能进行理论阐释。文学创作论认为，文学创作是一种动态的审美创造过程，是作家以审美化的生命经验来把握生活世界的过程，也是作家以独特的审美感受、观察方式、想象能力和思维特点，使文学作品被创作出来的过程。文学创作论不仅研究为何创作和如何创作的文学认知活动，也研究作家在精妙的言语世界进行生命书写的审美体验活动，以及作家以个体经验对人性善恶和美丑的独到观察，从而评判日常琐细的生活素材何以在文学创作中焕发出思想精神的色彩。因此，文学创作论是理解文学活动何以发生，从而进行学科理论建构的关键所在。

文学文本论。文学理论需要研究学科对象能够动态存在的文化属性。这是文学理论需要解决的核心任务，俗称"主线任务"。文学理论把文学理解为文化文本的艺术呈现和文本作品化的"文化生成"过程，对文本的艺术构成因素及其相互关系进行研究，对作家创作出来的文学文本在阅读、欣赏和批评中趋于形成文学作品的话语条件进行研究，由此而开拓的文学研究理论就是文学文本论。文学文本论的基本内容是研究文学活动的文化属性，即以作品为核心所形成的"文学—文化"系统的理论阐释。一方面，致力于探讨文学文本的微观构成，把文学文本理解为题材、人物、情节、环境、主题、情感态度等文化要素构成的内容，以及语言、结构、体裁、风格等文化要素的形式呈现，探讨内容要素与形式要素间的动态存在的文学系统性。另一方面，研究文学存在方式的文化属性，即"此界"当中一般性的文化文本、"作家"创造的文学文本、"读者"接受中形成的艺术文本，以及这三者间构成以作品为核心的文学动态架构的文化系统性。因此，缺失文学文本论这一核心任务，就会使文学活动其他环节的解释失去文化根基。

文学交往论。文学理论需要研究学科对象能够动态存在的运动形式，这是文学理论需要解决的基本任务。文学理论把文学活动理解为一种具有文化属性的"交往"过程，探索文学动态形式的文化交往属性，尤其关注读者在文学阅读、消费中的交往过程，与文本、作家之间建构的文化接受关系，由此而开拓的文学研究理论就是文学交往论。文学交往论的基本内容是研究文化文本经艺术交往的诸环节而最终生成文学作品的对话历程。文学交往论认为，文学研究只有在具体的情感经验的交往、对话、接受过程中进行跨文本的话语交流，才能突破文学研究的视角隔离,形成鲜活的文学研究系统。因此,文学理论任务拓展的基本方向就是阐述文学的审美经验和深层意蕴,通过"文本及语言的表现"而动态存在的交往形式。

第三节　文学理论的发展

从现代知识生产的角度看,文学理论学科诞生于19世纪以来的知识学科化发展之路。文学理论学科诞生以来,其最基本的文化使命就是对文学活动进行知性理解和理论表述。在20世纪以来的后工业时代的文化语境中,文学理论自身的知识生产机制与文学活动的复杂变化交互发展,文学理论学科遭遇了唯理化的思辨魅力衰减的话语危机。文学理论在未来发展的道路上,必须直面网络智能时代多媒体的文化生产和文学经验,明确新的文化使命,建树新的话语姿态,方能谋得新的理论发展。

一、文学理论的学科独立与扩界

在知识生产条件下,文学理论需要自觉构建学科独立的知识身份,才能获得文化认同的合法位置。文学理论的学科独立性涵括理论建构、实践探索、方法革新及学理积淀等学科要素的获得。其理论建构就是在文学体验和反思中,以意识形态批判的话语姿态,概括出基本概念和原理,阐述对象、范围、任务、目标等要素构成的理论系统;实践探索就是倡导在现实的社会文化活动与文学实践中检验和完善理论;方法革新就是确立具有文学指向的研究方法,并根据社会文化条件和文学现象全新的事实变化,而自觉创新适当的研究方法;"学理积淀"就是文学理论历经长期研究积淀,形成关于文学基本概念原理和价值标准等相对稳定的理论形态。在学科化的发展进程中,文学理论的学科独立与学科扩界互化互生而又若即若离地显示出理论发展的文化特征。

19世纪以来,文学理论步入了知识学科化发展的必由之路。文学理论在古典哲学理论思维的影响下,在启蒙理性主导下,以文化批判的学术理念,于社会文化的一般层面,研究审美文化的文学表达,研究文学现代性的观念,以此来建构学科自身的知识结构和话语体系。作为文学研究的学科建构,文学理论用综合和演绎的方法，研究艺术创造的思维形式和文学文本传达的思想观念。这种研究强调理论之于文学经验的先在而自明的思维程式，使得理论研究思维获得了居于文学活动之上的独立性。致力于文学审美经验的理论建构，不仅对文学现象进行理性直观和逻辑推导，而且从哲学思辨的角度，推演文学与其他文化现象的逻辑关联，甚至把其他学科理论获得的文化规律引入文学理论的思维程式。这种跨学科的理论汲取和分析、推理的方法，在知识生产的文化序列中，直接促使文学理论以哲学的逻辑范畴和思维形式进行文学研究，推进了文学理论的思维水平与话语生产能力的发展。

20世纪以来，文学理论致力于人文学科的话语建构。精细化的知识生产和教育的学科职业化发展，以及自然科学、社会科学的分支学科的分类发展，促使文学理论在教育体制的学科构建中，不断地确立起与其他学科截然不同的人文理论的学科特征和研究取向。在此条件下，文学理论立足于科学化地研究文学作为人文现象的文化特性，从哲学、社会学、文化学、心理学、符号学、价值学、信息学等诸多的知识领域吸收养料，不断地更新研究方法，构筑其人文科学下的学科性质和边界，以求在当代知识生产场域获得某种文化身份的认同。作为一种人文学科的知识生产，文学理论扬弃了19世纪以来唯理论主导的思辨性研究模式，转而走上理论批评化道路。从此，文学理论立足于文学活动的生命经验，以分析和归纳的方法，钟情于对个别性和偶然性经验进行艺术呈现的文学现象进行知性把握，因而偏重对文学现象的批评性研究。当文学理论放弃把文学当作全部知识的可靠基础和意义的稳定来源，不以文学进行普遍真理的探索时，实质上也使哲学思辨式的文学理论被理解为偏离文学事实而牵强附会的话语虚构。因此，文学作为文化审美现象和生命活动的直观状貌，成为理论家以自我生命经验来阐释和批评的"生命对应物"。但是，经验提升手段的匮乏和有效性的降低，造成了文学理论研究对于生命经验的理论乏力，扩界"取经"或称越界"移民"，成为文学理论研究的外在风尚。

如果说文学理论学科的知识身份是由理论建构、实践探索方法革新、学理积淀组成学科边界，使自身呈现为一种独特的文化标识，那么文学理论的学科扩界就是，当其经历文化、哲学、社会转向的新挑战时，对应新文学现象的文化生成语境，验证既有概念、原理、标准、方法等条件的有限效度，从而跨界到政治学、经济学、人类学和艺术史学等理论场域，汲取文学之外的理论滋养。基于此，20

世纪以来的文学理论不仅探讨文学本体范围的问题,如创作的方法与技巧、文学的形象、体裁和思潮等涵括文学自身规律性的内容,也将研究的范围延展至更为广阔的文化环境中,探索文艺新形态的特征和规律,甚至摸索、借鉴其他学科的研究成果。这种跨域研究,扩充了文学理论的研究内容,拓展了文学理论的学科体系,促进了学科自身的发展,同时客观上造成种种理论扩界效应。作为文艺学诸多分支学科的理论枢纽,当文学理论的这种大举扩界似乎已成为其当代发展的主导趋势时,客观上为整个文学研究灌注了活力,但也造成整个文学研究视域的文学与非文学边界的扩散乃至消失的认同危机。

在遭遇理论扩界和对象边界移动的危机时,文学理论的文化身份合法性受到质疑,也得到辩护。质疑的观点认为,文学理论扩界表明其本然地缺乏理论建构的生命力,只是一种单纯性、空泛性的文化"信息载体"研究,而当视像文化扩充并蔓延至文学境地,文学生产转入机械复制与审美泛化,审美形式浸入日常生活时,必然导致文学理论以文化视界的一般惯例扩界而迷失在文学之外。辩护的观点认为,虽然文学理论的扩界已势不可挡,但是其作为对人类文化中诗性经验的理论总结,与文化转型相适应,正处于扩界转型的理论重构状态。这种理论重构立足于大众化的文化选择及其规律,能够超越文学理论的知识生产受意识形态与制度化深度介入的权威设定,能够超越文化绝对价值、社会总体性和知识论的宏大叙事,正趋向于成为一个更具有科学性、时代性、开放性和实用性的理论学科。但是,对文学理论发展趋势的关注远不止于此。一些理论家认为,文学理论的危机是综合性的。这意味着危机不仅体现为学科边界的失守,也不仅体现在自上而下思辨研究的"理论终结",也体现为"理论之后"的使命缺失,更体现为文学批评话语"反理论"的勃兴及其抵御效应,因为文学批评似乎已致力于去分担文学理论终结后文学研究的文化使命。其实,作为一种理性认知活动,文学理论的话语体系建构离不开逻辑推演的凝神思考。创作或阅读经验的文学实践,只有通过理性的分析、总结和评判,才能提升为理论经验。缺失理论渗透的纯粹批评,只是对文学局部现象的经验观照。缺乏理论思辨的指引,就会缺少真正的文化评判能力,甚至造成文学赏析的深度误读。重构的文学理论话语体系,通过理论概念和范畴对文化经验和文学规律的认识而着力,是文学经验得以升华的思想依托,能够使文学理论肩负起新的文化使命,重构学科身份,获得自身存在的知识和文化价值,从而越过危机,步入理论发展的新天地。

二、文学理论的文化使命与发展

作为一种文化研究形态,文学理论能够得以持续地以知识生产的身份继续在社会环境中保存和发展,缘于其能够担负起学科发展的文化使命,在时代文化的新语境中解释文学活动的新问题,以此推动文学理论不断向前发展。

(一)文学理论的文化使命

就当前文学研究的发展趋势而言,自上而下的文学理论研究已然只成为一种时过境迁的话语怀旧。因此,担当文学意识形态认知的权威和意识形态批判的英雄,已不再成为神圣的"现代使命"而悄然走向终结。文学理论学科必须进行知识身份的自我定位和学科使命的重构,以克服走向微小叙事的表面化和局部真理化的危险。为此,文学理论的"当代使命"就是重构身份,重新获得文化认同。这样的身份建构不是要回答"文学理论是什么",也不是要解释"文学理论形成的依据",而是要明确这样的研究"会使文学理论成为什么""文学理论如何才能再次成为文学研究的理论""文学理论如何重构自我"。缺失了这些使命,文学理论将再次失去现实依存。因为,文学理论不只是要建构或更新关于文学知识的思想或理论资源,不只是形而上地沉淀出典范性地运用文学研究概念、范畴和原理的思维样态,更是要能够在全新时代的文化环境中,探讨文学作为文化现象与政治、历史、道德等文化观念的联系,以及文学的构成和特性,解释文学实践所依存的种种全新的文化现象。

(二)文学理论的社会发展

文学理论的学科发展总是在一定社会文化环境下的发展。因此,文学理论要直面新的社会文化现象,肩负并完成社会文化所赋予的学科使命,才能获得社会文化的身份认同。当前,网络文化给社会发展带来诸多益处,但是也造成了许多弊端。因此,文学理论作为人文研究的理论学科,应当自觉建构新理性思维,去思索网络文化活动的普遍规律和文学活动的特殊性。可以预见,随着社会发展和新技术的再发展,必然带来文学活动各环节的急剧变化。文学理论研究需要合理解释全新的文化语境,在文学发展变化的外部关系和话语呈现的内在生成之间,辩证性地权衡探索与新生产力相适应的文学观念和研究方式。在文学的外部联系中,以文学本文与一般文化文本共享的电子信息场域,探索文学与社会、历史和个人生活的文化关联。在文学的内在生成中，感知网络文本的思维情感和逻辑判断的特质，把握网络书写、阅读作为生存方式对于文学活动的常态性，进而探索新文学现象与传统文学之间可通约的理论基础，重新构建出文学研究共识性的学术规范。

（三）文学理论的文化语境

"再深奥的理论也有历史现实的根源"[①]，文学理论的发展总是依存于特定时代的文化语境，只有能够充分地理解和合理地解释影响文学发展的时代文化因素，才能建设具有文化使命担当的文学理论。就文学活动而言，随着社会文化的普遍发展，当前的文化语境主要表现为以下五点。其一，电子技术使机械复制时代的艺术演变成了符号编码的文化仿像，促成了文学传播手段的重大革新。其二，文化潮流浸透到文学艺术研究的各个领域，促使文学理论的学科发展，并不断地扩展到大众文化领域。其三，现代教育体制造成学科研究团队的职业化、专门化、竞争化，推动文学理论研究不断地超越危机而向前发展。其四，出版技术、传播手段的变化造成学科接受频率和学科知识更新速度的新变化。其五，文学生产的网络化、创作人员的职业化、传播媒体的民间化、文学接受的大众化等新文学现象层出不穷。面对如此变化的文化语境，文学理论的研究需要在"文化理解"的意义上不断地拓展和深化。

（四）文学理论的发展趋势

在全球文化的社会转型和文化转向及科学技术迅速发展的进程中，智能化的信息网络使得文化的存在形态发生了根本性的改变，作为文化形态的文学理论也必将随之产生深刻变化。网络搜索引擎正在由局域设定的数据库检索，向全域开放的元搜索发展，这会使得文化信息、文学文本的检索和跨时空传递更为及时、全面、便捷和民主，为文学理论的研究提供全新的阅读视野。规避出版控制的网络文学活动，使文学生产避免了意识形态上的分歧、偏见和评价权利的任性表现，也会使文学理论的意识形态评价脱离理论惯例的话语机制而更为客观、公允。文学商品化发展会使得文学活动从规模、利润、技术手段等方面构建出一种全新的文化系统，这将为文学研究对象的认知提供新的逻辑起点，使之在更为贴近现实的意义上建构理论形态。总之，只要明确了文化使命，沿着社会发展的道路前进，

---

① 伊格尔顿. 理论之后 [M]. 商正, 译. 北京：商务印书馆, 2009.

着力于理论生成的文化语境，文学理论必将"取决于文学发展的未来"①而重新赢得理论兴盛。

第四节 文学理论的应用

一、作为人文阐释的方法

文学理论是一种人文阐释的方法，本节主要在中国古代文论，以及西方人文主义和阐释学背景下，探讨人文阐释的内涵及文学理论作为人文阐释方法的具体表现。

（一）"人文"的内涵

"人文"在中国古代文化典籍中和"天文"相对。《易传·彖传上·贲》中说："天文也；文明以止，人文也。观乎天文，以察时变；观乎人文，以化成天下。"②"天文"主要指的是天的文采，即日月星辰、阴阳变化；"人文"主要指的是人的文采，即"文章""礼仪"等。刘勰说："人文之元，肇自太极，幽赞神明，《易》象惟先。"③这里的"人文"指的是人类的文化学术，有"文献"的意思。中国古代的"人文"是与"天文"相对的一个概念，学者张立文说："先秦时，则文、史、哲、社不分，以日、月、星、辰为文（天文），礼乐刑政亦是文（人文），文是一个很普遍的范畴。"④也就是说，"人文"指的是礼乐刑政这些人类的文化学术、文献及规章制度。

"人文"是对现代性的一种回应。现代是相对于古代而言的，在西方文化中，现代和近代是一个词，即"modern"。现代与古代区别在于时间观的不同，古代是一种循环往复的自然时间观，现代则是一种崭新的时间观，即现代性时间，是一种指向未来、不再返回过去的矢量时间，"而'现代性'指现代（含现代化的过程与结果）条件下人的精神心态与性格气质，或者说文化心理及其结构"⑤。现代社会的进步，往往是以牺牲人类的一些宝贵的东西为代价的。"人文"概念

---

① 米勒，刘蓓，刘华文. 文学理论的未来[J]. 东方丛刊，2006（01）：15-29.
② 黄寿祺，张善文. 周易译注[M]. 上海：上海古籍出版社，2004.
③ 刘勰. 文心雕龙注[M]. 范文澜，注. 北京：人民文学出版社，1958.
④ 张立文. 朱熹思想研究[M]. 2版. 北京：中国社会科学出版社，2001.
⑤ 尤西林. 人文科学导论[M]. 北京：高等教育出版社，2002.

是对现代性的一种回应，是对现代工业文明割裂人性的回应。

（二）文学理论作为人文阐释的方法

文学理论可以看作文学作品的一种人文阐释的方法。文学是人学，文学关注人的情感、生存状况，并塑造典型人物。文学理论是一门人文学科。

1. 文学是人学

文学关注人的情感。情感是文学创作的根源，也是文学创作的主要内容，没有情感，文学就失去了灵魂。文学关注各种各样的情感，如亲情、友情、爱情等，而爱情是文学永恒的主题。《荀子·乐论》中说："夫乐（音乐之'乐'）者、乐（快乐之'乐'）也，人情之所必不免也。故人不能无乐，乐则必发于声音，形于动静；而人之道，声音动静，性术之变尽是矣。"① 文学与音乐相通，荀子论述音乐也适用于文学，音乐、文学都离不开"情"。陆机的《文赋》中提到，"诗缘情而绮靡"。刘勰在《文心雕龙》中有一章叫"情采"，是专门写情的，有"文采所以饰言，而辩丽本于情性"②之语，进一步确立了文学的抒情本质。在中国文学理论中，"情本论"是文学本质论的主流观念。

文学关注人的生存状况。文学源于生活而高于生活，对人类的生存状况给予了密切的关注。生存不易，人生的意义在于生存的价值，许多影视作品都反映普通人的生存状况，如电影《活着》《老井》和电视剧《平凡的世界》就是如此，任何文学作品都会发现人的价值和意义。一些以荧幕硬汉著称的演员，也会选择演一些小人物。

文学要塑造典型人物。文学作品包括诗歌、散文、小说、戏剧四大文学样式。散文中的叙事散文会关注人，而诗歌要有一定的意象。所谓"意象"就是主观和客观的统一，"所表现的是主观的生命情调与客观的自然景象交融互渗，成就一个鸢飞鱼跃，活泼玲珑，渊然而深的灵境"③。这个"灵境"就是意象，是情与景的结晶。小说中更要塑造典型人物，为艺术的画廊平添几个人物。塑造典型人物是文学的特征，如《水浒传》中一百零八个人物有一百零八幅面孔。另外，如孙悟空、贾宝玉、林黛玉、阿Q等都是这样的典型人物。

---

① 荀况. 荀子 [M]. 方勇，李波，译注. 北京：中华书局，2011.
② 刘勰. 文心雕龙注 [M]. 范文澜，注. 北京：人民文学出版社，1958.
③ 宗白华. 艺境 [M]. 3版. 北京：北京大学出版社，1999.

2. 文学理论是一门人文学科

人文学科与人文科学相关，但是二者又有根本的区别。人文科学重在讲述基本原理，人文学科则是一门学科。人文学科具有实践性、具体性和个别性，而这些特性文学理论都具有。

文学理论具有实践性。文学理论来自文学创作的实践，是对文学实践规律的总结，它的出发点和基础只能是文学活动的实践。先有文学实践活动，再有文学理论的概括。西方文论和中国古代文论都把文学理论叫"诗学"，是因为西方和中国的最初文学样式都是"诗歌"，"诗学"是用来总结诗歌的创作规律的。文学理论不仅诞生于这些学说形成之时，而且为以后的文学实践所印证。文学理论产生于实践，又反过来指导文学实践。文学理论的实践性品格与人文学科的特点相符。

文学理论具有具体性。一个时代的文学理论是对这个时代的文学实践的总结。文学理论具有历史化和地方化的特点。法国哲学家福柯（Foucault）在《方法与问题》中提出了历史学研究的"事件化"的方法。所谓"事件化"就是"使……成为事件"。任何所谓普遍、绝对的知识，最初都是作为事件出现的，而"事件"总是历史的、具体的。还有学者提出了"生成的遗忘"的概念，即对于文化、知识或知识分子的历史发生的遗忘，这种遗忘是特定理论变成意识形态霸权的根本原因，解决的方法就是"历史化"。任何文学理论都是一件历史事件，只适合于某个历史时期，从来没有恒常不变的、放之四海而皆准的文学理论。文学理论精彩纷呈、千变万化，从来没有任何一种文艺思潮会永远独霸文坛，这与人文学科的品格相通。

文学理论具有个别性。许多国内文学理论教材在建构普遍性文学理论知识的名义下，力图寻求文学的"普遍真理""共同规律"，但遮蔽了文学理论知识的个别性，遮蔽了文学理论知识的地方性和民族性。中西文学理论产生于不同的文化系统与话语背景，具有不同的价值取向、基本范畴、理论框架及表述形态，那些所谓的普遍性知识不过是在"普遍"的名义下出现的某种地方性的知识而已。任何一种文学理论都只适合于本民族，不同民族的文学理论是不同的，这与人文学科的个别性相通。

（三）人文阐释方法在文学理论中的体现

文学的主体是人，文学的作者、读者都是人。文学理论是对文学作品进行解读的一种方法，是作为阐释文学文本的方法而存在的。文学作品的意义重在阐释，而人文阐释的方法在文学理论中主要表现为作者中心和读者中心两种形式。

1. 作者中心

阐释是人文科学的基础，是人类沟通自己与过往历史之间联系的重要环节。通过阐释我们可以跨越时空，认识广泛的生活，认识过去的历史。阐释之所以可能，就是因为人类留下了"生活表现"的符号和印迹，而可靠的阐释在于通过重建作者当时的生活，才能理解作者所处的历史。

2. 读者中心

解释不是客观的分析，而是主体的建构。这里存在两个"视界"：一个是从阐释者的"个人的视界"；另一个是作品本身置于其中的"历史视界"。而"理解"就发生在这两个"视界"融合的过程中。"视界"有人翻译为"视域"。所谓"视域"，就是看的区域，这个区域囊括和包含了从某个立足点出发所能看到的一切。一部作品的意义不是作者给定的，而是阐释者给定的，一个文本的意义永远是相对的，它不可能将作者的意图穷尽，而是由阐释者所处的环境及全部历史所决定的。

阐释学理论为接受美学提供了一种方法论原则，为文学接受理论和读者反应批评理论的产生奠定了基础。经典作品之所以是经典作品，就在于不同时代的人对其有不同的解读和阐释。例如，《红楼梦》中的林黛玉形象在不同时代的读者那里，其形象都是不一样的，而这恰恰反映了不同时代人的审美趣味和审美风尚的变化。例如，从每年央视的春节联欢晚会的语言类节目中，可以窥探当代人的审美理念和审美风尚的变化。

文学理论是一种人文阐释的方法，其只是借文学作品来阐释人类的情感、生存状况，从而提高一个民族的人文素养，以达到改变世界的目的。

二、作为文学研究的基础

文学理论是文学研究的基础，其主要关注"文学性"研究，重视文学的"内部研究"，力图对文学活动的基本规律做整体性的把握。

（一）关注"文学性"

"文学性"是俄国形式主义的代表人物雅各布森提出的一个概念。"文学性"的提出，对于重视文学自身规律的研究具有重要意义。

1."文学性"的含义

所谓"文学性"，就是文学之所谓为文学的决定性因素，而这些决定性因素则来自形式、技巧、语言的应用。文学研究的对象不是文学整体，而是文学的特性，也就是那种使一部文学作品成为文学作品的特性。

"文学性"在文学创作方面表现为更加重视文学的"技巧"。"文学"即"技巧"，艺术的技巧使对象变得陌生，使形式变得困难，应增加感受的难度和时间的长度，因为感受过程本身就是审美目的，必须设法延长。由此出现了修辞，修辞就是语言的技巧，使语言更加生动形象。而一切艺术（包括文学）都是技巧介入的结果，文学运用艺术手法对材料进行加工，才使其成为审美对象。

"文学性"还表现为对形式的重视。艺术的"什么"（内容）与"怎么"（形式）的划分，是一种人为抽象的划分，但在现实生活中，内容与形式是很难区分清楚的，就像苹果的果肉与果皮一样是不能完全分离的，以前我们只重视内容，而忽略了形式，其实形式也很重要。既然文学理论的研究对象是文学作品，而不是作家的生平经历、社会环境或作品中的哲学内容，那么"形式"问题就成了文学理论关注的中心。

文学性使人们开始重视文学语言。文学语言不同于日常语言。文学语言具有"陌生化"的特征。文学语言是在日常语言的基础上发展起来的，但日常语言突出的是种种实用目的，而文学语言则以审美为主要特征。文学语言的特征在于"文学性"。文学语言不同于科学语言。科学语言具有强烈的工具性特征，要尽可能地"透明"。科学语言的意义是明确的，而文学语言却具有很多歧义。例如，"天上有一朵云"是日常语言，"明天的天气是：晴，转多云"是科学语言，"天上有朵雨做的云"就是文学语言。

2."文学性"理论在文学研究中的意义

"文学性"理论在文学研究中意义十分重要。文学性的定义之所以重要，不在于作为鉴定是否属于文学的标准，而是作为理论导向和方法论导向的工具，利用这些工具，阐明文学最基本的风貌，并最终指导文学研究。"文学性"理论的提出，可以说是文学理论走向现代、走向成熟的标志。

"文学性"理论改变了文学理论的研究对象和研究范围。一门学科要想成立，就必须确定其研究对象。"文学性"理论提出后，使文学理论的研究对象聚焦于文学的语言、形式、技巧、文体等，而不是作家史、政治史，文学理论要关注文学自身。"文学性"理论改变了文学研究的范围。"文学性"理论使文学研究的范围更加明确，为文学理论的研究划定了范围。"文学性"理论的提出，使文学理论与其他学科区别开来。文学理论不同于政治学、哲学、心理学、美学、民俗学，从而进一步确立了文学理论的学科合法性。

"文学性"理论改变了文学研究的方法。"文学性"理论的问题域本身就已经蕴含了文学理论研究的思考方式和研究路径。"文学性"理论使文学理论研究开始关注语言，出现了"语言学转向"。"文学性"只是语言交流的一种功能，人们开始关注语言的韵律、节奏、措辞、语法和修辞。"文学性"理论使文学研究开始重视文章的形式法则，关注文学作品本身。

（二）突出文学的内部研究

文学理论作为文学研究的基础，开始突出"文学的内部研究"，重视文学内部的规律。

1. 文学内部研究和文学外部研究的区分

文学研究可以分为外部研究和内部研究。"文学的外部研究"侧重的是文学与时代、社会、历史的关系，强调作家在文学中的作用。而"文学的内部研究"指的是对文学自身各种因素的研究，诸如作品的存在方式、叙述性作品的性质与存在方式、类型、文体学、韵律、节奏、意象、隐喻、象征等形式因素都属于文学的内部研究。

文学的外部研究则关注文学的外在因素，主要关注文学与时代、政治、经济、文化等方面的关系。有学者认为，文学发展与环境、时代关系密切。"环境"包括自然环境和人文环境；"时代"主要包括风俗习惯、时代精神等。由于南方与北方的环境不同，因而南方与北方的文学特点也不同。文学与心理学、社会学、思想的关系，都属于文学的外部研究。

2. 文学内部研究的价值

对文学内部研究的重视，是文学理论成熟的表现，突出了文学作品所具有审美价值的内在因素，为文学研究提供了一种新的视野和方法。

关注文学内部研究是文学理论成熟的标志。文学内部研究关注的是文学作品本身的价值。文学作品具有想象性、虚构性等特点。文学内部研究关注的是文学作品的声音层面、意义单元、意象和隐喻、有关形式和技巧的特殊问题、文学类型的性质问题、文学作品的评价问题、文学史的可能性问题等，这些是文学研究关注自身规律的表现，是文学理论研究走向成熟的表现，文学理论不再依赖于其他外在因素。

关注文学内部研究是文学审美价值突显的表现。文学是一种语言艺术，是话语蕴藉中的审美意识形态。文学具有审美属性，文学作品不同于人工制品的地方就在于其具有审美性。在中国古代，魏晋南北朝时期出现了"文笔之辨"。"文"指的是审美性较强的押韵的文章；"笔"指的是应用性较强的不押韵的文章。审美性是文学艺术的特性，而对文学内部研究的重视，更可以突出文学的审美价值。

文学的内部研究为文学研究提供了一种新的视野和方法。以前的文学研究只关注文学的外部研究，未能深入文学的内部，往往是隔靴搔痒。外因是条件，内因是事物发展变化的根本原因。重视文学的内部研究就是对文学发展的内在因素的重视。"文学内部研究"理论的提出，将我们的视野扩展到一个新的领域，对文学的解读有了新的方法。读者要直面文学作品本身，抵制种种对文学解读的不良因素的影响，这就是文学性自身的特点和规律，故采用"细读法"来解析文学作品。

（三）重视对"文学基本规律"的系统把握

文学理论是研究文学及其规律的一门学科，侧重于对文学基本规律的把握，具体而言，就是关注文学是如何产生的、构成文学的基本要素，以及文学的意义和价值。

1. 关注文学构成要素

美国文艺理论家艾布拉姆斯（Abrams）在《镜与灯：浪漫主义文论及批评传统》一书中提出了文学的"四要素"的著名观点，他认为文学由四个要素构成，即作品、作家、世界、读者。按照哈贝马斯（Habermas）的交往行为理论，文学的四个构成要素相互交往、发生关系，所以文学理论所把握的不是四个要素中的孤立的一个要素，而是要把握四个要素所构成的整体活动。也就是说，文学理论要关注文学和社会生活的关系、作家和作品的关系、作家内部的组织结构的关系和读者与作品的关系。而有的文学理论教材称之为文学活动的发展论、文学活动的本质论、文学创作论、作品构成论、文学接受论。不同的文学理论教材对文学理论研究的范围所划分的版块不同，但万变不离其宗，始终围绕着文学作品的四个要素展开。文学理论所涉及的问题，归根结底是以文学活动涉及的问题为依据的。围绕着文学与"世界"的关系，形成了"模仿说"；围绕着作品与"作家"的关系，形成了"表现说"；围绕着作品与"读者"的关系，形成了"实用说"；把"作品"作为独立自主的客体加以客观分析，则有了"客观说"。[①] 关于文学活动所涉及的四个关系——文学和社会生活的关系、作家和作品的关系、作家内部组织结构的关系、读者与作品的关系——在不同的历史时期，其侧重点是不一样的。

2. 关注文学的意义和价值

文学何为？文学有什么意义和价值？

关于文学的意义和价值，孔子提出了"兴""观""群""怨"说。孔子说："小子何莫学夫《诗》？《诗》可以兴，可以观，可以群，可以怨。迩之事父，远之事君。多识于鸟兽草木之名。"[②] "兴"指的是文学作品的审美作用。"观"指的是文学作品的认识作用。《论语集解》引郑玄的注说"观风俗之盛衰"。"群"指的是文学作品的团结作用。《论语集解》引孔安国说："怨刺上政。"这是孔子对文学的意义和价值的系统概括与总结。

三、作为文学批评的手段

文学理论是文学批评的手段，文学批评奠基于文学理论；文学批评实践的成果可以丰富文学理论的内容，文学理论对文学批评具有方法论的意义和实践意义，可以指导文学批评实践。

（一）文学理论与文学批评的关系

文学批评是文学理论的重要内容，"是批评主体按照一定的理论思想和批评标准，对批评对象进行分析、鉴别、阐释、判断的理性活动，表达着批评主体的立场观点和价值取向"[③]。文学批评以文学理论所阐明的概念、范畴、原理及其方法为指导，是文学理论的根基，离开了文学批评，文学理论就成了"空中楼阁"。

---

① 艾布拉姆斯. 镜与灯：浪漫主义文论及批评传统 [M]. 郦雅牛，等译. 北京：北京大学出版社，1989.
② 杨伯峻. 论语译注 [M]. 北京：中华书局，1980.
③ 童庆炳. 文学理论教程（修订2版）[M]. 3版. 北京：高等教育出版社，2004.

1. 文学批评奠基于文学理论

文学批评具有一定的模式。何谓文学批评模式？"所谓文学批评模式，是文学批评的一种由特定理论背景产生的批评视角、解读方式和行文风格形成的相对稳定的'大法'而不是'定法'。"① 同时，文学批评模式由一定的文学理论作为支撑。文学批评的模式分为传统的批评模式和现代的批评模式，而文学批评模式的转变和批评重心的转移都源自文学理论研究范式的转变。

传统的文学批评模式包括伦理道德批评、社会历史批评和审美批评。伦理道德批评是指以一定的道德意识及由之而形成的伦理关系作为规范来评价作品，以善、恶为基本范畴来决定批评对象的取舍，主要强调作品的伦理价值和道德教化作用。社会历史批评强调文学与社会生活的关系，认为文学是再现生活并为一定的社会历史环境形成的。

现代的文学批评模式包括心理学批评、语言学批评、文化批评。心理学批评主要是指运用现代心理学的成果对作家的创作心理及其作品人物的心理进行分析，从而探求作品的真实意图，以获得其真实价值的批评。语言学批评试图从语言或形式层面入手来对文学作品进行分析，作品的意图只要从文本去寻求而无须借助外部因素加以说明。文化批评是现代才出现的一种批评形式，是联系权力、文化关系的批评。文化批评首先关注文化生产者的权力，又特别强调工人群众、平民大众、妇女中的弱势群体等的话语权力。

2. 文学批评丰富文学理论的内容

文学批评相对于文学理论具有更鲜明的倾向性和现实针对性。文学批评是文艺学中应用性、实践性最强的学科，也会揭示文学发展的基本规律和特征，这些会丰富文学理论的内容。

文学批评具有鲜明的倾向性和现实针对性。关于文学批评的分类，"有时，文学批评被区分为'注释性的'和'判断性的'两种，作为可供选择的两个类型。把批评分为对意义的阐释和对价值的判断两种，当然是可以的。"② "注释性的"文学批评，即对文学作品做意义的阐释；"判断性的"文学批评，即对文学作品做价值判断。文学批评就是将所学理论应用于作品的分析中，具有强烈的具体关怀和实践意义，是文学基本理论的应用和扩展。

---

① 童庆炳. 文学理论教程（修订2版）[M]. 3版. 北京：高等教育出版社，2004.
② 韦勒克，沃伦. 文学理论 [M]. 刘象愚，等译. 南京：江苏教育出版社，2005.

文学批评也会揭示文学发展的基本规律和特征。文学批评虽然是针对某一具体文学作品、作家或文学现象的解读，但往往能揭示带有一般性的、普遍性的文学规律。例如，刘勰的《文心雕龙·通变》关于"通"和"变"的解释牵涉到了文学理论中文学的继承传统和创新的问题，这是文学理论的基本问题。《通变》中说："楚之骚文，矩式周人；汉之赋颂，影写楚世；魏之篇制，顾慕汉风；晋之辞章，瞻望魏采。"① 但另一方面，文风又趋于不断演化之中。刘勰说："黄唐淳而质，虞夏质而辨，商周丽而雅，楚汉侈而艳，魏晋浅而绮，宋初讹而新。"② 整个文章发展的过程是由质到文。

（二）文学理论对文学批评具有方法论的意义

文学理论是文学批评的理论资源，离开了文学理论，文学批评就失去了方向，文学理论拓展了文学批评的视野，具有方法论的指导意义。

1. 文学理论提供文学批评的理论资源

文学理论可以指导文学批评实践。文学批评的理论和工具源于文学理论，离开了文学理论，文学批评就成了感悟式的理解，就会缺乏深度和广度。"方法"在古代汉语里，指的是衡量事物方与不方的准则。西方的"方法"起源于希腊文，原意是达成目标的道路。由方法而形成方法论，指的是对诸种方法的系统的探究和概括总结，这种探究和概括总结出来的理论就是关于"方法"的学说，它是人的世界观的重要构成。

2. 文学理论拓展文学批评的学术视野

文学理论为文学批评提供新的角度和学术视野。例如，西方的马克思主义文学批评，可以认为是社会历史批评的延续和深化。西方马克思主义文学批评原则上体现了马克思主义的文艺观，马克思主义文学理论为其提供了新的角度和学术视野。

（三）文学理论对文学批评具有实践意义

文学批评是将文学理论应用于文学作品的活动，是文学活动的重要组成部分。不同于文学理论是义学活动的哲学省思和理论化建构，文学批评是对文学文本及其相关要素的关系的理解，具有强烈的实践意义。

---

① 刘勰. 文心雕龙注[M]. 范文澜，注. 北京：人民文学出版社，1958.
② 刘勰. 文心雕龙注[M]. 范文澜，注. 北京：人民文学出版社，1958.

1. 文学理论为文学批评提供评判标准

文学批评是对文学基本理论的运用,是根据文学理论对文学文本及一切文学现象的阐释和评价。文学理论为文学批评提供思想标准和艺术标准,即文学批评的标准有意识形态属性和审美属性。思想标准是衡量文学作品思想性强弱的尺度;艺术标准是衡量文学作品艺术性高低的标准。文学作品的思想性是指作品题材、主题或形象、意蕴所显示出来的意识形态的观点,更加突出文学批评的意识形态性质。艺术标准是用来评价作品的艺术性的:首先是对文体的评价;其次是对艺术形象的评价;最后是对意蕴的评价。意蕴是包含于主体和形象之中又超越其上的韵调、情感、思想和精神。

2. 文学理论指导文学批评实践

文学理论会指导文学批评沿着正确的方向前进,从而改变文学批评中的种种乱象。所谓正确的方向,即符合时代特色、社会历史条件的思想标准和符合作品本身的审美规律的艺术标准。文学批评实践是将文学批评知识转化为批评能力的操作性问题,是批评者对文学作品、文学现象、阅读思维、分析评价、表述论证等综合能力的具体展示。文学批评的实践就是对文学作品和文学现象包括文学批评自身发表评价性意见,或见之于口头,或见之于笔下。见之于口头,大多是即兴式、点评式、感悟式的批评。见之于笔下,指的是批评文章的撰写要求文章具备理论深度。批评文章的撰写需要文学理论的指导。那么,以什么样的指导思想进行文学批评会更具有科学的价值取向并产生更有效的作用呢?从文学批评发展的角度和批评实践的效果来看,马克思主义文学理论为马克思主义文学批评实践提供了更科学的价值取向并产生了更有效的作用。从哲学层面看,马克思的世界观、方法论是科学的,是随时代发展的,而且具有开放性和包容性。从理论层面看,马克思主义关于美学观点和历史观点的论述,关于思想标准与艺术标准的厘定,可以作为文学批评高屋建瓴的指导思想和操作原则。从实践层面看,马克思、恩格斯的文学批评实践活动产生了巨大而深刻的影响。

第四章 新媒体时代下文学

第一节 新媒体时代的文学创作

我们当前所处的是一个媒体飞速发展的新时代，互联网的发展速度极快，也正是在互联网的推动之下，我国的文学开展了一种重要的文化变革。在文学创作的过程中与当前所处的社会和互联网技术进行整合，同时也增加了传统媒体的参与，最终使得呈现出的文学作品充满趣味。

在展开文学创作时，创作主体会将自身作为媒体，调动自己的各个感官来加强对外界的感知，并且将外部的信息传递到大脑当中来进行创作和改造，从而完成人内传播的过程。在整个传播环节，创作的主体会和外部世界产生积极的互动，二者也会实现交叉，创造者会主动对外部的世界及发展进行灵活的感知，并最终将其转变成文学。创作当中的一个对象被赋予文字生命，融合心灵和精神，内化成创作者个体世界，通过感知自身来感知外部世界。这是一个逐渐积淀的过程，并非一蹴而就。

外部信息在主体感知和意识作用下，经过主体自身感知器官构建的媒体环境的改造和过滤，成为主体信息网络中的节点，从而被主体媒体化，所以外在客体的主体化是通过主体自身的媒体化实现的。主体在感知和思考外部世界的同时，也借助感知环境把自身客体化，以顺应外部世界的信息要求。主体不仅要以自身感知器官为媒体获取外部世界的表层信息，同时还要以自身思维器官为媒体获取外部世界的内在信息，二者共同形成主体的心理现实。所以，主体的客体化也是通过主体自身的媒体化实现的，主体的视觉、触觉、味觉、情感、潜意识等众多因素参与到这个主体自身媒体化的结构中。在这个结构中，主体既是信息传播主体，也是信息传播客体，还是信息传播媒体。

一、创作主体大众化和年轻化

随着时间的推移和时代的发展，越来越多的学者逐步转变研究方向和研究目标，开始着手于00后文学，对其进行深入和细致的文学品读和分析，以便能够更深层次地了解新媒体时代的文学特征和特色。00后文学概念是在媒体发展的过程当中形成的，是当代文学发展的重要产物，同时也可以称作一种媒体发展的特殊成果。换句话说，随着网络媒体的飞速发展，00后文学借着这股东风获得了飞速发展的时机，也逐步跻身于当代文学的舞台，并在这一领域占有一定的位置。我们不能否认一个事实，那就是当前有很多畅销书作家都是00后文学的代表人物，甚至有很多00后作家在整个出版市场当中能够和一些前辈处于同等水平。先不对00后作家的创作水平及质量进行评断，因为由于年龄的关系，这些00后作家的创作时间还不长，成名时间较短，但是如果从整个出版市场占有量或者是网络发表量方面进行分析和判断的话，说他们和前辈作家平分秋色是毫不夸张的。网络上面的文学发表门槛极低，甚至可以说是零门槛，不会有非常严格的层级限制，也没有权威性的要求，这就为00后作家发表自己的作品创造了有利条件。他们虽然没有文坛巨匠的提携，甚至是得不到他们的青睐，但仍然可以不经过严格出版程序的审查来发表和推广自己的作品。只要他们的作品能够得到广大网民的欢迎及喜爱，那么他们的作品就会占据极大的市场。一言以蔽之，由于缺少严格的媒体把关，直接促成创作主体年轻化和大众化的发展趋向，让越来越多的年轻作品活跃在文学市场当中。

20世纪20年代，著名的心理学家同时也是传播学的先驱者卢因（Lewine）最先提出信息把关这一概念，如果对这一概念的表面含义进行分析的话，卢因想要表达的意思是在具体的传播实践活动当中，人们往往会从自身的经验和阅历出发，依据情感、喜好来进行信息的筛选，这实际上是对信息的过滤及把关。在这一理论提出之后，有学者进一步对把关理论展开分析，最后形成了目前在整个传播学领域十分经典的论断。其在实际研究当中选用的是实证研究方法，报纸编辑实际上就属于信息把关者，他每天会接触及处理大量的信息，但是这些信息群体当中只有极少部分符合审核标准，并且顺利通过审核，因此受众获得的信息实际上是媒体进行细致筛选之后得到的结果，这一结果符合媒体需求和意愿。站在这个角度上进行分析的话，在整个信息传播环节当中受众处在弱势地位，虽然他们能够接收丰富的信息，但是只能是被动接收，并且经过媒体筛选加工的信息已经和原本的信息有了极大的差别。

上面提到的媒体进行信息筛选,一直到筛选的信息被传递给广大受众,整个程序同样能够延伸到文学创作领域,也就是说,大众媒体编辑会接受及处理大量的文学作品,但是在他们的审查和筛选之下,只有少部分的作品能够通过他们的要求和标准获得正式发表的机会。对此,在大众媒体发展语境下,文学创作主体最终只会存在一小部分人或者是限制在其中一个群体当中。如今,我们正身处在一个网络媒体的时代背景之下,大量的文学创作主体可以轻松地将自己的作品发表到网络当中,再也不会遭遇到退稿的尴尬,也不用再面对资金缺乏的问题,不再会有怀才不遇的感慨,充分享受着网络技术为他们的创作带来的便利。任何人只要有文学创作的意愿,借助于网络技术,都能够顺利地展现自己的作品,使得这些作品能够进入公众视野。无论是早期的网站,还是当前的著名网站和应用软件,都有着非常广泛的开放程度,让那些网络作家能够将自己的作品顺利地进行发表,让越来越多的人能够看到他们的文学作品。即使他们创作的作品不符合网络编辑的需要,甚至是不被他们认可,也没有文坛巨匠的提携,这些网络作家仍然能够让自己创作的作品有着广泛的传播和影响范围,只要是他们的作品能得到网友的喜爱,有着超高的点击率,那么他们的创作目标就能够得到实现。照着现在的情况继续发展的话,会有很大一批的作品由于受到网民的追捧和喜爱,最终能够顺利避绕传统大众媒体的把关,展开大范围的传播和发展,最终形成有着极大社会影响力的阅读热点。转化成阅读热点的文学作品能够对出版社形成巨大的吸引力,接下来又会进一步地吸引影视制作公司将这些作品进行改编和拍摄,最终搬上荧幕,满足广大观众的欣赏需要。

通过对以上问题的分析和研究能够清楚地看到网络媒体的作用,它彻底打破了传统媒体的权威性,打破了传统媒体的限制,让很多原本没有名气或者是创作时间较短的作家拥有平等的发表作品的平台。这些作家的身份正在悄然发生着改变,不能再将其称作传统意义上的文化英雄,更加符合他们当前角色特征的称号是文化传播者,他们也在进一步推动着创作主体的年轻化和大众化的发展。

二、创作主题多元化和小众化

在21世纪,作家的创作主题更多地倾向于宏观层面,整个话题十分宏大,比如说世界和平、民族发展等,因此创作的作品也十分恢宏,吸引着人们对宏观世界的思考。随着网络媒体的迅猛传播与深入发展，人性的欲望拥有了巨大的释放窗口，出现了多种多样的创作主题，这些主题涉及社会生活的方方面面，题材的选择更是丰富多元，如悬疑探险、商业斗争等，让创作主题更加鲜活。

当前创作当中出现的这些多种多样的主题和题材实际上是对传统说教式文学的反驳，以往的很多作品会包含大量空洞的说教，缺少与现实生活的联系，不能够真实地表现出个人的情感和意愿。对这一现象进行总结的话，可以说是文学创作主题呈现出小众化和多元化的发展特性，这与当前的社会发展环境有着密不可分的联系，尤其是市场经济的进步使这样的趋势得到了加强。正是因为有了网络媒体，大量有着差异化阅读兴趣的小型人群逐步发展起来，并促使了能够满足他们阅读需求的文学作品出现并展开深层次的创作。

在大众媒体时代背景之下，受众长期处在弱势的位置，他们只能被动地接收信息的传播，也就是点对面的传播，正是因为这样的形式，使得文学创作无法服务于小部分的人群，更是不能够让他们得到精确化的信息，使得文学创作缺少人性化的特点。在具体的传播实践当中，受众并不会一直处在被动地位成为那个一直被摆弄的人群，事实上受众有着自身准确并且强烈的阅读需求，如果其中的某些大众媒体不能够充分满足他们的阅读需求，无法为他们提供精确的信息的话，他们也会随时转台来探寻能够符合他们要求的信息。这也因此使得电视媒体之间的竞争激烈程度逐步增强，因为广大观众的主体意识在被不断地唤醒，广大观众的主体地位逐步被确立起来，只有能够满足他们实际需求的媒体才能够真正意义上得到他们的支持，并且迅速发展起来。那些传统的大众媒体虽然能够在一定程度上对一些差异化群体需求进行照顾和满足，但是要想实现点对点的传播是不可能的，因为大众媒体的传播条件不允许实现点对点传播。但是随着网络媒体时代的到来，点对点的传播具备了物质技术的支持，符合当前环境和受众的实际需要，也因此推动着创作主题的小众化和多元化，衍生出一个又一个的小型差异化的阅读群体。

三、创作过程实时性和互动性

在网络媒体时代下，随着网络技术的发展，博客写作如火如荼地发展起来，有很多年轻作家在小说写作及发表过程中充分借助这股东风，在写完一个或者是几个章节之后就将其上传到网络平台上，让广大的网民能够即时地进行阅读，由此出现了"催更"等新鲜词汇，又或者在整部小说完结的过程中，网民可以根据自己的喜好和对文学的理解对作家的小说作品展开评论，同时也可以给他们的写作提出一定的建议和意见。有一部分的作家在之后的创作当中会结合网民提出的观点及建议，对自身的创作思路及方法进行一定的改变，这样形成的小说作品可以说是广大网民和作者共同努力的结晶，并且能够清楚地体现出当今时代文学创作过程当中非常明显的实时互动特征。

有一部分作家在实际展开作品创作的过程中更加希望凭借大众媒体来广泛收集读者的反馈，聆听他们的意见和建议，并且渴望得到读者的认可。如果网络读者能够对他们的作品持有肯定的态度，并且为他们拍手叫好的话，这部分作者在实际的文学创作当中会更加努力积极地用强大的自信心来投入写作当中。如果他们身处于传统媒体时代，要想实现上面的做法及目标往往是不可能的，因为一个文学作品的出版会经历复杂、冗长的步骤和程序，而且书籍在正式出版之前不会向广大读者公布，那么读者要想事先获得阅读的权利而且针对自己的看法提出见解的话是没有办法实现的。但是，当今是一个网络媒体时代，网络媒体的优势就是实时性及互动性，这部分的作家能够在网络媒体平台的支持之下广泛地了解及收集网络读者的意见，并通过读者的表现来调整自身的文学创作。而网络读者在网络平台上发帖和进行意见表达时也会有意识地参考其他读者的见解。在这样的情况下，由于受到群体压力的影响，大量的差异化意见最终都会趋向一致，而有很多持有绝对不同意见的网络读者，最后大多数也会选择保持沉默的态度。

事实上，网络媒体的飞速发展使得文学创作大受影响，也为其发展带来了新的方向和趋势，但是就其本身而言并没有好坏之分。在以往的文学作品创作过程中，作家依靠个人的力量和结合自身的思想来完成创作，在整个作品当中能够完整地体现作者的想象世界。但是网络媒体下的文学创作则与之不同。网络媒体时代的文学创作可以说是在网络平台上随写随贴，类似于一种直播室的文学创作方式，从表面上看做到了集思广益，让整个文学作品成为若干读者和作家的共同之作，但是实际上属于一种迎合网络读者的文学大餐。在整个过程当中，作家承担了多重角色，这也使得作家的身份更加复杂，他们是传播自身信息的主体，是承载内心感受的客体，同时也是信息传播媒体。

第二节　新媒体时代的文学传播

一、文学传播与流通环节的媒体化原理

文学创作主体把自己作为媒体将内外部的信息进行交互之后，就要实现文学流通媒体化，将创作主体的思想、心理及想象固化成文字形式。因为作家的思想情感、心理现实及想象世界都不能够称为文学作品，需要利用一定的符号来进行细致的描绘，并且将这些符号赋予特定的意义，在选择媒体形式之后才能够真正将信息变成物质形式，使得文学作品能够步入流通环节。如果从整个创作过程进行分析的话，作者选择文字和物质载体全过程实际上是实现媒体主体化的过程。文字符号首先将形式上和意义上的内容进行紧密联系，最终通过物质载体的方式来将原本的联系变成一种具体可感的形式，最后才能够真正进入流通环节，实现文学作品的传播。

在这样的条件支撑下，文学媒体的主体个性化特点变得更加鲜明，并且成为表现创作主体情感和内心世界的传播媒体，实现了媒体主体化的巨大变迁。与此同时，创作主体也在进行着媒体化的转变，他们最终会确定选择怎样的媒体，将会直接决定他会运用怎样的形式来将自己的内心世界呈现出来，更好地表现出自己的思想和情感。"对不同媒体的选择会影响文学文本的意义走向。……文本的意义及修辞效果因媒体的不同而或多或少出现差异。"[①]外部世界要想实现主体化，会经过媒体环境的过滤及筛选，同时创作主体利用特定媒体来实现自身的客体化，此时媒体就具有了主体的个性，也迫使主体要接受特定每一届的特征和传播方法。因此，传播媒体的变化会直接引起媒体环境的变化，最终影响文学传播。

文学流通媒体化会经历复杂的过程，需要将符号和物质媒体进行相互交融，在二者的互相作用之下经过多层次的交互来实现，具体可以体现在以下两个方面。第一，要想形成最初的文学作品文本，创作主体要借助符号和物质载体来完成。在这一过程中，创作主体会推动自我媒体化，将符号和意义进行紧密联系，完成

---

① 王一川. 论媒介在文学中的作用[J]. 广东社会科学，2003（03）：22-27.

第一层次。第二，让文本进入流通过程，也就是实现主体外交换。如果创作主体创作出的文本作品不能够实现流通和为广大读者所认识的话，文学创作将会变成自娱自乐，更不用说文学传播的实现了。文本脱离了创作主体，并与相关发行出版机构产生关联后，就与传播主体建立了一定的联系，顺利地完成第二层次任务。要想对传播主体的含义进行理解的话，可以是单纯意义上的传播者，也可以是传播机构或者是涉及传播的整个产业。

传播主体在这其中要发挥重要的作用，除了要联系创作和接受主体，还需要逐步从其中进行脱离，从最初由创作主体和读者所进行的传播活动变成独立从事文学流通的传播主体，并向着专业化和机构化的形式进行发展，最终形成一定的规模和产业。传播主体在对待创作主体初步完成的作品时，并不存在被动接受的情况，当这些文本真正被关注之后，它本身的自足性也会直接受到影响，需要由传播主体进行筛选，甚至是依据传播主体的主观需要来进行文本的改造，使其成为能够满足传播主体需求的传播文本。与此同时，文本也凭借内在结构来对传播主体进行着影响和说服，使得这些传播主体能够考虑到创作主体在创作文本时的真实想法和对自身思想情感的表达需要。因此，我们可以知道的是最后步入流通环节的文学媒体实际上是传播主体和创作主体的思想看法进行融合，或者说相互妥协所共同构成的结晶。在整个媒体化的过程当中没有对读者采取排斥的态度，因为读者可以说是影响二者选择和最终决定的重要因素，如果文学媒体得不到读者的认可，那么文学创作及传播的意义也将不复存在。在媒体技术推进的过程中，传播主体的专业程度会不断增强，其发展规模也将不断扩大，而且在文学流通的渠道和资源的控制力水平上有很大程度的提高，对于作家和读者的控制和影响水平也将进一步提高。

二、从"作品传播"走向"事件传播"的新特点

在 21 世纪，随着信息主义、"知道主义"与"标题主义"的潮涌，文学表达的重心出现了偏移，甚至是变异。假如说我们曾经尖锐批判地过度阐释尚且还与原作原文有着或多或少，或深或浅，或直接或间接的关联的话，那么在传媒语境中，21 世纪文学的传播似乎不太依赖于或不仅依赖于作品本身，而是依附于作品的"热点""卖点"，依托于作家的"绯闻轶事"。文学事件的传播力远远大于文学作品的传播力。于是，21 世纪文学表达便出现了从"作品传播"走向"事

件传播"的嬗变。从理论上说，不管是"作品传播"还是"事件传播"，它们所关涉的依然是传播的内容，即"传播什么"与"什么在传播"的问题，按"5W模式"来理解就是其中所谓的"说什么"（says what）。

作品传播实际上就是对作品本身进行传播和流通，这在传统文学的发展过程当中有着显著的体现，更是传统文学发展的一种重要形式，在这样的传播过程当中坚持将作品作为核心内容。好的作品，要想真正地大范围流传或者是获得普遍的关注与认可，不能够依靠外部的形式化内容，依据的核心应是作品本身。在作品传播的具体实践当中，如果要对作家和作品的关系进行简单说明的话，那就是作品成就作家。如果作家创作出的文学作品被读者普遍认可，而且他们对这些作品进行反复的阅读和鉴赏，最终促使作品进行大范围的传播，最终使得象征资本越积越多，在这样的情况下，作者身份才能够彰显出来，才能够真正地成就作家。事件传播实际上是传播文学事件，而这些文学事件可能来自作者创作出的作品，也可能和作品没有任何关系，和作家有着直接关联，可能是作家隐私，也可能是关乎作家的神圣和公共性。文学事件更多的是来自媒体有目的的策划或者是炒作，往往会把原来的事件进行放大，因此也对其赋予了新的名字，那就是媒体文学事件。

如果对当代的文学传播进行特征分析的话，能够非常明显地看到事件化是最为明显的表征，更是文学媒体化所产生的结果。事件传播是文本传播的一种形式。换句话说，事件传播只是将作家创作出的文学作品作为一种由头，重点是以作家为源泉即核心来进行文学策划和炒作，这样的现象在当今的文坛是十分显而易见的。例如，所谓"95后""00后"等名头，并不是对作家所创作的文学作品的概括，没有指向作品的风格、形式、内容等多个方面，而是直接针对作家本身。

以专门的设计话题，制造具有一定影响力的文化事件为主要内容的事件传播在当前有着非常明显的体现，这对于当代文学的传播和发展而言既有积极作用，也有消极影响。一方面，受众对于文学事件有着非常浓厚的兴趣，也会特意关注这些事件和有趣的话题，而借助话题和事件的热度，可以让文学作品的阅读量获得巨大的飞升，整个作品销量也会达到一个非常理想的水平，进而推动整个文学市场的繁荣与发展，使文学作品在受众心目当中拥有一定的地位。如果事件传播是有创意的并且获得成功的话，能够在事件的影响之下让人们去关注作者的作品，比如说卫慧的《上海宝贝》、韩寒的《三重门》、郭敬明的《梦里花落知多少》

等作品,就是因为事件传播获得了成功,使得他们的作品得到了受众的认可和普遍的关注,而且这些书的畅销都与特定的媒体文学事件有关。有学者认为,"在当今的时代下,当我们在探究文学和文化之间存在的关联时已经不能够和古典文学时代同日而语,今天的文学不在文化之外"①,那么新时代的文学同样不在事件之外。另一方面,由于人们将普遍的关注度和目标转移到了作品以外的文学世界方面,那么他们想要了解的更多是关于文学事件的内容,反而不会有更多的精力来投入文学作品的阅读,进而出现遮蔽文学的问题,甚至真正地陷入文学事件的泥沼当中无法自拔。在整个事件传播的过程当中,受众所持有的思想实际上就是想要了解这个事件,并且仅仅将此作为主要目的,但是往往只知其然,而不知其所以然,将认知停留在浅层和表面,因此忽视对作品的深入阅读和了解。即使有很多读者去阅读与文学事件相关的作者的作品,往往更多的只是简单地浏览标题,或者是对事件的大致含义进行粗浅的阅读,不会深层次地理解作者所创作出文学作品的文化内涵,那么作品本身的文学性不会在传播当中获得扩展,原本的文学真意会在其中被消解掉。

三、从"书本传播"走向"影像传播"

在进入21世纪后,文学传播的形式获得了巨大的转变,从原本的印刷传播到现在的电子传播,可以说这是一个大的跨越和文化递进。学者周宪、许钧认为:"电子媒体的产生可以说是整个文化传播历史的一次革命,突破了传统的文化传播模式,也让文化形态发生了彻底的转变,让它们在人类生活当中的体现形态已经和以往几乎没有了实质的关联。纵观整个历史,电子媒体对于整个社会的影响力已经远远超出了历史上其他任何时期的传播媒体发展状态,对于整个社会的影响已经不能够用深刻来表达。"②电子媒体对于社会和世界的影响是深远的。无论是人们日常生活还是文化生活,都形成了一种以视觉为主要内容的发展方向,进而推动了书本传播向影像传播的转变及发展。

传统的文学传播首先需要作家完成作品的创作,之后由传播主体来对作者的作品进行出版印刷,最后进行大范围的发行,让广大的读者能够阅读到作者的作品,并在阅读之后给出一定的评价。但是在当今的文化语境下,文学传播及表

---

① 曹顺庆,蒋荣昌. 从"文学研究"到"文化研究":世界性文学审美特性之变革[J]. 河北学刊,2003(05):96-102.
② 周宪,许钧. 文化与传播译丛·总序[M]// 波斯特. 信息方式:后结构主义与社会语境. 北京:商务印书馆,2000.

达往往是通过文学影视化来实现。在这样的情况下，从书本传播一直到现在的影像传播不仅能够体现出文学视觉转向的趋势，更是推动了文学的通俗化及大众化，让文学越来越贴近人们的实际生活。毕竟"书本传播"主要依赖的是读书，而读书在传统社会是贵族的特权、精英的专利。在生活节奏与压力都日益加大的现代社会，"读屏"是远远大于读书的行为，这里的"屏"既包括电影电视之屏，也包括网络视频之屏，还包括移动智能手机之屏，无论是根据文学作品改编的影视剧，还是纯文本的电子书，都可以通过电子媒体的这一方屏幕来实现。在人数上，观看影视剧的要多于读电子书和纸质书籍的。

21世纪是一个强调视觉文化的时期，表达方式也因此发生了巨大的转变，书本传播已经被影像传播所替代，在日常的审美当中，影像已经逐步代替书本，而且影像受众已经远远高于文字文本的受众，影像传播的效果也明显好于书本传播。例如，现如今很多人了解莫言、余华、凌力等作家作品都是通过观看由他们的作品改编成的影视剧而开始的，都是首先因为电视剧的播放而成名，最终在发展当中获得广泛传播和大量出版。

如果站在传播学的层面进行分析的话，文字化的文学作品是在纸质媒体的支持之下进行的平面传播，受众范围小，文学作品的传播面积较小，而将文学作品进行影像改编则属于大众传播，有着大范围的受众，而且传播的范围和领域都是非常惊人的。对此，如果将作家的个人化书写放在大众媒体传播时代的话，广大作家在创作自身的文学作品时首先需要考虑到的问题就是怎样对自身的创作进行调整，来让更多的读者需求得到充分的满足。在20世纪90年代后，将文学作品改编成影视剧来实现大众传播已经成为一种重要的文学传播趋势，而且获得了理想的效果，远远比书籍的传播速度快，受众范围广，也让更多的文学作品在整个文化市场当中占有一席之地。将小说进行影像改编，无论对打响作家的知名度，还是扩大作家小说的传播及影响领域，都有着重要的推动作用，影视的功劳是不能够忽视的。

四、从"一维传播"走向"多维传播"

假如传统的文学传播是以作品为主的"一维传播"的话，那么随着诗话、词话、曲话、小说评点等评点式文本，和本事、纪事、轶事、趣事等纪事性文本，以及文选、诗选、词选、曲选、剧选、小说选等选择性文本的出现，传统的文学表达开始呈现以作品为中心，上涉作者下及读者的"二维传播"。进入21世纪，随着文学场要素的增容与扩容，以及传播媒体的翻新，特别是由于纯化的文学表达被泛化的文化传播所大范围取代后，文学表达在整体上呈现出非线性化、散点化与多维化的世纪症状，成为事实上早已存在的"三维传播"，甚至是"多维传播"的趋势。

如果站在传播学层面分析传播手段，可以说这是依照一定规则来展开编码的符号系统，传播内容是在整个过程当中要传送及反馈的各种信息。如果站在编码的层面分析传播手段，具体可以将其划分成一维、二维、三维，以至多维等多个类型。一维编码是线性的；二维编码是平面的；三维编码是立体的；多维编码是发散的。一部文学作品的传播型构，既可能是"一维传播"，也可能是"二维传播""三维传播"，还可能是"多维传播"。如今是一个媒体多样化发展的时代，更是多元文化并存的时代，传播内容也在不断地丰富，除了作家作品，还需要关注到与作品相关的其他内容。除了原文本，还有很多的外文本、再次生文本等。在多维建构的推动及影响之下，当前的文学表达进入多维传播当中，并在这一进程中不断地拓展与发展。

文学作品的"一维传播"是指围绕着作品出版、流通、阅读、接受、评论等的径直型传播。而文学作品的"多维传播"，就是指文学传播的途径多种、路径多样、主题多元、效果多态的交互式、发散式的动态传播。多维传播与人们所了解的立体传播很接近，只不过多维传播比立体传播多了一种"人"的因素在里面。立体传播与多维传播的结果都体现在展示方面，但多维传播更具灵魂，带有与读者的沟通性，且具有持久性和黏度。在21世纪，文学表达的多维性是十分值得重视的一个现象与问题，如果缺乏对"多维传播"的关注，便难以把握21世纪文学表达的全景与真相。

其一，从传播的信源来看，当今文学传播的多维性特征是与生俱来的。21世纪的文学传播可以是以作品为中心辐射作者、读者、世界的网状型构传播，也可以是以作者为中心的辐射作品、读者、世界的网状型构传播，还可以是以读者为中心的辐射作品、作者、世界的网状型构传播，甚至可以是以世界为中心的辐射作者、作品、读者的网状型构传播。文学这一活动是由多种要素共同参与构成的有机整体，而世界、作者、作品和读者正是这一整体中的四个基本要素，在新媒体不断发展的进程中，媒体顺理成章地成为文学活动的第五个要素，并且还将市场、产业、文化、性别、地理等都纳入文学场内。

其二，如果从传播文本的层面分析，当今时代的文学传播存在的多维性特征是挥之不去的。21世纪文学传播的文本有着多维身份，而且身份十分复杂。即使是针对一个具体化的文本，如果从内容上看可以将其进行多维类型的区分，比如说将它划分成现实型、理想型等；如果从体裁上看可以将其进行多维体裁的划分，区分出诗歌、散文、小说等。例如：刘勰的《文心雕龙》标举了文体的多维性；司空图的《二十四诗品》、钟嵘的《诗品》标举了风格的多维性。再如，21世纪的类型文学的崛起，至少包括武侠、科幻、职场、青春成长等类型，如果要再细分，还会有更多。[①]当然，21世纪文学的多类型表征的不仅是文本的多维，还表征的是阅读的多维、趣味的多维、出版的多维、畅销的多维。所以，传播文本的多维性必然催生文学传播的多维性，从而建构相匹配的"多维传播"。

其三，从传播媒体层面进行分析，21世纪文学传播的多维性特征有着与时俱进的变化特点。当前的文学传播有着多种形式，可以是物质化、音频化、图像化、数字化等多种方式存在，但有着各自对应的传播媒体，而传播媒体又是文学表达的载体及途径。当前的传播媒体有着多样化的形态，这也直接促进文学表达多维性特征的构成。随着新媒体的产生，原本的旧媒体并没有消失，因此形成了一种新旧对立的状态，呈现出异彩纷呈的发展现状。

其四，如果站在传播层级的角度进行分析，以前的文学传播多维性特点显著。假如我们将21世纪的文学传播视为一种"泛传播"的话，那么这种"泛传播"必然有着层级的多维构造。传统的传播层级可以区分为两级流动传播、多级或N级流动传播。而在21世纪，基于"泛文本"与"泛传播"的传播层级，由于21世纪文学场的新增元素的介入，以及元素的普遍联系与网状交互，从而使传播层级呈现"环态模型"的重构。假如我们将基于"以作品为中心"的作品传播视为第一层级的话，那么与作品相关联的作者传播、读者传播、世界传播便是第二层级，与作者相关联的"泛作者传播"、与读者相关联的"泛读者传播"、与世界相关联的"泛世界传播"便是第三层级，当然在第三层级还可以区分出第四层级，以至第N层级。事实上，每一层级中还有N级的衍生层级。

当然，21世纪的文学传播在不同的传播层级其传播效果是不同的，但它们所散播的或大或小、或强或弱的传播力却合力推动着文学走向读者、走向大学、

---

① 白桦.中国文情报告（2009—2010）[M].北京：社会科学文献出版社，2010.

走向舞台、走向荧屏、走向大众、走向社会、走向奖台，甚至是走向经典的圣殿。

第三节　新媒体时代的文学传承

在当今媒体时代探讨的文学传承问题主要针对的是我国的古典文学部分。中国古典文学是我国传统文化的智慧结晶，更是对我国博大精深历史文化的一种展现，其艺术魅力是恒久而远大的，能够带给人深刻的思考，也能够看到民族的智性和深思。当今是一个信息化的发展时代，信息技术的飞速发展和各个领域的紧密结合引起了社会的革命及巨大变迁，使得信息的传播及加工处理速度和效率迅速提高，这也使得人们对于知识的学习及选择发生了根本改变。过去人们对于我国的古典文学了解甚少，很大一部分原因是大多数人在知识接受和处理方面存在一定的局限性，而古典文学对很多人来说有着一定的难度，但是随着时代的发展和信息时代的到来，人们接受和处理知识的能力有了很大程度的提升，文学已经不再是一部分人的专利，它达到了前所未有的普及程度，使广大的群众都能够享受到文学为他们带来的情感和思想熏陶。中国古典文学是我国传统文化系统当中不可或缺的组成部分，其文化内涵更是不可以被消磨的，我们需要认真思考怎样才能让这种传统文化在一个高速发展的信息时代中生存下去，要用怎样的方式来存在于这个环境当中。

一、经典之所以为经典与它的现代处境

经典，是经过一定的遴选规则挑选出来的，特别是被教育机构所遴选出来的书，是文化精英们按照严格的艺术标准及一定的政治标准创作的。对经典是有选择性的，它们是那些被挑选出来的具有个性化、原创性、代表性的作品，需要读者有学习的耐心、高度集中的精神和相应的阅读技能，由此可以培养读者的阅读能力，提供认知和审美的经验。例如，有学者曾罗列出经典的许多特征："经典作品是一些产生某种特殊影响的书，它们要么本身以难忘的方式给我们的想象力打下印记，要么乔装成个人或集体的无意识隐藏在深层记忆中。……经典作品是一本每次重读都像初读那样带来发现的书。……一部经典作品是一本即使我们初读也好像是在重温的书。……一部经典作品是一本永不会耗尽它要向读者说的

一切东西的书。"① 经典是读不尽的，它不断地产生对之解释的批评话语，又不断地以一种独立的姿态消解掉那些并不适宜的批评话语。

经典在众多作品谱系中脱颖而出，这并不是一个自然选择的结果，而是归因于文本本身和社会语境的多种复杂因素。

中国古典文学从时间上看是在古代，即中国自有文学以来至古代社会结束的整个历史时期，在古代社会结束之后，中国古典文学经历了一个文化的断裂和转型时期，在这个转折前后，文学的面貌是迥然不同的。在文学成为一个自觉的范畴之前，中国古代的文学并不是孤立的，在经、史、子、集中都有文学的成分，它和思想史、文化史、学术史交织于一处。比如，《史记》《资治通鉴》既是历史的资料，又是文学的作品。但是到现代社会，文学日益独立开来，文学开始逐步被固定为诗词歌赋一类的作品，即带有审美特征的、表现内心情感的、无关功利用途的作品。

我国的古典文学有着几千年的历史，是深厚文化的历史积淀，处处散发着人类的智慧，因此能够对人的心灵和思想产生巨大的冲击。在这些古代的经典文学作品当中，有的已经不是特别完整的成年典籍，甚至是有着很多的守旧及腐朽言论，但是这些古典文化是代代相传的积淀，是一种精神，更是一种文化，是中华民族的血脉。很多人觉得经典的形成需要漫长时间，需要经过时间和历史的检验及洗礼。"许多经典作家的作品都是经过若干时代的阅读、阐释和淘洗之后才存留下来的，那些只经过少数人或者一两代人的认可的作家作品还很难成为经典。"② 经典当中应该有着丰富的人文含义，有着能够打破时空局限的神力，也有着可以无限延展的可读性。于是，中国古典文学中的许多作品便被普遍认可为经典。

如果要列出一个中国经典文学的名单，其中大多数必当是中国古典文学的作品。如前所说，经典的形成需要漫长的时间，比如《诗》《书》《礼》《易》和《春秋》经过多个朝代的漫长阅读、评注，到汉代以后才立为"五经"，到南宋才形成"十三经"。流传至今的古典文学大多数已经经历时间的考验，中国古典文学是中国经典文学的重要来源，其中数目庞大的元典无可辩驳地被确立为经典。流传至今的中国古典文学作品大部分已经成为经典，但并不代表凡是成书于古代以文言写作的文本便是经典。经典内涵实际上是十分复杂的，同时在这其中

---

① 卡尔维诺. 为什么读经典 [M]. 黄灿然，李桂蜜，译. 南京：译林出版社，2006.
② 布鲁姆. 影响的焦虑种诗歌理论 [M]. 徐文博，译. 南京：江苏教育出版社，2006.

也有着一定的矛盾,可以说经典结构十分不稳定。经典文学作品基本上有一个稳定的状态,毋庸赘言,十三经、唐诗、宋词、元曲和明清小说的代表作品是经典,但是我们还可以设想,还会有少数一些曾经被忽略的古典文学作品在一定的时代语境下被重新发掘和解读,依旧能够获得经典的地位。

　　从文学的表达工具来看,古典文学多由文人雅士采用雅言创作而成。所谓雅言,即雅正之言。《辞海·雅言》说:"雅言,古时称'共同语',同'方言'对称。"孔颖达在《正文》中说:"雅言,正言也。"雅言也称文言,刘师培《文章源始》说:"言之文者,纯乎雅言者也。"就一般意义而言,雅言就是指高雅的文辞。在古代社会中,人们接受教育的权利是不平等的,贵族阶层拥有充分的受教育的机会,而平民阶层却较少获得。在科举制的激励下,"万般皆下品,惟有读书高",读书人掌握了雅言,也掌握了社会的话语权。他们以高雅的文言创作诗词文赋,遂使文学作品着重表现贵族阶级、文人雅士的生活面貌与审美意趣,成为脱离世俗大众的雅文学。流行在文人士大夫之间的雅文学,语言既典丽古雅,又艰深晦涩,日益与口头语言相脱离,成为越来越难以解读的"迷言"。在当今时代,面对这样晦涩难懂的作品,恐怕很少有人愿意付出大量的时间和精力去啃读,更何况现代人的生活节奏大大加快,在紧张忙碌的工作与生活中,人们也没有充裕的时间沉静下来,细细品味古典文学丰富、深奥的语言内涵与深厚的作品意境。事实上,现代人读书重在读而非"品",获取信息是现代人读书的主要目的。古典文学所能提供的信息量本已有限,而套在古典文学之上的语言枷锁更是无法满足现代人自由化、轻松化获取信息的基本需求。此外,随着电子媒体、5G网络的发展,现代多媒体技术带来的异彩纷呈的视听感受较之枯燥乏味的语言文字更具趣味和诱惑。古典文学作品的语言魅力不再,在现代人的生活中无可挽回地丧失了中心话语权。

二、媒体时代文学传承的契机

　　网络时代的传播媒体,本质上犹如一把双刃剑。在娱乐至上、消费优先的时代背景下,传承数千年之久的古典文学被逼至山穷水尽的境地,处境极为艰危,然而以互联网、电子媒体、多媒体为主体的现代传媒,也为古典文学的传播创造了可能的途径。当古典文学的文字符号转变成集声音、图像、音乐等要素于一体的形式进行传播时,能极大刺激受众的感官系统,使得古典文学以一种崭新的面貌进入现代人的欣赏视野。而一旦现代传媒能为古典文学所用，就成为后者至关重要的传播载体，从而为古典文学的复苏提供了某种历史契机。

传统古典文学的传播主要依靠纸质印刷，而在网络时代环境下，这种载体日益凸显出苍白、呆板与单调的气息，无法满足现代读者的阅读期待。伴随着现代科技的迅猛发展，电子媒体、数字媒体、多媒体及互联网等传播媒体纷纷出现。一方面，这些新颖的传播方式在传递信息的容量、速度及广度上都远远超越传统手段，能够充分地拓展古典文学的存在空间。借助这些现代传播媒体，古典文学的传播可以实现对时间和空间的突破，从而实现传播范围的更大化。另一方面，这些新兴的传播媒体大多摒弃了传统印刷媒体呆板、抽象与单调的文字传达方式，而是将声、光、音、色糅合起来，以具体可感的形象诉诸人的视听感官，极大地降低对文学接受者的要求，使得文学经典能轻松跨越阅读障碍，形象而直观地呈现在读者大众面前，从而帮助人们找到欣赏文学的捷径。

多媒体技术可以使得古典文学的传播更具生动形象性，但在信息化、网络化时代，多媒体与互联网的联姻才真正为这种传播插上翅膀，并使二者相得益彰，从而把传播功效推上一个新的高度。计算机与多媒体技术的发展，为文学作品的网络化提供了技术支撑与保障。如今，几乎所有的传统文学作品都被数码复制并储存在网络资料库中，众多网站、文学主页，甚至个人微博中的古典文学作品可谓汗牛充栋。而网民人数的急剧膨胀，使得网络的影响力空前强大。基于此，古典文学在网络的推动下，获得了再次焕发艺术生命力的良好机遇。

首先，通过多媒体技术制作的古典文学作品在网络中以超文本结构形式存在，人们打开电脑，联通网络，即可以欣赏到具有文字、声音、图像、动画，乃至影视画面的多媒体作品。

其次，网络是一个自由而开放的空间，也是一个反中心化、非一元化的虚拟世界，被多媒体重塑的古典文学作品得以在广大网民中自由传播，这既消除了古典文学晦涩难懂的阅读屏障，也促进了文学作品迅速走向普通大众。

在网络空间里，包括古典文学在内的一众文学作品一反过去高高在上的姿态，以一种低调的方式呈现在人们面前，供不同阶层的读者欣赏和品读。而借助于论坛、社区、网上书评等形式，读者也可以自由、公开地就作品进行富于个性色彩的阐释和评述，各种古典文学的"水煮""麻辣""大话"和"戏说"层出不穷，无疑都是大众读者积极参与古典文学表达的显著例证。在网络视域中，古典文学已经慢慢褪去了精英文化的外衣，逐渐走下高雅文学的神坛，与普通大众日益融汇在一起。对于网络在文学表达中的这一重要作用，诚如论者所言，"（网络）有利于摆脱文学的精英化倾向和曲高和寡局面，普通大众开始和所谓的精英们享受同样的文化产品，这又是网络的一大贡献"[①]。

最后，网络不仅可以上传、储存古典文学作品的数据资源，也可以提供网络下载功能，能够将古典文学的多媒体文件传送到手机、掌上电脑（PDA）、平板电脑（PAD）等易于携带的传播工具上，阅读由此变得触手可及，花费也得以大大降低。

网络时代的新兴传播媒体为古典文学的传播打通了前所未有的门径，展示出了空前强劲的传播功效，让一度岑寂、几近尘封的古典文学走出华屋，走向普通百姓。古典文学的传播俨然进入一个多姿多彩的时代，长期以来，徘徊于文人士大夫之间的小众传播，一跃进入大众化传播的信息高速公路，古典文学在信息化和现代化的进程中也不至于断裂，而是得到了很好的接受与传承。

第四节　新媒体时代的文学接受

在 21 世纪，电子媒体、数字媒体、通讯媒体等给文学提供了一个前所未有的开阔的生长平台，同时也给文学接受带来了新质的生长与范式的转变。文学创作主体的心理现实物化为外在符号和物质媒体，并通过传播主体的参与进入流通渠道之后，文学传播媒体进入第三重媒体化过程，即文学接受的媒体化。

一、读者角色与文学接受的媒体化

在整个文学实践活动当中，读者是十分活跃及关键的要素，更是与文学传播实践当中的主体和作家，以及作家所创作出的作品处于同等的地位。长时间以来，在文学研究层面，人们更多的是研究作者或者是作品，对于读者的研究非常缺乏，甚至一直采取的是忽视的态度。直到 20 世纪 60 年代，随着文学批评理论体系的出现，才让读者真正走入文学研究的中心位置。这一理论系统关注读者与文学符号的解读，同时也揭露出读者在阅读文学作品当中的审美心理，并且明确指出文学创作，尤其是大众文化生产都需要与读者建立密不可分的关系，只有这

---

① 关娟. 传播学视野下的网络文学 [J]. 当代传播，2006（03）：56.

样才能够真正提高文学的接受能力。

  针对文学接受媒体化过程的分析，需要经历相当复杂的过程。首先，读者需要在特定符号及环境当中实现自我媒体化，而且要让读者实现真正的阅读需要有物质媒体作为基础条件。在纸质媒体时代，读者首先需要拥有文学文本，也就是出版社出版的书籍，而在网络媒体时代，读者首先要具备网络阅读的条件及能力。阅读方式会决定读者的文本选择方式、目的等。其次，读者进行文本阅读的过程需要在特定符号及感知环境当中完成意义交换。读者首先需要能够看懂文字符号，接下来才能够将自身作为媒体来展开内向传播。

  文学接受者把符号转化成相应的意义，使之成为自身信息系统中的构成因素，从而使文学媒体主体化。同时，文学媒体也在召唤潜在的"理想读者"。这种理想读者是创作主体，一定程度上也包括传播主体在特定媒体环境中所建构起来的部分。接受主体在解码过程中通过与理想读者的抗争与妥协实现自身的客体化，使自己的心理世界融入媒体环境，成为受文学媒体影响的对象性存在，实现双方的意义交换和关系性的主客体置换。阅读及接受并不能够代表文学传播的结束。读者反馈在文学传播当中占有重要位置，也是整个传播实践活动当中的组成部分，是文学活动继续进行交互逆反的互动过程。

二、21世纪文学接受的日常生活化

  当代的文学有着明显的生活化特征，而且在此文化语境下，与日常实际生活紧密相连的世俗精神是十分必要的，也因此使得大量的文学作品当中会涉及生活细节，并将生活表现作为作品的一大特色。与此同时，又在不断地构建各自人群特有生活基础上的"00后"文学、青春文学，以及网络文学等，彻底打破了专业化作家文坛，使得中国文学发展进入一个全新的领域，而这一领域就是与人们生活息息相关的生活领域，原本的文学和生活之间有着非常明显的界限，而现在二者之间的界限也逐步变得模糊，这可能是当今时代文学变化的一个明显特征。在完成这样的转变之后，我们会站在生活的角度来对文学进行解释和理解，生活的存在决定了文学的存在。无论是文学还是文坛，都会让特定生活当中的人群及社会来完成构建，没有办法再形成一种垄断的局面。当我们在强调纯文学价值，并对这样的创作表达敬佩之情时，必须要为人们提个醒，其同样是中国文学生活的组成部分，大量的文学词语都必须在生活及经验当中得到检验。当我们在理解文学作品时，应该着手于当前的实际生活。如果要追溯历史的话，我们会更加想要从历史当中获得经验教训及开启新篇章的启发。在当前强调文学生活化的时代，文学处理的内容不能局限于传统的抽象理论和道德的论述，关键的是要结合当下生活与人们的实际处境，把握好与生活密切相关的物质及精神生活这两个方面，使得文学创作能够接受日常生活化，并在生活化当中为文学增添应用性价值。

  在21世纪，由于媒体的力量及大众文化的勃兴，文学审美走进日常生活，甚至成为日常生活的构成部分。文学与日常生活从来就息息相关，我们也一直生活在鲁迅、沈从文、茅盾、张爱玲、王安忆、金庸、莫言等作家的文学世界之中，这一点，在我们当下的旅游生活之中表现得尤其明显。比如我们走进凤凰古城，从某种角度说是走进沈从文笔下的"边城"与"湘西"，换言之，沈从文的"边城"与"湘西"事实上已成为我们日常休闲生活的有机构成。同样，鲁迅笔下的"鲁镇"与"绍兴"、茅盾笔下的"乌镇"、张爱玲与王安忆笔下的"上海"、莫言笔下的"高密"、金庸的"江湖"等也是如此。当然，"看"文学作品准确地说是"看"由文学作品改编而成的影视作品，几乎更是大众日常生活的常态。

  文学走进日常生活，并在日常生活中四溢，实质上是走向受众文学接受的实用性与功利性，以削平深度、淡化意义的方式完成对大众趣味的传播，并最终实现跟日常生活的同化。从整体上看，中国文学在一个新的全球化和市场化的环境下的常态化运行，是今天和未来中国文学的基本形态。文学不再是社会活动的中心，而是其中一个不可或缺的部分。文学越来越不再是宏大的叙事，而是普通的阅读生活的一部分。

三、从"影像"到"拟像"的接受转变

  从古至今，文学的接受方式不外乎三种基本形态：一是"听的方式"（口传文学时代）；二是"读的方式"（书面文学时代）；三是"看的方式"（视像文学时代）。在图像时代，随着审美范式从形象到影像，再到拟像的转变，21世纪的文学审美也随之出现变异，其中最值得置于视觉文化语境中探讨的就是从"读的方式"向"看的方式"的转变。这是一次革命性的转变，虽有返璞归真之义，却更多是一种与时俱进的创新递嬗。

  在经历了摄影、电影、电视的常规发展与电子化、数字化、网络化的飞速跃进之后，机器性视觉媒体作为人的眼睛的延伸，极大地改变了人们"观看"世

界和接收信息的方式，这样，"世界通过视觉性机器被编码成图像"①。我们对自身及周遭世界的认知和感受，我们在世界的交往和生存，都潜移默化地受到了视觉媒体技术的强力制约和深刻影响。从这个意义上说，图像时代就是一个机器文化时代，也是一个技术文化时代，更是一个"看"的时代。

影像是现代科技文明的重要成果，作为视觉媒体机器的产物，也是图像时代的主导。作为审美对象的影像，"意指真实世界中的事物，通过光的反射作用在胶片感光剂或电子成像装置上的显影成果"②。随着文学载体从传统印刷媒体的形象向现代机器媒体的影像的转换，审美范式也随之转型，即从形象到影像的现代转型。

事实上，影像作为一种审美对象的确立与普及，有些特征是值得关注的：一是机器化生产，使得影像这种审美对象可以批量化生产，从而导致审美过程的商业化。二是机器化传输，使得影像这种审美对象可以突破时间和空间的限制，可以使得远在千里之外的人也能同时享受到清晰而又声情并茂的影像，并让人有一种身临其境的审美体验。三是机械化复制以至数字化复制，使得影像可以轻而易举地无限复制，且复制品之间没有任何差异，原本与摹本的区别彻底消失了。

在图像时代，当图像"不再表征现实，甚至与现实无关，它依循自身的逻辑来表征，符号交换是为了符号自身"时，视觉审美对象便从影像走向了拟像，从现代走进了后现代。"拟像"是学者鲍德里亚（Baudrillard）创造出来的一个概念，所谓的"拟像"是一种对现实的复制，但它逐渐脱离现实而取得了独立的地位。对于拟像的发展，鲍德里亚将之分为四个阶段，"第一，它是对一个基本现实的反应。第二，它掩盖和歪曲了一个基本现实。第三，它掩盖一个基本现实的缺席。第四，它与任何现实都没有关系：它是它自身的纯粹拟像"③。在《拟像的进程》中，鲍德里亚引用《传道书》中的两句话作为篇首引言："拟像物从来就不遮盖真实，相反倒是真实遮盖了'从来就没有什么真实'这一事实。拟像物就是真实。"在鲍德里亚看来，拟像是一个非常宽泛的概念，不仅包括图像、形象和符号，而且包括社会事件、现实景观和生活行为。举凡一切的图像、景观、事件，只要按照拟仿的逻辑生成，就都是拟像。从整体上说，拟像生存于影视媒

---

① 吴琼. 视觉文化的奇观：视觉文化总论[M]. 北京：中国人民大学出版社，2005.
② 高字民. 从影像到拟像：图象时代视觉审美范式的变迁[J]. 人文杂志，2007（06）：119-124.
③ 杨拓. 试论"电子媒体时代"的文学审美[J]. 江西社会科学，2011（04）：5.

体、网络媒体、数字媒体等所建构的仿真社会与"超现实"或曰"拟现实"之中，秉承着拟仿逻辑，具有二元和数字性的特征，是走向虚拟化的图像而具有虚拟性、欺骗性、不确定性和异质性。

第五节　新媒体时代的文学消费

21世纪文学消费方式的转型有四种形态：一是从"直接消费"向"间接消费"的变更；二是从"阅读消费"向"观看消费"的变易；三是从"个性消费"向"类型消费"的变换；四是从"作品消费"向"符号消费"的变调。

一、从"直接消费"向"间接消费"的变更

纵观21世纪的文学消费，诚然有着"直接消费"与"间接消费"的并存，但大趋势上是从"直接消费"向"间接消费"的变更。

所谓"直接消费"，就是指针对作为商品的文学作品本身的直接的消费行为，包括作品购买、作品阅读、作品评论、作品改编、作品翻译、作品输出与输入等。换言之，这是针对文学作品本身、围绕文学作品本身、以文学作品为中心的消费行为的总称。而"间接消费"，就是指针对作为商品的文学作品的衍生品、附生品、寄生品的消费行为。这种消费行为虽然对衍生品、附生品、寄生品来说是直接的消费行为，但对文学作品而言却是间接的消费行为，包括观看源自文学作品的戏剧、戏曲、电影、电视剧、网络游戏等。

在21世纪，"购买消费"是一种最常态的"直接消费"。但是很多人购买文学书籍有着不同的目的，在很多情况下并不是为了阅读和接收其中的丰富信息，只是为了将其进行收藏，把图书变成一种摆设或者是炫耀的资本。绝不能把文学书籍的购买与阅读混为一谈，我们可以举出那种"炫耀性的"，作为财富、文化修养或风雅情趣的标志而"应当备有"某本书的现象。还有多种购书的情况：投资购买一种罕见的版本，习惯性地购买某一套丛书的各个分册，对于某一项事业或某一位深孚众望的人物的忠诚而购买有关书籍，还有出于对美好东西的嗜好而购买，这是一种"书籍兼艺术品"。因为书籍可以从装帧、印刷或插图方面视作艺术品。这种不阅读的文学消费包括在文学书籍生产和消费的经济周期内。不阅

读的文学消费，是一种纯粹的购买行为，可以被称为"显示式消费"或"夸示式消费"，其目的纯粹是炫耀自己的社会地位。尽管他们没有对艺术的内在审美需要，尽管他们从未打算去阅读那些文艺作品，甚至对所收藏的艺术经典名著一无所知或知之甚少，但为了装点门面、附庸风雅，因而喜欢购买和引人注目地摆设一些豪华精美的文学经典名著，以营造一种有教养的文化环境。当前纯粹为了消费而购买文学作品的行为随处可见，他们对于名著购买的理由十分简单，是想要对图书的展示价值进行挖掘来炫耀自己对于雅致的追求。在这样的情势之下，在整个文学市场当中就出现了这样的现象，很多的文学名著有着极高的价格，但是却在市场上占有重要的地位，受到了人们的普遍接受与欢迎。

"阅读消费"是当今最典型的"直接消费"形式，其对象是文学作品本身，来源比较广泛，可以是购买而来，可以是借阅而来，也可以是受赠或其他。在"阅读消费"的范畴里，是主体对作为商品的文学作品实施具体阅读行为的过程，诸如精读、泛读、略读、跳读等阅读形式。以阅读消费为主要形式的读者才可以算得上是真正的读者。正是因为有追求文学本来面目的人群存在，才让当前的文学仍然有着生机。大量优秀的文学作品仍然是很多读者心灵的栖息地。但是"观看消费"明显属于间接性质的消费，是用观看来代替阅读的一种消费方式，观看的是将文学作品进行改编之后的影视作品，这些受众不关注原本的文学作品，只是想要从改编的影视剧当中获得视觉上的满足，无法真正感知到文学作品的本来价值，用读屏代替读书。

二、从"阅读消费"向"观看消费"的变易

图像技术的高度发达与图像艺术的极度普及，直接促成了21世纪的文学消费从"阅读消费"向"观看消费"的变易。"阅读消费"主要是指对文字的消费；"观看消费"主要是指对图像的消费。当前文字的时代已经过去，转而代之的是图像的狂欢，从中能够明显看到图像对于文字的排挤和压制，直接将图像推到了文化的中心地带。在之前阅读文学作品的过程中，首先要用眼睛看，边看边进行思考，进而捕捉文学作品所塑造出的形象，以及作者透过文字想要表达的思想。但是现在文学已经变成了图像化的内容，图像非常形象生动，不再需要眼脑之间的转换，这与当代人的审美特征是相符合的。在这样的推动之下，观看图像成为最主要的文学消费形式。"阅读消费"是一种"直接消费"与"深消费"，而"观

看消费"则是一种"间接消费"与"浅消费",有着"快餐化"的后现代文化逻辑。

21世纪是一个图像无处不在的图像时代与景观社会。因此在这样的环境当中,有越来越多的文字化的文学作品被改编成一种图像化的呈现方式,将原本的文学符号变成了鲜活的图像。据调查,影像媒体比之于纸质媒体,在21世纪的受众市场已经占据了绝对的新权地位。在影视媒体中,最普及、最大众、最广泛的是电视。在电视的节目形态中,电视剧独占鳌头,因其受众的广泛度,它的影响力远远超过了电影、小说、戏剧等其他叙事形式。例如:四大名著先后多次被拍成了电视连续剧;现代文学经典如《围城》《四世同堂》等先后被拍成影视剧。这些文学经典通过影视图像的阐释,借助图像平台的传播,以通俗的方式被"观看消费"。再如,就21世纪的网络小说而言,一般观众不是直接阅读网络小说,而是通过观看改编自网络小说的电视剧来感知的,像《后宫·甄嬛传》《步步惊心》《欢乐颂》等。概言之,21世纪的"观看消费"有两种选择:一种是止于观看,为观看而观看;另一种是止于阅读,因观看而阅读。前者无可厚非,后者弥足珍贵。

21世纪文学的"观看消费"是一种实实在在的"快餐化消费"和"休闲化消费"。"快餐化消费"是后现代社会的一种时尚与潮流,它满足的是快节奏生活中人们对"效率"和文化信息的"知道需求",有着轻松、休闲、去思考的特征。学者武少民对这样的时代现象做出深刻的思考,并说道:"'快餐化消费'是以一种无目的的随意性的浏览,放弃思维的辅助,成了填充大脑中暂时的空白状态的消遣。或以新颖荒诞的视角,或以大量具有视觉冲击的图片,诸如卡通、科学幻想、生活幽默、特效技术等,来博得人们轻松一笑。作为承受着巨大生存压力的现代人来说,紧绷的神经太过脆弱,需要放松自己,消减存在的压力。在有效的闲暇中,捧读一本装帧精美令人赏心悦目的杂志,追逐着吸引人的标题,了解一些新奇的言论,或者满足猎奇心理,以打发无聊的时间。"而对"休闲化消费"还可以做"浅消费"与"轻消费"、"文学事件消费"与"文学名人消费"、"内文本焦点消费"与"外文本轶事消费"等细分,其消费对象是文学图像化的影视作品,主要形式有商业出版、电影电视呈现出的"绘本"文学、摄影文学、电影文学、电视文学、影视文学、影视剧、网络视频、网络剧、手机视频等,其中又以影视剧最具代表性。文学的深度可能要被图像平面化、浅宜化,读者虽然可以在图像中获得短暂而虚拟的快感,但失去的或许是对文学的深刻内涵的体验和美妙的想象。

从"阅读消费"向"观看消费"的变易，表征的是21世纪文学消费对象的影像化、消费内容的浅表化、消费过程的快捷化、消费路径的间接化。"这不仅仅是因为人们爱看直观感性的图像，而且是因为当代社会有一个日益庞大的形象产业，有一个日益更新的生产传播的技术革命，有一个日益膨胀的视觉'盛宴'的欲望需求。"①在"观看消费"的语境下，21世纪文学不得不面临四种窘况：一是文学原著因冷落而搁置；二是以先锋小说为代表的纯文学因影像预设而异置；三是文学深度因影像改编而悬置；四是文学消费因镜像扩张而误置。由此，作品失去了印刷时代的魅力，读者对作品的接受与消费开始向直观和幻化的视觉领域挺进。图像革命使我们的文化从个体理想转向整体形象，实际上就是说，照片和电视使我们脱离文字和个人的观点，使我们进入了群体图像的无所不包的世界。

三、从"个性消费"向"类型消费"的变换

所谓"个性消费"即"个体消费"，在基于市场经济条件下的消费文化语境中，每个人对消费对象的选择及消费对象的维度的选择是不一样的。例如：在文学体裁的选择上就可以区分为诗歌、小说、散文、戏剧、报告文学等；在文学类型的选择上就可以区分为传统文学、影视文学、网络文学等；在对同一文学作品文本的关注上就可以区分为重收藏、重展示、重阅读、重评论等。就文学消费而言，由于文学消费者的个性化的客观存在，"个性消费"应该说是一种正常形态。在21世纪，由于媒体文化对消费文化的合谋互动，甚至是施控，而媒体文化从整体上说是一种典型的同质文化。换言之，大众传播媒体将文化同质化后呈现出一种同质形态的文化。这样，21世纪媒体文化的同质性必然会在文学消费活动上得到极大的彰显，于是就有了后现代文化特征的"类型消费"。

所谓"类型消费"即单个消费者的消费对象在类型上的固定性与执着化消费，文学消费者只对某种类型的文学作品感兴趣和有消费需求。当然，"类型消费"也可以指许多文学消费者对同一部作品、同一个作家、同一种文学趣味、同一种文学样式等的消费活动，从而形成集群效应与轰动效应，并进而形成文坛的"热点"与"焦点"。对于"类型消费"的形成与勃兴，同大众传媒的造势、宣传、凝聚密切相关，也与大众传媒的策划炒作及推波助澜直接相关。

21世纪文学的"类型消费"与"类型写作"直接相关。在市场经济条件下的消费文化语境中，由于"买方市场"在整个消费过程中的主宰性地位，"类型

---

① 周宪. 符号政治经济学视野中的"视觉转向"[J]. 文艺研究，2001（03）：16-23.

消费"与"类型写作"互为中介又互为结果,从某种程度上说,是"类型消费"促进了"类型写作"的大发展,"类型写作"的大发展又反证着"类型消费"的大市场。

四、从"作品消费"向"符号消费"的变调

在 21 世纪的文学消费活动中,值得关注的现象还有从"作品消费"向"符号消费"的变调。"作品消费"指的是对具体的文学作品进行购买、阅读、研讨、评论和改编等直接性的消费活动。例如,刘震云的小说《贫嘴张大民的幸福生活》被改编为同名电视剧,但无论是小说还是电视剧都是"作品消费"的对象,受众研读小说或是观看电视剧都是一种"消费"活动。而"符号消费"指消费者在选择消费商品的过程中,所追求的并非商品的物理意义上的使用价值,而是商品所包含的附加性的、能够为消费者提供声望和表现其个性、特征、社会地位及权利等带有一定象征性的概念和意义,具体表现为对文学符号化、作家明星化、作品事件化之后文学所内含的神圣性、儒雅性等文化符号的一种有意味的消费活动。"符号消费"大多不涉及文学作品本身,它聚焦的是文学作品之外的"意义""内涵"和"认同"等。

在 21 世纪的消费社会里,人们不仅消费物质产品,更消费精神意义与文化符号,如消费品牌、消费偶像、消费美丽、消费革命、消费历史、消费经典,乃至消费语言与符号等。符号消费是后消费时代的核心,它的最大特征是表征性与象征性,即通过对符号的消费来表现个性、品位、生活风格、社会地位、社会认同、族群意识(主要是贵族意识、上流意识与精英意识)。如果说消费的符号指的是通过消费来表达某种意义或信息的话,那么符号消费是将消费品作为符号表达的内涵和意义本身作为消费的对象。可见,符号消费指向的是有着能指与所指意义的符号,它不再是纯粹的经济行为,而是一种文化行为。符号消费不断嵌入现代社会并发挥着越来越重要的作用,彰显了消费社会的符号性特质。

第五章　新媒体时代下文学理论的创新发展

第一节　新媒体时代对文学发展及其文学理论的挑战

一、媒体的变迁与新媒体时代文学兴起

从文学的发展历程来看，文学每一次大的变革及进步皆与科学技术的发展有着一定的联系。文学传播媒体的每一次革新和演变，都会使平静的文学场域激荡起阵阵涟漪，为文学的发展创新注入新鲜的活力与可能。纵观人类发展史，文学媒体经历了漫长的演化过程。从启蒙走向操纵、从依附走向掌控，今时今日，它已慢慢走近我们身边，包裹着、环绕着、萦绕在生活的每个瞬间，而依附于媒体基质之上的文学，也不可阻挡地发生了新的转型。20 世纪 90 年代末以来，以网络为发展方向的现代传媒不仅更新着文学活动传播的载体，提供了新的话语方式，而且也直接催生了新媒体时代文学的产生和蓬勃发展。

（一）媒体变迁与文学形态变化

人类一切精神形态的文明成果必须物化为媒体才能够得以赋形传播，文化既如此，文学也不例外。自文学与媒体相遇之始，媒体便作为文学的载体，也作为文学传播境况的重要形构力量，参与着文学形态的塑造，影响着审美机制的生成，作用着一系列与此相关的文学观念和文学生产活动。从口说耳听到手写目读，从书报杂志到屏幕键盘，从传统文学到网络文学，伴随文学媒体的演变发展，文学自身也在经历着沧海桑田的变化。

因此，按照人类历史文化发展的几个大的阶段，一般将文学与媒体的相遇历程（这里特指媒体伴随着文学从诞生之初发展到今天的始和终，而非代表着绝对意义上的终结）分为三个重要时期：一是口传文化时期；二是书写—印刷文化时期；三是数字文化时期。这三个时期分别对应三种不同的文学媒体和文学存在

形态。

1. 口语媒体与说唱文学

从远古时期的口头说唱文学诞生之始，文学的发展就始终与媒体如影随形、密切相伴。口传文化时期，口语媒体与说唱文学是当时所采取的主要文学形式。早期人类社会，基于沟通与生存的需要，语言产生了，它不仅是人类自身进化的基石，更是"作为语言艺术的文学"发生的基础。中国古人的"在心为志，发言为诗"即是如此。不过由于当时的语言发生在人类社会诞生之初，而且在相当长的一段时间里，语言在各方面都没有被正式地规定成为人类主要的交流工具，无法充分实现传情达意，所以简单的肢体动作和喊叫在一定程度上可以协助完成信息的临时互通和迫切的表意功能。此时，文学的创作和传播所依赖的基本媒体是声音，叙事的主要载体是"躯体表达"，在这种以口说耳听、身体辅之的主要传播方式和交流媒体下，说唱文学携带了强烈的口语色彩，易于吟诵，琅琅上口。今天所听到的一部分早期说唱文学作品如《诗经》《礼记》《吴越春秋》，以及很多伟大的史诗篇章等都是在这种口传互动中逐渐成型、润色和完善而成，并成为早期说唱文学的杰出代表。

在远古说唱文学中，语言有时是与其他两个要素紧密结合在一起的，也就是我们现在归为艺术样式的"乐"与"舞"，诗乐舞三者并肩构成了那个时代独具特色的文化景观。当时的基本景致是"饥者歌其食，劳者歌其事"，是"言之""嗟叹之""咏歌之""手之舞之""足之蹈之"。创作者用率真质朴的自由表达，吐露理想希冀，抒发际遇感怀，歌颂神圣，交流经验。这种源于人性本真的生命吟唱既是文学存在之根柢，也为后世文学的生命关怀与人文书写提供了无穷无尽的力量。可以说，语言是文学存在的家园，它创造出了早期的说唱文学形态，而口传说唱文学也因此成为文学的胚芽和原点，成为人类最初对生命本真状态的深刻表现。

2. 造型符号媒体与书写文学

告别早期文化的历史蒙昧期，以文字发明为标志，人类进入一个更高的文明发展阶段。文字的发明、造纸术、印刷术的发展带来了一次感知结构与感知比率的重大革命：眼睛代替耳朵担负起语言加工的重任。文学也因此进入书写—印刷文化阶段。

书写—印刷文化时期，文字符号构成了文学传播所依托的基本媒体，而像刻刀、龟甲、兽骨、金石、竹简、木牍、笔墨纸砚、印刷机器等诸如此类的外在工具就成为文学叙事所需要的主要载体。经由文字和这些书写工具、物质载体的依托，口传文化时期的所有飘浮在空气、语音中的作品终于可以静止安定下来，为人们所呈现在眼前。这不仅为此后人类的文化传承提供了确切可靠的资料和文献依据，也为人类的辽阔想象与审美渴望提供了合适的意蕴空间。

但是由于文字本身只是一种符号，它不能单独承担文化的传播活动，还需要一定的物质媒体，即它被书写在什么物质材料上。所以仅就文字自身的书写来看，它依次经由镌刻技术、书写技术和印刷技术三种制造工艺的发明与发展才逐渐走到我们身边并不断趋于完善。此后，文字依存的媒体先后经过竹木、简牍、帛书等，终于固定在纸上。纸张作为一种相对轻便、廉价的书写媒体克服了笨重载体媒体传播作品的困难，无形中拉伸了文学的接触范围。伴随这一变化接踵而至的是文学创作数量的剧增与文学审美意识的强化。尤其是当印刷术适用普及以后，文学更是进一步迎来了极为繁盛的生长期。纸张与印刷技术的结合，使得文字的复制能力和传播水平陡然剧增，不仅在一定程度上打破了少数特权阶层对文化的垄断地位，将文化的权力逐步从精英那里转移到人民大众手中，而且也促使在被大量刊印和传播影响之下的文学更加具有专业性和自觉性，逐步走向成熟。

3.数字媒体与新媒体时代文学

20世纪末叶，市场化经济发展、科技的变革求新和全球化语境的来临，传统的纸介书写文学日渐式微，一些新生媒体的出现使得文学踏上了大众化的旅途，特别是互联网的普及，助推文学发生了根本性的转变。一种以网络文学为主的新媒体时代文学生产格局正在被建构起来。

新媒体时代，互联网自然而然地成为文学传播所依赖的主要媒体，而此时比特成为其叙事所需要的载体。文学可以有效利用其庞大的承载空间及资源全面共享的优势特征，在许多方面都达到了口语媒体、书写印刷媒体，乃至电视广播等其他物质载体难以赶超的优势。

第一，互联网作为新媒体时代文学所依托的技术媒体和载体，它构成文学本体的"技术存在"，也是其"第一存在"[①]，这样的存在是与口头文学的"记忆技术"，书写文学的镌刻技术、书写技术、印刷技术不同的，它从技术本体上用"无纸传播"实现了"文本散播"，同时它具有的这种媒体特色也促进了文字

[①] 欧阳友权.网络文学本体研究[D].四川：四川大学，2004.

向图像的发展转换，可复制的随意性和可虚构的仿真性对人与世界的审美认知产生了深远影响。

第二，数字化网络载体的自由、共享及交互参与的特性，扩大了文学的话语空间，馈赠了人们表达的权利。文学在以前有很多条条框框的限制，比如文以载道说、兴观群怨说，这些都控制、约束着作者的创作意识和话语趋向，而今天日新月异的技术手段促使我们可以利用媒体这一条件去牢固文学和外界之间的联系。一方面，目前的网络文学在内涵形态上打破了单一语言符号对文学表意活动的垄断，开拓出语言、声音、图像等多种复合符号表意文本的运作空间。另一方面，网络文学在当前的呈现内容之中远离了传统文本的宏大指向，在打破传统文学创作和发布规制的新媒体时代平台彰显着平民的话语狂欢。

第三，新媒体时代促成了一种全新的、多元化的文学生产格局。自从电子、数字媒体参与大众的日常生活，文学与媒体的旧格局被打破，文学艺术的生产、传播与消费均发生了实质性的转变。如就发展趋势而言，时下占据主导地位且日益深入人心的主要是以网络、电视传播方式为载体的文学形式。此外，手机文学、博客文学、微小说、动态诗歌，包括一些大众流行的文学、通俗戏曲等各种休闲文艺形式在内的边缘文体，都进入文学研究的范畴之中。不容置疑，今天文学形式的媒体化与多样化在一定程度上渐趋解构了原有的文学场域，并在此基础上重新构筑起一种新型的文学生态体系。

由此可见，媒体与文学的耦合在不同时期带给了人们不同的文化体验，而当今新媒体时代文学的发生，既可以看作信息技术革命为文学赋能增力的一次生存选择，也可以是对于传统文学而言一次难以回避的格式化蜕变。这种蜕变一方面使传统文学借助新的媒体技术获得了碰撞和新生，另一方面也使文学的"语言审美"或生命表征迷失在图像泛滥的浪潮中。不管怎么说，这既是一场机遇，也是一次挑战。

（二）新媒体时代文学的发展

"一代有一代之文学"，各个时代的文学都是映照社会风貌的一面镜子，并鲜明地反映出时代的精神特征。20世纪末叶，面对传统的印刷媒体向网络媒体的革命性递变，文学的生成环境和生存背景都不可避免地发生了媒体化转型，在当下的文学生产活动之中，媒体被突显为一种不可或缺的基本构成要素。今天，文学不再以单一的文字形态存在，文学的语言、意境、形象等以各种灵活生动的方式进入多种媒体的表达中，文学创作模式发生了变化，逐渐催生出一种新的文学形态——新媒体时代文学。

作为一种全新的文学形态，新媒体时代文学与传统文学相比，较为突出的特色就是利用"媒体"去定义文学，且媒体的技术特征往往会成为新媒体时代文学的特征。目前，按照我国学者周才庶的表述，"新媒体时代文学分为印刷文学、影视文学和网络文学三种，三者分别利用文字、影像和网络言语作为介质，拓展了以文字书写为基本的传统文学模式，形成文字、图像和影像密切关联的文学呈现形态"。[①] 此处，我们仅以网络文学为主要代表的新媒体时代文学样态来探究新媒体时代的文学发展景观。

网络文学是依附于网络媒体所产生的一种文学新形态，起于青蘋之末的网络风潮悄然演化成气贯长虹之势，径直把我们引领进"数字化生存"的审美空间。按照欧阳友权在《网络文学概论》一书中对它的解释，"网络文学"相对来说就是指网民在网络上写作，并在电脑上发出，为上网人员所观赏和阅读的全新的文学模式，它是跟随着数字化网络技术的发展而如期到来的文学新形态。[②] 这一定义包含如下三层意思：第一，网络文学必须是经由网络首次发表的原创性文学，传统的"印刷文学电子化"不能算是网络文学。第二，在互联网技术发展之下生成的一种全新的、以机换笔的文学形态，就是网络文学。其内容可以是人在网络虚拟空间的审美体验，也可以是现实日常生活的感触。第三，网络文学是为了满足广大网络受众而创作的，受众需要在网上阅读、评论甚至参与创作，实现网络文学的互动与传播。其实不管是上述哪种看法，都在向我们隐隐传达着一个文化事实，即当下的文学存在方式在媒体文化、市场文化、消费文化共同作用下发生着偏向互联网维度的转型和重构。

今天，日臻成熟的新媒体技术赋予了文学更多的表达方式，影视文学、手机短信文学、微博文学和微小说……每一时刻都会有新的文学形式加入浩瀚的网络阵营中，使得网络文学的内涵已不能满足于解释所有基于新媒体时代技术平台进行生产与传播的文学形态，"新媒体时代文学"更恰当地成为诠释不同种类的互联网数字文学的概念。并且这些层叠涌现的新文体也不断刷新着我们对"文学"

---

① 周才庶. 媒介变革与新媒介文学的形成 [J]. 文学与文化, 2021（01）: 86-93.
② 欧阳友权等. 网络文学论纲 [M]. 北京：人民文学出版社, 2003.

的固有观念,不仅为文学自身注入了新的活力,也表现出区别于传统文学的时代新变特征。

第一,以接受者为核心的网络创作思维。简单理解,以接受者为核心意在说明新媒体时代下的网络文学创作拥有着在不同方面都可以满足接受者阅读需要的功能。究其原因,一方面在于网络作家职业身份地位的转变。兴起于互联网时代的作者大多数都是95、00后的年轻一代,他们并没有经过专门的、系统化的写作素养的训练,也没有受过传统精英文学中"文以载道""文化兴邦"严肃创作理念或价值倾向的熏陶,开阔、敏捷的新时代思维使他们在作品创作中随性而发、即兴而作,大多表现出自由活泼的气质而鲜少受到束缚,对生活凡俗的记录、对情感经验的言说在很大程度上贴合读者内心,引起共鸣。另一方面,基于互联网开放、自由的媒体气质,每个网络用户都可以随时参与其中,创作、传播、接受的流程畅通无阻,用户彼此间交流想法、传递经验,网络文学创作始终遵循人们的"情感逻辑",在客观上表征了个人享有更多的自由。

第二,公共空间的自由流动。网络文学打破了人们原有的有限而单向的思维程式和时空界限,实现了文学在公共空间之中自由无碍的交流传播。在互联网中,信息的封闭与占有被网络传播的交互性所打破,人人都成了信息传播的主体,人人都能欣赏与体验各类文学作品。学生、工人、科学家,抑或每一位普罗大众,都是新媒体时代文学的生产者与接受者,在网络媒体搭建的公共领域中,文学的共创有了更为宽广的发展空间。

第三,网络文学的市场化、产业化。新媒体时代在跨越传播的时空鸿沟,扩展文学作品生成途径交互化的同时,也促使网络文学创作者转变写作心态和写作意图,使之更具商业意味。在消费语境的影响之下,文学想要赢得市场,就要首先考虑读者的阅读期待、阅读需求和阅读兴趣,因此这种以读者市场为主导,以制造消费卖点为追求的创作方式不可避免地将以网络文学为代表的新媒体时代文学生产带入了流通市场。付费阅读、IP经营、文学作品的影视改编等已经成为网络文学产业跨媒体规模发展的重要策略和扩大再生产的环节,网络文学已经成为一种规模、一种产业、一种社会现象。

总之,随着互联网技术的不断更新与应用,文学创作平台的转型与升级,以网络文学为代表的新媒体时代文学紧跟新媒体时代技术变革的脚步,自身也经历了从萌芽到快速成长再到相对成熟的过程。现下以网络文学为代表的新媒体时代文学虽然兴起且发展时间很短，但也积累了不少的优质文本，涌现出大批的创作队伍，逐渐在文学领域具有重要的影响力。这不仅悄然改变着当代中国文学的新格局，同时也给予媒体化生存、生活中的人们文学体验的新境界。

二、新媒体时代文学发展带来的新挑战

（一）新媒体时代文学生存与发展方式的变革

新的时代条件下，数字媒体技术以在线资源的无界照拂，已然开始重组人与现实世界的审美依存关系，以机换笔、临屏阅读、漫游空间等技术方式大大突破了传统的文学存在方式和表意体制，完成了从纸介书写向数字文本的形式转换，新媒体时代文学面临着"数字化生存"的严峻现实。在此着眼于文学外部的生存背景，我们可以从以下三个方面领会现代传媒对文学生成与发展的重塑和置换。

第一，从创作媒体来看，实现了由语言符号向数字符号的转变。现代传媒语境下，数字化互联网技术凭借其庞大的信息容载量和"穷山巨海，不能限也"的传播功能实现信息的实时获取，文本的及时传送，使深刻的文意情丝在几秒钟之内就能以数字符号的形式从指尖流送到世界各个角落。21世纪以后，经由新媒体时代技术参与下的文学作品挣脱了以往单纯依赖"语言艺术"的媒体阈限，作品形式丰富多样，实现了符号载体的生动转换。具体来说，新媒体时代技术下文学所使用的媒体是数字化符号，是"比特"的压缩处理与解码转换。以二进制代码0和1为载体的比特可以转换为文字符号，也可以转换为视频和音频形象，这时候，单纯的语言文字媒体显然已难以涵盖所有文学作品的存在方式了，如此作品以文字、声音、图像、动画等多种媒体方式结合起来，达成了超乎以往任何一种媒体的视听美感和审美通感。

第二，从文本形态上看，出现由"硬载体"向"软载体"的过渡。传统文学文本主要是以竹简、兽骨、钟鼎、笔墨纸砚等众多承介物的"硬载体"形式出现的，有大小、体积、质量的物理差别，它们陈设于书架、课桌上，形成某种广延性的物质性存在。而时下的新媒体时代文学则是以网页、超链接文本等电子符号的软载体形式贴附于互联网络的虚拟空间。这种比特化的文本本质上毫无物质材料的质量差别，并且所有的信息均可转换为数字比特的表现形式，能够无限制的粘贴、复制。在这种文学形态由有形物质寄托向无形电子信息寄托方式的转变过程中，无论是作家的创作观念、思维理念，还是读者的阅读定式、接受习惯都

发生了极大的改变。置身于新奇的数字化空间，"信息"取代了"物质"，"手中实实在在的文本"化作"空中轻舞的符码"，整个网络世界就如同一个广阔庞大的、可移动的电子图书馆。信息飘零，聚散如烟。

第三，从分类方式看，新媒体时代文学的类型发生分化与整合，文学界限越来越模糊，数字技术悄然打破了人们对传统文学的想象方式，实现文学存在的新式构型。遨游于离境的网络空间，各类文学现象层出不穷，数字媒体不断衍生的新文类和新形式（"超文体""跨文体"）令人眼花缭乱。读者往往来不及辨析文本种类与价值内涵就被各色文本簇拥包围着，纪实与虚构、文学创作与生活实录之间开始彼此限定和沟通，文学与非文学的界限逐渐被抹平，传统的界定"文学"和作品分类方式的标准变得模糊或消散了。比如《第一次的亲密接触》这部童话式的网络爱情小说，就以诗歌文体的形式分行排列，并在其间穿插了许多诙谐风趣、极富想象力的新体诗。

总而言之，在以互联网为代表的新媒体时代文化语境下，文学的生存与发展方式发生了深刻的变革，旧有的文学体制被打破，时兴的文学镜像被书写，在新的艺术经纬里，文学有了与新媒体时代相得益彰的呈现方法。新媒体时代技术改写了传统文学本体的符号陈规，盘根错节的网络重塑着关于美和艺术的新旅程，在今天的文化语境下，我们完全有理由要求重新理解文学生存状态的演变和文学发展方式的内涵，重新审视传媒在文学存在中的重要作用，这是文学存在方式嬗变的基点，也是探索文学体制历史演进的新可能。

（二）新媒体时代文学理论创新的必然要求

第一，从书写—印刷文学范式向网络文学范式的转换是推动新媒体时代文学理论创新重构的内在张力与必要前提。

媒体自身经历的革新变迁直接影响和加强着文学艺术的形态塑造，而文学艺术由此产生的改变必然也会影响和推动文艺理论思想观念的更新，以及学理性研究范式的发展和裂变。在科技文明大行天下的时代，社会文化的发展在很大程度上冲击了旧有的审美范式，文学艺术的网络化也瓦解着传统的文艺理论研究范式，面对当下文学领域不断涌现出的众多新式文艺类型（如网络文学、博客文学、超文本小说、影视文学、手机文学等），如若学界的文艺理论批评家一直囿于传统的文艺理论研究范式，用旧有的理论原则去厘定和分析现在的文学现况，无异于是"刻舟求剑"。

　　在文学媒体飞速更迭的今天，文学的创作氛围、作品的传播方式、读者的阅读期待及整个文坛生态都发生了新的背景置换。彼时，在新媒体时代技术的支持下，各种各样的文学类型、文学话语和文体种类应运而生，文学的存在方式向数字化、无纸化转变，文学作品开始向新媒体时代文化蔓延。回看传统文论，文学媒体被划定为形式的范畴，被认为是情节、观念、主题、意象等所谓"内容"的载体，且媒体本身是空泛的、了无意义的这一理论观点显然不太符合当下的文学发展。假如说书写—印刷时代的媒体对文学来说仅是一种工具论意义上的媒体的话，那么现代传媒社会下的媒体对文学来说已然超越了工具论的范畴而上升为一种本体论意义上的范畴。从当前的文学现实来看，不管是文学存在方式、文学审美价值，抑或是文学结构，都与"媒体"这一要素相互依存、共荣共生，而且在很大程度上，正是媒体的性质决定着文学表达"内容"的实现与否。所以，从书写—印刷时代的文学范式向数字网络时代新媒体时代文学的范式转换，是中国当代文学研究需要考虑的文化语境和理论背景，也是其日后创新发展需要予以正视的媒体革新和文化现实的必然选择。

　　第二，新语境下一系列阻碍新媒体时代文学发展的现实问题是促使新媒体时代文学理论创新重构的外在推力与条件可能。

　　对于今天的大多数人来说，已经熟悉且适应于数字计算机和互联网的技术环境。手机、电脑、微博、微信、电子邮件等无处不在的数字关系网成为日常生活中沟通与交流的重要方式，而内嵌于这个社会生活之中的文学领域也在由技术进步所带来的社会新现实的变化中变化着，文学术语的变化、文本形态的革新、文学观念的震荡需要在新情况下有与之相对的理论对大数据环境下的文化变革做出快速反应和有效连接。但着眼于实际，就既有研究成果而言，面对大数据的出现带来的工作、生活、思想的巨大变化，当前的文学理论与文学批评显然干预力度弱、跟进迟缓，在生态监察、意义评估与价值引领等方面未能发挥应用的作用。

　　对此在这种背景下，拥有一种创新中国新媒体时代文论的理论自觉就显得尤为迫切和必要。文艺理论界应该及时正视现实，以通变的学术立场重新审视文论的范式演进，用开放的姿态去发现文艺领域中的新现象和新问题，在新的时代背景和文化语境下，及时调整、拓宽自己的研究对象与研究方法，重塑与时代变化相适应的文学理论新体系。

第二节　新媒体时代文学理论的多维创新探索

一、新媒体时代文学存在方式的理论探讨

进入 21 世纪以来，以数字互联网技术为主的新媒体时代技术大规模挺进文坛，带来了文学镜像的生动转变，赋予当下的文学以更丰富的媒体性内涵。新媒体时代对文学的作用影响不再单纯停留于传播途径和传播方式的层面，它作为文学生产的要素开始参与到文学活动的整个过程中，从生产到传播再到消费，处处体现着媒体的势能和力量。此时新媒体时代语境下文学场所呈现出的样态也愈发不同于精英文化时代文学场的诸多特征：文学场域的自主性由于文学存在方式的改变而受到挑战；文学场的内部结构由统一走向裂变。

（一）文学场与文学存在方式

"文学场"是法国社会学家皮埃尔·布迪厄（Pierre Bourdieu）在其场域理论基础上提出的一个著名概念。"场域"一词本是物理学的概念与术语，主要是指物质存在的一种基本方式。在布迪厄看来，世界是由许多大小不一、力量不同的"场域"组成的，包括经济场域、政治场域、新闻场域、文学场域等。社会将这些彼此独立又密切相关的场域联系在一起，每一个场域都有自己的运作逻辑和规则，一个场域从社会权利场域中获取的自主性越多，该场域的合法性就越高。而文学场正是在这众多场域的其中一个，"遵循自身运行和变化规律的空间"，在这个空间中，各种权力此消彼长，各种结构关系处于一个动态的流动平衡。为了生存和发展，各种文学现象都需要争夺自身的"合法性"，即获得文化的主导权。

那么以场域视角观之，新媒体时代的文学场是怎样的"空间"呢？对此，文艺理论界对于这一问题进行了积极的探寻与追问，最终得出一个统一的答案——长期以来以精英文学为主导的中国当代"自主性文学场"在新兴媒体的冲击下发生了分化与裂变，变成了一个由多元化的价值原则指导的，开放包容、竞争有序的自由空间。

新媒体时代的到来，使整个社会存在与生态环境已不可回避地被媒体的话

语和声音所包裹缠绕，现代传播媒体不再仅仅是科学技术的产物，特别是网络与数字化技术，在具备了强大的科技理性与工具理性之后，更是卷入政治、经济、文化与文学的运作之中，拥有着极大的权力。这种权力，无论对于当代文学的生成还是转型，都是极为重要的。这里就以文学符号、文学形态的变化演进而论，21世纪互联网应用的普及和影视媒体的发展使当代新媒体时代文学正朝着一种以视觉文化为主要内容的方向发展，传统的纸质文本形态逐渐式微，文学内容的影像化表达嬗迭涌动。过去文学作品由文字语言所构筑的深度的艺术想象空间正逐渐被影像叙事的视听觉体验吞噬，文学与影像的相互嵌入、文字与画面的视域融合、文学内容的影像化表达在当下正成为一种较受欢迎的文学样态。除此之外，当代的文学还能以音频化的朗诵、评书、广播等形式流入读者心间，文学变成了可视、可听、可感的多样化形态。从这些不同符号形态的文学形式在大众读者之间的活跃场面来说，新媒体时代技术的兴起对以建构文学的自主性、稀缺性为主的精英文学而言，无疑构成了一种巨大的挑战。

在新的社会背景下，在多领域、多方面力量的综合助推下，文学自主性原则的权威性被消解了，甚至丧失了，精英文学渐趋从文学场中心退居边缘。

（二）文学场裂变与新媒体时代文学生产

其实从理论上来说，任何技术的革新都会逐渐创造出一种崭新的生态环境，并且积极的作用到社会发展和文化繁荣当中。20世纪90年代，伴随着市场经济的崛起和消费时代的来临，大众文化逐渐兴盛起来，以电子媒体、网络媒体和手机短信媒体所共同构筑的现代传媒对人们的生活方式、交往模式及文化观念等各方面都造成了很大的冲击。在这样一种不同于传统媒体的新媒体时代语境中，必然生出一种功能性的新氛围、新场域。于是，在新的空间场域中，网络媒体和数字技术不仅作为一种新兴媒体直接影响了文学的生产方式、传播方式和接受方式，而且也以其强大的本质性构成在一定程度上使以精英文学为主导的自主性文学场内部发生了权力结构和运行方式的分化、整合、重组，进而走向了裂变。

倘若说过去的"精英文学"所主张的是文学的自主性、主体的自律性及审美的无功利性的话，那么裂变之后的文学场域就可以被理解为是一种崇高褪去、神圣消解的多元化、大众化、雅俗共赏的发展格局。①无论当下的文学场可以被分为哪几类多元并存的文学次生场域，都从不同角度说明了新媒体时代文学场发

---

① 陶东风. 当代中国文艺思潮与文化热点[M]. 北京：北京大学出版社，2008.

生分化与裂变的事实。在今天，没有一种文学包罗万象、具有普遍意义、价值取向一致，也没有一种文学生产原则强大到足以支配其他类型的文学生产并继续使文学场保持整齐划一、井然有序的面貌。

网络文学凭借着网络媒体的照拂和众多读者的喜爱走上新时代的文化舞台，与主要借助于纸制印刷和播放型电子媒体的文学生产一同参与着市场竞争，也表现出不同于它们的本质特性。比如就文学生产机制而言，过去以作家创作为主导的文学生产机制被以市场为主导的"文化产业"机制所取代，创作主体愈发普泛化、自由化与年轻化，创作主题也渐趋类型化和产业化，创作空间由线上到线下得到了前所未有的拓展。在文学传播方面，网状式的传播渠道、影像化的传播形态及多维式的传播互动使得阅读成为一种"即时性"的消费新体验。同样在文学接受方面，新媒体时代技术也从接受效能的娱乐性、接受过程的参与性、接受方式的由"读"到"看"等诸多方面给网络文学带来一种独立、传统文学形态的根本特征。这些例证都表明：当下，基于互联网生成和发展的网络文学，正渐渐形成一个相对独立的文学活动场域。在这一文学次生场域中，生产者、消费者、文本、出版机构、批评者、沟通中介、权力结构关系等各个方面都与以往任何文学活动生产场域大相径庭。

由于现代传媒的巨大影响，今天的文学场正处于从统一走向多元的分裂时代。媒体作为现代社会权力场和文学场中的强势搅动者，不仅在潜移默化中改变了人们的生活习惯、思维方式和写作模式，更带来了特殊的审美效果，文学场的自主性原则受到挑战在所避免。关于争辩其裂变后的文学次场究竟哪种更为妥善只是一种个人之见，在新的时代文化语境中我们需要搁置这些争议，去探寻更为重要的问题，并将文学理论的创新问题置于媒体革命的深厚文化背景下，关注文学理论的媒体形态，关注文学发展的现实基础，将封闭的文学理论开放，展开在此基础上的文学经验和文学现象的探索和研究。

二、新媒体时代文学活动机制的理论探讨

进入 20 世纪 90 年代以来，媒体水平的划时代发展对既定的文学生成方式、审美范式产生了革命性影响，也对文艺理论的学科建设提出了新的课题。媒体革命开启了我国文艺学的历史性转向，它在客观上要求文学艺术的发展要从强调语言学的传统思维模式向新媒体时代文论的研究模式转变。因此，时下转向对媒体

的广泛关注构成了新媒体时代文学对自身发展及理论困境的一种回应和思考。具体来说，这种转向主要围绕两个层面展开。其一是内在机制的走向，即文学理论研究的重心从传统的经典"文学四要素"转向被历史遗忘的作为文学生产、传播和呈现环节的媒体；① 其二是外在机制的变化，即当代文学理论研究的视野转向对具体新媒体时代文学现象的关注。

（一）内在机制：新媒体时代文学的第五要素

著名的文学活动四要素理论指"世界—作家—作品—读者"在文学活动中的动态循环过程。四要素理论确实表现出了高度的理论涵盖力和表述的简洁性。然而，辩证唯物主义告诉我们，世界上的一切事物都是在变化和发展着的，所以也没有一成不变的思想结论，四要素理论有其相对的历史文化和社会发展的时代限度，立足于当下的现代传媒文化语境，新媒体时代作为崛起的力量，正全方位融入社会生活和文学活动的枝叶根茎之中。从作家的生产，到作品的传播，再到读者的接受，媒体在这一过程中始终起着积极的建构和生成的作用。因此，对于当下正在变革着的文学活动而言，再用旧有的文学活动范式，即四要素理论，已经很难充分解释当下的文学现象。基于此，建构一种包括"文学媒体"要素在内的五要素文学活动范式更符合中国当代文学理论发展建设的需要。

在21世纪初，有学者立足于新媒体时代视野下文学活动发生了不同于以往的新变化的事实，从媒体在文学活动中处于存在性地位的现实依据出发，重估了媒体的作用，提出了建构一种新的"文学活动第五要素"的理论可能。"文学活动第五要素"即意味着在原有的"世界—作家—作品—读者"的基础上，增加一个"媒体"要素，且将其与其他四要素视为同等地位的存在性构成要素。

传媒语境下文学生产与之前的文学生产之间存在着很大的差异，原因就在于当下的媒体早已内化成为文学的某种动力，进入了其生产和传播等领域之中。在新媒体时代，文学活动不再像传统四要素理论所描述的那样，是一个由"世界—作家—作品—读者"四者之间构成的简单而透明的直达关系，而是彼此之间都需要"媒体"要素作为纽带。没有媒体生成的存在境域，文学其他要素无法形成圆融一体的存在性关系，文学也难以成为显现存在意义之所。或者说，在新的文化语境下，媒体已经成为一种重要性质素，参与着文学活动范式的构建过程。作为

---

① 李勇. 当代文艺理论的媒介研究"转向"：从艾布拉姆斯接着说 [J]. 文艺理论研究，2010（06）：69-73+93.

形式意义上的传播载体，它沟通了"世界与作家""作家与作品""作品与读者"的关系。作为内容存在，它还与世界、作家、作品、读者一样，具有本体论意义上的生产建构作用。没有媒体的连接，就无法在世界、作家、作品、读者之间形成现实的动态循环；没有媒体要素的构建和容纳，文学的意义也就无法得到圆满的体现。因此，在当下的新媒体时代文学生产实践场域中，将媒体作为文学活动的"第五要素"是合理的，也是必要的。

（二）外在机制：新媒体时代的文化现实

当今社会新变的突出表现之一，就是现代传媒深度融入现实生活，形成了不同于以往的社会文化新生态格局，这其中包括新媒体时代文化现象的形成。为此，在现实传媒语境与具体问题的呼唤下，我们的文学理论研究理应越出自身边界，开始转向关注以数字新媒体时代为载体甚至主体的文学现象与文学问题。今天，文学理论界对当代文学外在视域的媒体研究转向已颇具规模，概括来说，主要集中在以下三个方面。

其一，转向对于具体新媒体时代文学形态和实践案例的评述分析。这里较多体现在对网络文学的学理定位与作品研究，也有对如百家讲坛、中国诗词大会、脱口秀等各类影视节目的分析定位。几十年来，中国网络文学搭载于新兴媒体的快车攻城略地、自由生长，以致遍地开花、蔚为壮观。期间，围绕网络文学的历史沿袭、概念定位、特征考辨、作品赏析、批评标准、局限分析、未来发展等，学界进行了积极的勘探和归纳梳理，取得了丰富的理论成果。此外，学界还有很多以严谨的学术思维和成熟的甄别眼光之于各类蒸蒸日上的新媒体时代文学景象的理论研究，肩挑道义、心存担当的使命促使他们不断解读、回应着数字化时代文学发展的新问题。

其二，转向对于媒体作为生产环节的角度研究，即对媒体复制与文学生产关系的问题研究。结合当今急速发展的媒体事实，从生产环节来看，新媒体时代的到来使得电子复制成为可能，这种可能不单是技术上的转型升级，更重要的是文学形态及文学生产的逻辑与审美经验的全面、深入、彻底地倾覆。在当下，机械复制与技术拼贴已经成为新媒体时代文学生产与创作的一种常态。文学作品不断被复制、传播、消费，消弭原创与仿拟的界线，挤兑经典的生存空间，以致展示价值日渐取代膜拜价值，作品原有的本真性与其内在灵韵性都消散了。对此，学者欧阳友权也表示,"数字化拟像、复制与拼贴技术造成艺术独创观念的淡化","一方面,图文语像的无穷复制动摇了艺术经典的恒亘沉积性,转移了对经典的审美聚焦,使艺术失去一次性、留存的经典性和仪式崇拜性;另一方面,技术干预导致了自然存在的中断和文本诗性与传统艺术的错位"①。

其三,转向对于媒体作为表征呈现的研究,这即意味着对"文学图像化"问题的引入。今天,随着声音、图像在文学表征形式中的不断崭露,一种关于文学的"图像转向"的理论悄然兴起,我们进入一个"视觉读图时代"。传统的以文字为主要表征样式的文本趋向以图像为主导的表征样式,文学的表意体制和审美形态经历了从内到外的颠覆与重组。对此,中国当代文艺理论界已看到了这一现实趋势,并就媒体革命带来的图像增值、审美变迁等问题联系文学的命运走向展开了多维度的细致思索和探究。

总之,在今天,媒体深入文化、进入生活已经成为一个事实,它处于大众文化的核心,占据着经验性社会生活中最显耀的位置,网络文学、图像转向、影视改编、文学产业化等问题都是媒体影响在当前文化精神和现实问题中最集中的体现。而且媒体本来就是文学活动中一直在场的基本性要素,没有媒体,文学活动便不可能发生。所以,新时代文学理论的媒体转向并不是毫无依据的。

第三节 新媒体时代文论创新推动文论开放性发展

无论人们是否承认,无论人们是否能够接受,新媒体文学的发展已不期而至且呈现出不可阻挡之势,作为一种向着未来的文学,它深刻影响着人们的日常文化生活,改写着人们的审美态度和价值观念,对于新时代的文学理论学科创新构建提出了新的历史要求。

一、引入新媒体时代文论带来的变化

文学这一领域所接受到新媒体时代所带来的影响,不仅是现实方面的问题,也存在理论方面的问题。21世纪以来,社会经济的蓬勃发展促进了文学领域的发展,先前文学理论教材的部分观点已然不适应新文学景观。至于之前已经存在

---

① 欧阳友权. 网络媒体对文学经典观念的解构[J]. 贵州社会科学, 2007, 216 (12): 29–32.

的文学理论命题就出现了这样的矛盾——这些命题既无法对新的文学现象进行合理、有效的阐释，也无法指点当下的文学实践。所以，时代已经在召唤一种新的文学理论体系，一种突破以往文论形态的同时又反映当下文学现实和理论创新的文学理论体系。这不仅是理论自觉，更是文学理论教材在当下内外夹击的环境要求中所做出的不二选择。

理想的文学理论教材，不仅是文艺学学科基本典范的理论积淀，更是具有时代感与开放性的知识载体。21世纪以后，新媒体时代技术的快速发展使得电视、网络、广播、电影等电子媒体日渐成为现代文化的主要传播方式，人们的生活方式、审美方式和思维体验方式等都发生变化，媒体扩张、图像泛滥、文学的生成与传播各方面都受到剧烈的震颤。对此，不少理论家摒弃以往适用已久的理论体系，走进生活，直面现实，在新的历史语境中倾听文学媒体涌动的声音。

例如，《文学理论：新读本》这本教材就是立足历史主义的文学理论观而表现出对本质主义的批判。教材一开始便针对历史上文学研究的路线，强调要历史主义地研究文学的普遍理论。"第一，文学必须进入特定意识形态指定的位置，并且作为某种文化成分介入历史语境的建构；第二，文学必须在历史语境之中显出独特的姿态，发出独特的声音——这是文学之所以存在的理由"[①]。正是在这一意义上，"文学被视为某一个历史语境之中的文化成分"。如此，对于文学的概念和文学理论中的基本问题都要进行开放化、历史化和语境化的理解。书中专设"传播媒体"一章（第九章），并分为"传播媒体、符号与文化类型""文字与影像""电子媒体影响下的文学""超文本"四个小节对文学发展中的媒体问题进行了细致的关注与推衍，其作者认为电子媒体极大改写了传统文学文本，并提出了"传播媒体是构造文学的历史条件之一"这一观点，具有很强的前瞻意义。

去本质化思维已经成为当今文学理论求索与反思的大潮。自我反思不仅可以使文学理论不断革新并趋向成熟，而且也可以使文学理论发展不断地更新与再生。同任何学科建设一样，文学理论教材建设是一项长期的工程，任重而道远。如何在新时代的历史文化语境下从事学科教育和教材更新，通过理论照进现实来阐明自身的价值，未来依然需要学者的不懈探索和不断言说。

二、推进当代文论话语形态多元建构

文学理论的话语构建，对于文学理论研究和建设来说是一项事关全局的重

---

① 南帆. 文学理论新读本[M]. 杭州：浙江文艺出版社，2002.

大问题。话语是概念的最高形态，不仅代表着文学理论的精神风貌和整体水平，更加关系到文学理论功能的执行和实际影响力。今天，在书写—印刷时代的文学范式向数字网络时代新媒体时代文学的范式转换的现实语境下，如何从理论上对新的文学现象进行言说，或从媒体的角度更新文学理论话语，是亟待解决的问题。新媒体时代文学研究的介入和反思对于这一新的话语转向起到了至关重要的作用，立足中国本土性的文学经验，学者将媒体、符号、图像等都纳入新的理论话语构想中，不仅赋予如今文学理论话语以新的内容和形式，推动其走出自我封闭的境地，也促进了中国当代文论话语形态的丰富和发展。

（一）新媒体时代文论话语体系的建构

近些年来，学界在新时代的文学空间场域下持续进行着有利于新媒体时代文学发展的学科尝试与理论反思，他们深入新媒体时代文学现场、发现学术问题、提炼理论话语，终于就如何建立中国新媒体时代文论话语体系的路径问题达成共识，主要体现在以下三个方面。

第一，新媒体时代文论话语体系的建构必须以马克思主义文艺观为基础。马克思主义文艺观是当代文艺活动的基本准则，也是文学理论话语建构的基本原则。当前，随着社会主义市场经济体制改革的逐步深入和数字信息化、网络化、全球化的纵深发展，人们的日常生活和社会形态等各方面都发生了全面转型，反映到文艺领域，在数字化媒体深度介入文学的现实情况下，文坛的创作经验面临着深层变迁，"新媒体时代文艺演化成了一种真正的可视、可听的网络化存在方式"[①]。在新媒体时代场域中，资本、媒体、权力、技术的力量得到前所未有的突出，形成了复杂的嵌套关系。对此，研究者应强化马克思主义文艺观的立场，以其作为考察问题的基本视域，不断正视和面对新媒体时代文学生态中出现的新现象、新情况和新问题，探寻各种文学现象背后的深层规律，努力将当下文艺实践过程中的"中国经验"与马克思主义文艺理论相契合，实现话语体系的创新与实践品格。

第二，新媒体时代文论话语体系的更新必须以当代中国本土的新媒体时代文学实践为对象。这要求文艺理论家在研究对象上要突出新媒体时代文学的"本土经验"和"中国气质"，立足发生发展于中国本土地域并体现中国审美经验的新媒体时代文学创作，坚持理论与实践相结合，话语和现象相统一，对文学现象

---

① 单小曦. 中国新媒介文艺研究的基本问题[J]. 社会科学辑刊，2019（06）：179-191.

中内蕴的深度问题进行理论挖掘和话语建构。也就是要使当代文论介入当代文学思想和文学思潮的话语实践之中，介入当代文化产业、文化产品的生产、流通、消费，以及图像阅读、日常生活审美化等文化现象之中，推动文论研究从形而上诉求转向现实优先的形而下关切。只有以中国现象、本土经验和具体问题为研究起点，回到文学实践本身对新媒体文学创作成果做到充分敞开与接受，我国文论才能形成一种具备自身的原创特色、富有文论见地的话语优势。在这个意义上需要进一步说明，这里主要以"中国现象""本土经验"的新媒体时代文学实践为研究对象，不等于排斥国外的新媒体时代文学现状。新媒体时代文论话语体系的建构与创新将永远置于世界新媒体发展的宏阔背景下、存身于世界视角的新媒体时代文艺发展格局中，从中国现象出发，对生长在中国本土的新媒体时代文学现象做系统的阐释、研究，以求在此基础上概括出某些相对普遍性的范畴和命题，获得新媒体时代文论话语阐释意义的改进与更新。

第三，新媒体时代文论话语体系的发展应该以对话为提升自身品格的方法。对话交流，是新媒体时代文论话语建设的重要一环。这种"对话"可以分为两个方面：一是与中国古代经典文论的对话；二是与国外新媒体时代理论的对话。一方面，中国当代新媒体时代文论话语价值体系的构建要从中国古代文论的根脉中汲取优秀的话语资源。作为中国人文精神的核心和文艺理论话语建构的源泉，中国古代拥有非常富饶的原生性的文学理论话语资源，它们厚植民族沃土、紧贴文艺实践，形成了一大批富有特色的思想体系（如古代文论中的人文主义和审美主义传统），体现了中国人几千年来积累的文化智慧和审美经验，时至今日仍具有强大的阐释能力和延续性。因此，当代新媒体时代文论要想实现话语创新，就需从这些优秀的传统文化，特别是传统文论资源中去寻根问源，"参古定法，望今制奇"，努力实现古典文论的创造性转化和创新性发展，使之与当前新媒体时代文化相适应、与现代社会相协调。另一方面，也要合理地吸收、借鉴一些国外的新媒体理论研究成果来充实话语建构的体系内核。需要强调的是，在对西方理论进行学习和借鉴的时候，须以批判的眼光审视"西论中化"的问题，避免盲从或套用。

（二）当代文论话语形态的多元建构

文学理论范式的变革，表现在具体研究中就是话语的变革。当前进入新媒体时代，媒体化的文学经验正是当代文学经验的现实，一时间，视觉图像的转向、美学的转向、后现代转向、文化的转向纷至沓来。当代文学生态环境的新变和社会文化的转型促使文学的存在方式与话语体系正从一元走向多元的发展格局。相应地，当代文学理论的话语建构也很难摆脱这一基本事实。

于是为了呼应当今文学发展的新要求，文学理论研究也逐渐挣脱过去纯粹的文本中心、作者中心、读者中心，以及形式、符号、语言的禁锢，打开了通往新时代文学殿堂的大门。学者开始关注新媒体时代文学与新媒体时代文化，关注视像文学与视像文化，关注大众文学与大众流行文化，关注复制化、人工智能化、泛审美化、青年亚文化，以及一系列由当代社会文化转型所带来的众多新的文学理论命题。与此同时，各种关于适应新时代文学发展的新文论话语形态也正在逐步建构起来。有学者甚至指出，在当下，"以那些理论大师为代表的现代性理论范式进一步解体走向终结；过去那种宏观性的'大理论'逐渐消退，转换成为众多的、小写的'小理论'；过去那种专门化的'纯理论'（如文学理论）日益退化，转换成为跨学科交叉的'杂理论'（如各种'文化研究'）；等等"[①]。

21世纪，社会、经济、政治条件的兼容并包为文学的发展营造了一个自由、开放的语境，"今日中国的文学创作活跃而多样，文论研究亦呈新旧交织、多元并存之态。千年积淀的文论传统，以及外来理论观念的横向移植与渗透所形成的文学理论范式，依然居于我国文艺学科体系的主导地位，且应当继续传承与发展"[②]。但除此之外需要考虑的是，面对新的文学形态的日益兴起和壮大，过去那种宏观的"大理论"已无法充分、有效地应对众多差异化、具体化、多样化的文学现实。在当下这样一个日新月异、无限丰富又无限开放的文学语境里，各种"小写""多样"的文论话语应运而生，如新媒体时代文学研究及其理论建构、当代文学与图像关系研究及其理论建构、当代大众文学研究及其理论建构、当代人工智能写作研究及其理论建构等诸如此类的21世纪文学热点问题被纳入文学理论关注的重点。文论话语的开放与多元，既符合历史发展的总体趋势，同样也符合我国当代文学自身内部要素运动的客观规律。对于这一问题，有学者指出，当今时代，在新媒体引发的文艺生产和消费形态的影响下，我们的文学理论范式或者

---

① 赖大仁. 当代文论嬗变：知识生产与理论重建[J]. 杭州师范大学学报（社会科学版），2012, 34（06）：11-15.
② 欧阳友权. 新媒体与中国文艺学的转向[J]. 文学评论，2013（04）：178-187.

说理论话语形态渐趋"从'大写'走向'小写',从'整一'发展为'多样'"①,虽然这一转变背后有多种深层次的社会原因,并非肇始于新型媒体的兴起,更不源于单一的媒体原因,但确确实实是新媒体时代文学生产实践在这一理论范式转换的过程中起到了助推、催化的作用。纵观当下,新媒体时代文论就像这众多"小理论"中的一个,在中国当代文学发展处于繁荣多样期,新媒体时代文学研究以其巨大的反思力量及创生潜能,在传统的文艺理论板块上开辟出属于自己的独特的理论构型与知识窗口,并与其他理论相互搭接着、竞争着、蓬勃着、跃动着,助推当代中国文论的话语创新迈向一个新的阶段。

也正是在新媒体时代文学研究持续反思、不断创新理论话语的促动下,当下文艺理论的研究方法更为完善,跨学科研究取代单一学科的纯文学研究成为文学研究主潮,哲学、社会学、传播学、媒体学、人类学、语言学、心理学等与传统的哲学思辨、审美鉴赏一起参与进来,文学的多元属性获得愈加充分的展示和呈现。此外,一些学者在开拓新媒体时代文论话语体系的建构中,还有效引入了现代哲学中"主体间性"的概念。这一概念是指"主体和主体共同分享着经验,这是一切所谓'意义'的基础,并由此产生一个主体之间相互理解和交流的信息平台","以此将众多主体连接起来,形成一个意义的世界"的交往理论。②于概念本身而言,学者意在启示我们,当代任何一门学科研究、知识生产都要形成主体间的理解、交流与对话,若一味在旧有的阐释立场或话语规范中打转,学科本身就会丧失对新的知识形态的接受能力和拥抱能力,这对学科自身的创新建设和长远发展都将是一种阻碍。同样,文学理论研究也是如此,只有形成各种文学思潮、文学现象间的沟通与对话,才能架构多元共生、良性互动的整体文艺价值体系,才能推进当代文论话语形态的多元丰富与协调发展。事实证明,当下的新媒体时代文学研究与文学理论创新构建也确实做到了这一点。

总之,今天在新媒体时代文学研究的不断反思、革新和超越的影响下,我们的文学理论逐渐建构起多种话语方式并存的基本态势,话语形态的"小写"与"多样"不仅解决了时下理论阐释的困境,更为这个时代文化形态的健康重构提供了多元开放的可能。只是,这些众多"小写""多样""多元"的理论话语并不是没有主导趋向的、"各自为战"的分裂主体,它们始终都有共同的价值指向、

---

① 欧阳友权. 新媒体与中国文艺学的转向 [J]. 文学评论, 2013(04): 178-187.
② 郭湛. 主体性哲学:人的存在及其意义 [M]. 昆明:云南人民出版社, 2002.

统一的话语依据——始终坚持以马克思主义文艺观为基础,以当代中国本土的文学实践为对象,立足当代文学现实,根植于中国大地,在吸取古今中外一切优秀理论资源的基础上,真正构建出具备中国特色的当代文论话语体系。

第四节 对新媒体时代文学理论创新发展的理论反思

当今,站在新的文学历史节点上,为了适应现代化潮流和新媒体时代文学健康发展的要求,文艺理论界对新媒体时代文学和理论创新问题进行了一系列的探索和建构,也不断取得了一些较为可观的理论成果。立足当下,这些经验探索确实是值得欣喜和借鉴的,但着眼于未来,新媒体时代技术给当代文学发展及理论创新道路上所带来的现实困境和挑战也仍是值得我们继续反思的。作为一项处于生成、变化中的文艺命题,新媒体时代文学研究需为自己未来的生存和发展持续思忖定位——将文学和文学理论研究置于新的时代背景下,对文学理论中那些公认的经验事实、价值规范、学科边界以建设性的学术姿态进行反思,对新媒体时代文学中突显的媒体性与文学性问题及新媒体时代文本自身的价值建构问题再度审视,在与各种媒体文化形态达成共识共通的同时,回到具象的文学现实本身,利用新媒体时代的技术优势提升文学的内在品质,从伟大的文学传统中激活文学的诗性内涵,并联合社会各方力量对其积极支持、规范引导,以求实现新媒体文学与文学理论在当代的健康发展。

一、新媒体时代文学理论的学科边界问题

文学理论的学科边界问题直接关系着文艺学在寻求新的生命力时所能探索的可能性方向。面对新媒体时代文学现象的层出不穷和文艺学学科生存发展的需要,文艺学必须对自己的结构和理论进行调整,而文学理论的学科边界问题恰是文艺学学科进行自我调整、寻求生存突破的一个重要方面。它在一定程度上对文艺学学科的开放性有所约束,又在本质上保护着文艺学的学科独立性。

(一)学科边界的移动性与稳定性

随着现代传媒时代的到来,文学类型多样化,一些不同于传统书写、印刷时代的新媒体时代文学形态正在兴起并成为人们关注的焦点,而传统的纯文学、

严肃文学和高雅艺术却淡出人们的视像中心，退居二线。在这个文学焦点转移的过程中，文艺学的边界不可避免地发生了偏离和位移，为了适应现代传媒时代的文学新变化和完善新媒体时代文艺学学科的理论新体系，文艺学亟须依据新变后的历史语境和文化现实将边界移动拓展到一个新的位置。但总的来说，这种边界的移动不是没有限度的，它在因现实变化而有所调整的过程中也表现出相对的稳定性。

一方面，从文学发展的历史看，文学的边界一直都处在变动中。同样，作为以"文学"为研究对象的文艺学本身，其学科边界也会随着文学的发展变化而相应地位移。在今天，技术传媒风生水起，网络、影视等电子、数字媒体对文学的积极介入给其开辟了新的发展空间。较之传统文学，新媒体时代文学在价值观念、存在样态和文体类型等方面都发生了诸多改变，许多非传统意义上的文学形式也被纳入文学的范畴，甚至出现了文字、图片、影像共存的作品组合，文学作品本身的图像化、符号化元素不断上升。在这图像审美对文字文化技术置换的过程中，原有的文学栅栏被冲破、被超越了。而原有的以"文学"为学科边界的当代文艺学要想获得新的活力与生机也不得已移动和扩展。这里主要引发我们思考两个问题：一是文学边界被消解、扩容以后，文艺学学科还有没有边界，如果有的话，又会在哪里，文艺学的边界应当如何扩展？二是在如今数字媒体文化的语境中，传统文学与新媒体时代文学这两者在边界的两边应当以什么样的度来相互联系？

第一，就文艺学的学科边界在哪里，它应当如何移动、扩展的这个问题，学界的学者也进行了激烈的讨论，且给出了相对明朗的答案。如朱立元认为，文学的边界就是文艺学的边界。虽然一直以来文学的边界都处于变动不居中，而且有着可以在一定范围内自如伸缩、自由施展的空间，但自第一次为文学定性的大变动以后，其审美的"自律"边界至今仍然是相对稳定的。[①] 如此说来，文艺学学科也应以围绕文学的边界为己任，在这一边界之内设定论题，研究新的文学现象、文学理念和文学问题。目前的文学在特定文化时代背景下，已经有了全新的面貌，文学在网络媒体的影响下创作出一种全新的形式，那就是新媒体时代文学。它在存在形式和审美特点方面和传统的文学有所不同。此时，面对嬗变与转型中的文学，文艺学要做的就是根据变化发展了的文学现实和社会现实，重新审视今

---

① 朱立元，张诚. 文学的边界就是文艺学的边界[J]. 学术月刊，2005（02）：5-10.

时今日的文学观念和文学界碑，突破仅以传统纸介文学为研究对象的旧有边界，承认新媒体时代文学的合理存在，给其地位上的肯定并正式收入文艺学的研究范围，立足文本、积极品读、认真分析，从传统文学与新媒体时代文学共存共生的文学场域出发，设定新时代文艺学的学科构建和理论解答。

第二，就传统文学与新媒体时代文学二者在边界的两边应该以什么样的度来相互联系的问题。目前，在对待传统的纯文学和新兴的网络文学、手机短信文学、微博文学等形式的关注热情上，明显是新媒体时代文学处于更加被注目的中心，而传统文学不得不屈居边缘。这种视线的转移是否意味着现阶段新媒体时代文学已经能满足人们所有的审美需求，或是人们不再需要纯文学和高雅艺术之类的高层次的精神愉悦了呢？其实不然，严格来说，在新媒体时代文学出现的近几十年，很多网络作品的内容与表达还处在一个粗糙的阶段，其在体裁、形式、修辞等方面都尚未成熟，甚至有部分如广告文学等只是泛文学、泛审美形式，它所能带给人们的精神享受是浅表性的，尚不足以取代传统文学在审美体验上的作用。同样，它也不能取代传统文学在文学研究中的价值。所以对于文艺学学科而言，虽然传统文学目前处于聚光灯照射的边缘，但它在文学研究中的地位是不可被忽视的。只有传统文学的成熟形式和深邃内涵才能代表文学的精神核心，也只有传统文学的经典内核能延续至今，带动时代主流的精神走向，文艺学才能摆脱文字式微的危机并重铸光芒。从这个意义上来说，传统文学与新媒体时代文学的边界问题也应该作为文艺学边界问题的题中之义。

另一方面，文艺学的边界在移动、拓展的过程中还保持着某方面的稳定特性。不同时代生成不同的文学，时代的发展对文学的界定会产生一定的影响，这是毋庸置疑的。文艺学这一学科是对作品文本及文学现象具有体系化的理论领悟和总结，因此文艺学也会因文学的变化而产生影响。但我们要知道，文学的变化从来都不是一蹴而就的，也不是完全对立的，只是从旧时代到新时代很小的调整，所以也正因如此，不同的时代都具有自身平稳发展的文学理念和文学思想理论。这其中内隐的真理在于文学始终是以审美、人文为终极目的，而文艺学的学理原点同样不会背弃这个应有之义，这也是发展至今的文艺学在学科边界不断扩充、淘洗、接受古今观点同时存在的情况下依然能保持稳定性的原因之一。

然而，当下有些学者从"日常生活审美化"的问题研究出发，提出要把大众流行文化、各种日常休闲文化艺术方式和泛审美、泛艺术的形式统统纳入文艺学研究范围,使文艺学演变为文化研究和泛化的艺术研究,这显然是不太合适且不太理性的。因为文艺学是文学学,它是具体而微地针对文学的文学性和审美性的一种理论阐释,它要研究的对象依然是设定在"审美的语言艺术"这一相对稳定的边界,是有学科独立性的。我们不反对文艺学边界的扩容,但不赞成把现代传媒时代所有的非文学、非审美的文化现象都随意的、拼盘杂烩式的扩容进来,而是主张把真正属于大众需要和能丰富大众精神文化意义的新媒体时代文学内容"扩"进到文学的版图,在坚守文学的审美场域和谨守文学研究领域的前提下,积极面对文学现实,适度开放边界。

(二)文论建构的开放性与选择性

对文艺学边界问题的谈论与澄清是为了使文学理论更直接、有效地面对新环境下变化了的文学现实,如果说文艺学边界问题要领会的是如何衡量新媒体文学接纳进来的度,那么文学理论所要领会的就是理论知识如何向文学现实贴合、靠近的具体实践。在数字媒体的语境中,文学从形式、生产、传播和接受等各方面都发生了变化,话语权在分流或让渡,在参照创作主体、作品客体、接受主体等基本姿态都发生改观的前提下,文学理论也随之发生了改变。在这一动向转折的过程中,基于对文艺学学科长远发展的考虑,接纳新的文学形式、产生新的文学理论是必然的趋势,而且在历史的整合与积淀下,就文学理论的与时俱进而言,无论它在敞开还是在坚守中,都体现了开放性和选择性的统一。

一方面,就文学理论而言,无论是学术研究还是实践教学都要适应时代发展和文化转型的轨迹,在理论知识与文学现实之间建立一种自觉动态的批判关系,保持与时偕行的开放性。当今,面对新媒体时代文学对传统文学观念的冲击及两者共同构筑的新时代文学画卷,文学理论要认识到自身所处的现实,并保持对文学世界的高度敏感,不断与新媒体时代文学现象对话,依据新媒体时代文学发展的需要及时更新自己的理论话语和理论体系。第一,深入文学涌动的潮流,及时跟进文学变换的速度,把新媒体时代文学正式接纳为自己的研究对象,在现实基点上确保对当代文化的把握力,使文学理论能在面对各种文学新变时做出准确、及时的知识判断。比如,以开放、包容的心态拥抱各类新兴的文学形式,对网络文学、影视文学、手机文学等要有一定的作品积累和批评分析,对数字媒体技术的发展变迁要有一定的理论了解,真正进入新媒体时代文学的生态原野中去谨慎修改旧有文学理论的部分内容，使新媒体时代文学能够有更准确的理论指代，开掘关于其整体变革的新媒体时代文学理论形态。第二，重新审视文学理论的知识构成，打破传统书写—印刷时代建构起来的文学理论范式，面对技术传媒、图像文化的凌厉激荡，将新媒体时代文学在各个层面、各个方向体现出的新问题、新特征全方位地引入宏观的文学研究，从体制上重新优化文学理论，并依据历史、文化、艺术的发展而适当扩容、适当变更，建构起更具有现实阐释效力和面向未来的文学理论形态。

另一方面，文学理论在保持开放、吐故纳新的同时是有其自身策略选择与内容的规定性的。与学科边界一样，文学理论的研究对象不是对谁都开放门户的，必须具备文学性和审美的基本内涵。就文学本身而言，它具有社会性、政治性、道德性和意识形态性等多种维度的分别，其价值也是多元并存的。但审美这一维是文学的最终指向和最高目标，是文学的充分必要条件和基本价值构成，文学的存在依据和发展动力都必须融会在审美的精神晓畅与情感诉求中。历来的文学创作都是一种主体对世界的审美活动，它建立在对现实世界真实感受的基础上，以审美情感去体验和发现世界的美，并创造出美的精神世界，以此让人从中受到美的陶冶，丰富人的精神价值。所以对于文学理论研究而言，文学审美也应当是其不可逾越的底线和旨趣。

以文学为研究对象的文学理论，既要看到文学源自社会文化，但也要谨守文学的本位和边界，分清生活与审美、技术与艺术、文化与文学之间的差别，在保持文学理论开放性的同时，坚守文学精神的审美内涵，贴近当下，持续反思，以通变的学术立场解读生活中不断涌现的文学新形态，以审美的学术眼光明确自己的研究对象与研究方法，这既是一种学科自主性的策略，也是新媒体时代文学理论研究在当代社会的重要承担。

二、新媒体时代文学的媒体性与文学性问题

今天，媒体革命已经不以人的意志为转移地发生了且对人类生活和审美文化产生深刻的介入与影响，面对文学与媒体越发频繁且密切的融合状态，越来越多的人在讨论着文学的存在地位和生存状况。现代传媒语境下，文学的星光要想继续在时代舞台上空闪耀，就要认真思考自身的发展问题，例如：如何平衡新媒体时代文学愈发突显的"媒体性"与"文学性"之间的关系？如何利用新媒体时

代的技术优势来提升文学的品质内涵？如何将"新媒体时代文学"与"伟大的文学传统"连通，让这两者在未来的时代相互参照、相互竞争，共同推进和完成未来文学的建设？这是时代赋予当代文学研究者的特殊使命，也是知识分子无可推脱的责任担当。

（一）媒体性与文学性的有机融合

文学与媒体的异质耦合可称得上文学发展的一大景观。在文学花园中，文字符码化、文学媒体化，新兴的电子、数字媒体不仅为我们的文学开辟起新式的发展格局和新型的空间场域，同时也对当代的文学理论研究产生了新的意味、新的内涵。在这样一种文学与媒体日益交融的时代语境下，在文学场与媒体场频繁不断的利益纠葛中，认真反思当下的文学现状和文学性的未来走向，思考新媒体时代文学本身所承载的"媒体性"与"文学性"的现实关联，考虑如何自然地实现二者的有机融合，是当下正视文学转型的需要，也是保证新媒体时代文学在未来道路上能够健康长远发展的前提。

我们在给足文学信心的同时，也要清醒地看到文学性在新媒体时代视域下的泛化、经典消解、诗性衰落等价值失范的事实，为此从文学本性出发，建立一个调适、引导与主体自律的理性约束机制以便实现新时代文化背景下"媒体性"与"文学性"的相辅相成、有机融合就显得尤为必要。

一方面，加紧摆脱媒体的形式偏好，倡导网络空间主体自律。文学作为一种特殊的精神文化形态的产品，在市场法则的支配下不断与媒体生态合谋，形成一种"商品性消费"的形式偏好。在消费主义价值观的驱使下，许多网络作家为了迎合读者阅读需求逐渐偏离人文的轨线，在这个虚拟、自由、开放而共享的网络空间发布许多低俗文本，稀释文学对民众的精神引领内涵。因而，摆脱媒体的商品性消费的形式偏好，倡导网络空间的主体自律，不仅关系到创作主体的品格操守，而且还关系到网络空间的文化净朗，关系到青少年身心发展的健康，乃至于社会的精神文明、文化建设与可持续发展等一系列问题。

另一方面，努力恢复文学的想象功能与形而上学特质。在现代传媒盛行的文化背景下，人类精神文化结构在不断发生创生与裂变，以"图像文化"为主的新媒体时代文学生产持续增值，挤占传统以"语言文字"为主的文学生存空间，人们的阅读习惯由从前的"文字"阅读转向视像"读图"，图像的直接性、显露性潜移默化地损害着文学的形而上品质，文学的基本特征，如想象、情感、形象性等因素慢慢在图像的缠绕包围中失落。与此同时，对于读者来说，整日的视觉愉悦、快速的画面浏览、长时间的被动接收终会使其退步为脑袋空空的"人"，这种钝性伤害是不可逆的。故而在数字媒体时代，必须重申文学想象功能和形而上学特质。

（二）新媒体时代文学的内在品质提升

不管是对于新媒体时代给文学带来的自由发展推力，抑或是种种媒体形式偏好与市场经济合谋给文学传统的历史赓续带来的挑战，这些都是新媒体时代文学发展过程中必须直面的问题。但不能因此把"新媒体时代"看成文学的对立物，文学本身并不排斥新兴的媒体形式，"在纸质书籍阅读已经大量减少、出版业萎缩、电子出版业超过传统出版业的前提下，电子媒体不失为一种有效的传播优秀作品的方式"[①]。问题的关键在于如何理性地对待媒体与文学的关系？如何克服文学对于技术的依赖？如何更好地利用新媒体时代的技术优势提升文学的艺术价值和审美品质，让文学遵循艺术的规律而不是按照技术的设定来完成自身的历史性转型才是必须深思的重大问题。

从文化史的角度来看，文学与科学技术的发展的确是结伴而行、相互促进的。而且从当前的新媒体时代文学的活动过程考察中发现，文学的生产、传播和接受在某种程度上确实受制于新时代的技术环境，在工具媒体的层面上往往体现其技术的色彩。但即便如此，我们不能把技术优势与文学生命简单地等同。说到底，文学作为一种精神形态的产品，是源于人的心灵回声而不是技术堆砌，技术的积累只是文学的一种辅助，始终服务于文学的艺术目的，对文学的精神抽丝剥茧。所以，不管现代传媒的技术乘风多么扶摇直上，它仍然只限定于科技领域的摇曳生姿而不是文学艺术的价值超越，它难以表征艺术审美、文学本性对人的生命承载和意义关怀。关于技术优势怎样转换成为有效的文学资源，有学者给出了以下三个条件：第一，技术的功能不仅要成为文学表达的媒体和载体，而且要转化为认识社会现实的洞明智慧；第二，在这种技术语境下，创作主体能否从自身的生命中培育出一种新的审美精神资源，以应对现实的挑战；第三，能否在技术霸权下有效抵制工具理性的负面性，使新媒体时代的艺术活动在新技术下生成一种人文价值的创造过程。总而论之，技术与文学的有效结缘主要集中在两个层面：一

---

① 夏秀. 电子媒介时代的文学 [J]. 山东社会科学，2009（05）：60-64.

是工具媒体层面；二是认识世界的观念层面。前者是我们现已熟练掌握并借用的，如当前网络文学线上与线下生存空间的拓展、经典作品的影视改编、以机换笔的合作体验等众多使文学迅速走向大众的"捷径"。后者是当下学界真正缺乏的——如何让技术实在地融入文学内核之中更新理念，理解世界，以便更好地增强文学的生命力，坚守文学性，开辟当代文学新境界。如果只是单纯在工具媒体意义上的手段借用，那么文学内在的艺术独立性、深刻性很容易陷入被新媒体时代技术所"奴役"的困境，这也是目前很多网络作品注水、内容拖沓等现象芜杂丛生的原因。只有实现媒体与文学在如上两个层面的深度贯通与融合，才不会担心文学被技术和商业化、产业化等外在力量牵着走的恐惧，以技术的艺术化替代艺术的技术性等文学边缘、文风粗浅的现实隐忧。

尤其是在当代印刷、电子、网络媒体多元并存的文学格局中，我们更需要清楚，不管是哪种媒体形态，都有各自的优势与缺陷，相辅相成着、协调并进着，在矛盾中整合，在无序中统一，文学的存在状态也由此丰富多彩。对于不同媒体对文学产生的不同影响要合理看待、正确引导，并以此为契机，运用每种媒体的特殊优势，在接纳与转型中重铸自己的文学性向度，在体察和把握中试图以科学与诗的统一达到文学的敞亮与新生。除此之外更重要的是，未来新媒体时代文学要保持健康前行和繁荣发展，还需不断从延续数千年的文学传统里汲取精神资源，优秀传统文学永远是文学发展的根基，是文学思想的源泉，必须坚定不移地绵延和坚守。而传统文学也需要借助新媒体时代的优势，在调整转型、丰富完善自身中吸纳新媒体时代文学的新鲜经验，以更好地发挥其独特的作用和魅力。如此，二者相互参照、相互竞争，在未来共同朝着互动、互融、和谐共生的方向发展。

总之，在今天，媒体革命已经不以人的意志为转移地发生了且给当代社会生活和文化审美带来了震荡式的影响，我们在为媒体技术的变革进步欢欣鼓舞的同时，也不要忘却其背后的人文力量。这种人文力量的作用，不仅在于它是人类生活的重要组成部分，还在于它可以通过影响人类的精神世界从而改变人类的生活方式。因为我们可以清晰地感受到，每一次新媒体时代技术的突破，都是向生命本真存在迈出的一步，都是为了优化人类的生存困境，为了社会更美好的远景而进行的不懈尝试和努力，最终的决定力量仍然是人，而文学最重要的也还是对生命、对人性的终极追问。

第六章　文学理论教学基础论

第一节　教学的基本理论概述

教学是大学的一项最为基础的工作，对教学进行研究是大学教师的一项义不容辞的责任。但是在不同类型的学校中，对教学研究的重视程度各不相同，有些大学实际上并不重视教学和教学研究，因此有必要学习一些与大学教学相关的基本教学理论，分析大学教学的一些特点，为我们进一步分析文学理论的教学、进行文学理论教学研究打下坚实的基础。

一、教学的概念

早在我国殷商时期的甲骨文中就出现"教"与"学"二字。此后"教""学"二字的含义不断为人所认知，到了《礼记·学记》就有了"教学相长"之说——"学然后知不足，教然后知困。知不足，然后能自反也；知困，然后能自强也，故曰：教学相长也"。这里所说的"教学"已经接近目前教学的意义。

在一般情况下，教学就是指教的人指导学的人所进行的学习活动，或者说是教与学相结合或相统一的一种活动。也有人说，教学是教师与学生以课堂为主渠道的交往过程，是教师的教与学生的学的统一活动。通过这个交往过程和活动，学生掌握一定的知识技能，形成一定的能力态度，人格获得一定的发展。

前一种说法中"教"的人不一定是指教师，但是主要是指教师；"学"的人也不仅限于学生，但主要是指学生。这样有利于将教学的概念理解得更加宽泛一些。

后一种说法则显得更具有现代意义。把教学活动理解为一种对话交往过程，包含着如下含义，即教师与学生是一种"交互主体关系"。"交互主体"在这里的意思是指在教学活动中教师和学生均是教学过程中的主体。教师"闻道"在前，知识、经验、技能均在学生之上，因而负有教导、组织、咨询、促进之责，是教学活动的主体；但是学生在教学活动中人格与教师应是平等的，有自己独特的精神世界和价值观念的，在教学活动中也应积极参与并全身心投入，否则教学活动将难以开展，因此也是主体。这两个主体在教学过程中结合成持续发生作用的共同体，彼此开展交流和对话，使教学活动得以顺利进行。

二、教学活动的诸要素

教学活动是一个由多种要素构成的有机整体。有的人认为它主要是由五个要素组成，即教师、学生、教学内容、教学方法和教学管理。教师在教学活动中起主导作用，依据学生的身心发展规律和个别差异，通过创设、调控、利用一定的教学条件，充分调动学生的学习主动性、积极性和创造性，使教学活动达到最佳的效果；学生则是学习的主体，教学过程的最终目的是促使学生德、智、体、美、劳各方面都得到发展；教学内容是教师的"教"与学生的"学"的基本依据，是教学过程得以展开的载体；教学方法和教学管理既是教学过程的重要因素，又是影响教学过程、提高教学效果的重要保证。也有人说教学活动由七个要素组成，分别是学生、教学目的、教学内容（课程）、教学方法、教学环境、反馈、教师。这种说法认为，学生是学习的主体，是整个教学活动的切入点；教学目的也就是为什么要组织教学活动；教学内容是实现教学目的的凭借，是教学活动中最具有实质性的因素；教学方法是把课程内容转化为学生的知识、能力、思想、感情的因素；教学环境是指完成教学活动的一定的时空条件，包括有形的校园内外的条件，无形的师生之间、同学之间的人际关系，校风、学风、班风及课堂气氛等；反馈是教学活动中师生沟通的一种渠道；教师既是教学活动的中介，也是教学活动的主导。

三、教学活动的基本特点

关于教学活动的基本特点，目前有多种说法，而且不同阶段的教学，其特点和侧重点也各不相同。但是从更高层次上讲，我们可以把教学看作一种有别于其他社会实践活动的特殊活动，这样就需要特别注意下面三个方面的特点。

（一）教学的目的、任务、内容受制于社会的需要

学校教学的目的、任务和内容是由一定的社会的政治、经济制度等多方面因素所决定的。学校要培养什么样的人，要达到什么样的培养目标，通过怎样

的方式去实现培养目标，这些都受到社会需要的制约，同时所有这些也要受到社会的生产力发展水平和科技文化发展状况的影响。此外，社会的文化价值、民族心态等因素对教育、教学也会产生相应的影响，这些都是被教育发展的历史所证实了的。

（二）"教"与"学"相互作用、相互影响

在教学活动中，"教"与"学"相互促进、相互影响。所谓"教学相长"就是一个早已为人所共知的常识。按照传统的教学观认为，教师在"教"的过程中可能起到决定性的作用，对学生产生巨大的影响，但是"教"必须以学生的主动学习为基础。学生的"学"是"教"的目的和归宿，知识的建构也好，知识的掌握也好，归根到底都要落实到学生那里。因此，学生的"学"对教师的"教"所产生的影响就不能不被重视，特别是在现代社会中学生的主体意识不断加强，获得知识和信息的渠道不断增多，获取知识的能力不断提高，在学生对教师的选择自主性更强的情况下，这种影响会越来越大。

（三）教学的效果取决于教学诸要素的合力

与其他一些可以预测其最终结果的活动不同，教学中效果的出现更具有许多不可预测性。比如工厂的生产，从原料到最终的产品，其可预见性是比较明确的，但是对教学效果的分析与预测则复杂得多。同一个教师在同一条件下教授同一内容，对不同的学生会产生不同的效果；不同的教师在不同的条件下教授不同的内容，对不同的学生所产生的结果更是难以预测。因此，其复杂性与不可预测性可见一斑。可见教学效果的评估需要考虑教学中的多种因素，如教学的内容、方法、环境，以及教师、学生等，这些都可以对教学活动产生极大的影响。因此，必须妥善处理好各种要素之间的关系，全面把握好各个要素，不能偏废任何一个要素，也不能顾此失彼，既要考虑教师、学生的状况，也要顾及教学的环境、方法等，否则就不会有很好的教学效果。

四、教学活动的基本功能

教学活动的基本功能概括起来有如下四种。

（一）传递知识的功能

人类文明和知识的传承靠的是薪火相传。在教学活动中，教师的首要职责

是传递知识,这是毫无疑问的。对于学生而言,尽管目前获得知识的渠道越来越多,但是大多数知识依然是通过教学活动获得的,因此教学活动的基本功能就是传递知识。

另外,教师的教学主要围绕教材来进行,而教材的知识含量之丰富,是其他任何工具都无法比拟的。因此从工具的使用来看,教学传递知识的功能是非常强大的。

(二)形成技能的功能

传递知识与形成技能是统一的,两者互为表里、互相依存。比如在传递知识的时候,实际上也教给了学生一些积累知识的技能。此外,有时候技能的形成也要通过课堂教学的方式加以训练方能实现。比如现在许多院校安排大量的实习实训课程,其目的就是培养和造就学生更高的技能。

(三)培养智能的功能

智能的培养也是教学的一项重要功能。传授知识、掌握技能固然重要,但是智能的培养也不容忽视。有时靠机械的方法获得知识,也可能使人掌握某些技能,但是这个人未必有很好的智能,因此如何在教学活动中培养学生的智能已经成为当代教育理论研究的重要内容。事实上,在教学中通过一定的手段训练学生的智能,使学生掌握一定的思维方法,提高解决问题的能力,也是十分重要的。

(四)发展个性的功能

当今时代是一个追求个性化的时代,当代的教育十分重视学生个性的培养。学生的知识、技能和智能固然是形成独特个性的基础,但是思想品德、价值观念、情感、动机、态度、意志等因素对学生个性的形成也有很重要的影响。因此,通过教学活动改善学生的知识、技能、智能结构,培养学生良好的思想品德,使学生形成正确的价值观念,改变其情感态度,培养其良好的意志品质,完善其个性,这也是教学的重要功能。

第二节　教学与大学教学

一、大学教学的特点

大学教学是在学生完成了基础教育的基础上开展的以专业教育为主的教育活动，它的培养目标是把适龄学生培养成为各级各类的专门人才。所以有的学者主张将高等教育定位为高深专门知识的教与学，认为高等教育学的理论体系的逻辑起点就是高深专门知识的教与学。① 这是很有道理的，在此基础上，大学教学有如下特点。

（一）大学教学的专业化程度不断提高

大学教育从根本上讲是一种专门化教育，其目的是培养社会所需要的各类专门人才。从高等学校的类型来看，过去我们有不少专门性的学校或学院，尽管近年来这类院校逐步改造，数量在减少，但是实施专业化教育依然是大学的一个重要特征。另外，大学教学主要是围绕专业展开的，并且随着年级的提高，专业化程度不断加强。

（二）学生学习的独立性、自主性和创造性逐步加强

大学的教学更加灵活、自由，学生学习的独立性、自主性也更强。因为在大学阶段，学生已经拥有了一定的知识积累，掌握了一定的学习方法，对教师的依赖程度有所减弱，学生能够自主学习，独立完成学习任务，也能够表现出更强的创造性。不少人的创造性就是在大学的教学中形成的。

（三）教学与科学研究逐步结合

把科学研究引入教学是大学教学的一个重要特点。长期以来，许多院校一直把推进教学与科研的结合作为提高教师的教学水平、加强学校的专业建设、改善学校的教学质量的重要方式加以推广。

---

① 薛天祥. 高等教育学 [M]. 桂林：广西师范大学出版社，2001.

二、大学教学的原则

教学原则是为了提高教学质量,根据教学目的、教学规律和教学实践提出的能够指导教师的"教"和学生的"学"的基本准则。教学原则的研究在中西方教育理论史上是一个比较热门的话题,许多教育家对此都做过专门的论述。

(一)我国几种比较有影响的大学教学的原则体系

1. 潘懋元和王伟廉教授关于大学教学的七条原则①

①教学性与思想性相结合的原则。

②知识积累与智能发展相结合的原则。

③理论联系实际的原则。

④教学与科研相结合的原则。

⑤系统性与循序渐进的原则。

⑥因材施教与统一要求相结合的原则。

⑦教师的主导性与学生的主体性相结合的原则。

2. 李定仁教授主编的《大学教学原理与方法》

其中提出了十一条原则,如下:

①科学公正原则。

②把握方向原则。

③联系实际原则。

④知能并重原则。

⑤师生协调原则。

⑥教研结合原则。

⑦启发诱导原则。

⑧系统有序原则。

⑨因材施教原则。

⑩鼓励创造原则。

⑪及时反馈原则。

3. 李秉德教授主编的《教学论》

其中提出了关于大学教学的九条教学原则体系应有的九个内容。

---

① 潘懋元,王伟廉. 高等教育学[M]. 福州:福建教育出版社,1995.

①教学整体性原则：实现思想性与艺术性的统一；科学性与人文性的统一；传授知识与发展智能及培养非认知因素的统一；身心发展的统一；教学诸要素的有机配合。

②启发创造原则：激发学生的学习动机，树立创新意识；全面规划教学任务，培养思维能力；创设问题情境，引导学生积极思考。

③理论联系实际原则：加强基本理论和知识的教学；根据学科内容、任务及学生的特点，正确、恰当联系实际；采取多种有效方式，培养学生运用知识的能力；教学内容要重视对乡土教材的补充。

④有序性原则：把握好教学内容的序；抓好教学内容的序；抓好学生学习的序。

⑤师生协同的原则：树立正确的师生观，建立新型的师生关系；教给学生学习方法，提高学生主动参与教学活动的积极性；生动活泼地进行教学，创设民主、和谐的课堂气氛；进行平等的对话促进师生的交往。

⑥因材施教原则：深入、细致地了解和研究学生；把因材施教与统一要求结合起来；正确对待学生的个别差异；针对学生的个性特点，采取具体的措施。

⑦积累与熟练的原则：教师讲授知识清晰而深刻，帮助学生提高记忆效率；多给学生联系和运用知识的机会。

⑧反馈调节原则：教师善于通过多种渠道及时获得学生在学习中的各种反馈信息；教师对获得的反馈信息及时评价，并对教学活动做出恰当的调节；培养学生自我反馈调节能力，提高学习的主动性。

⑨教学最优化原则：综合地规划教学任务；全面地考虑教学中的各个因素；教和学的活动紧密配合。

（二）应特别注意的大学教学原则

上述关于教学原则的主要观点，有的是政治方向性的，可谓放之四海而皆准，有的是教学规律，有的可以理解为教学方法，有的符合各个层次的教学，也有只是对高等教育说的。我们认为，大学的教学原则应该考虑一般的、与其他层次教育的教学相一致的原则，如除科学性与思想性相结合的原则、因材施教与统一要求相结合的原则、把握方向原则、理论联系实际的原则、知能并重的原则、师生协调原则、启发诱导原则等之外，还应当充分考虑大学教学的特点，突出一些只有大学教学才会有的特殊的东西,把它提炼为一种指导教学的原则,因此以下六点应该是需要特别注意的。

1. 更加重视教学与科研相结合的原则

教学与科研相结合是大学教育和教学的重要特点。学校的层次越高,办学水平越高,对科研的重视程度也就越高,这是众所周知的,大学毕竟是传授和研究高深知识、培养高级人才的地方。科研活动与教学过程结合起来,不仅是培养高级人才的需要,而且把科研引进教学可以大大提高教学的实际效果,让学生在接触更新的、更前沿的知识的同时,掌握科学研究的方法,培养学生的科学精神和态度,形成一定的科研能力,促进科学研究的发展。

2. 注重教学内容的学术性原则

在大学尽管也重视基本理论的教学,重视综合性课程的设置和教学,但是更重视课程的学术色彩,更强调课程的深度。越是水平高的教师,就越能够将更深的、更有学术含量的知识教给学生。

3. 更加注重讲述思路和方法的原则

大学更重视思路和方法的教学,一般的知识传授反而变得不是那么重要。大学教学显然就不能停留只要求学生识记一些代表性的东西这个层面上,而应更加注重如作家的创作个性、风格、在文学史上的地位,以及形成这种个性、风格和他能够在文学史上占据一席之地的原因等这些问题。在讲解某一个理论命题的时候,不仅要讲清这个命题的内涵、要点,更重要的是要讲清理论家在提出这个命题时是怎样的一种思路历程,为何要提出这样一个命题,这一命题在当时和以后有什么样的影响,具有什么样的历史意义和现实价值等,甚至还要从理论家的思想发展变化的轨迹中让学生得到某种启迪。所以有时候我们常说,大学应该教一些学生不容易看懂、读懂的东西,讲一些学生不容易想到的东西,讲一些书上没有但是又与主题密切相关的东西,讲一些教师自己的见解和理解,甚至是推理、估计、设想等,以便尽可能将学生带到这个学科或这门课程的前沿,让学生在新的起点上开始新的思考和研究。

4. 积极提高学生的参与程度,注重培养学生的创造性原则

不管是什么阶段的教学,都要充分将教师的主导作用与学生的主体作用相结合,这是毫无疑问的。在大学教学中,教师的主导作用主要是通过引导、点拨的方式来发挥,学生的主导性是通过更加独立的、自主的、带有研究性的学习方

式来实现。在大学教学中高度动员学生广泛参与教学和科研活动，不仅仅是在课堂上活跃课堂气氛的需要，更重要的是能够启发学生的思维，留给学生更大的思维活动的空间，让他们有问题可想，有材料可看、可读、可思考，有时间去讨论、去质疑、去评论，有机会发表自己的见解和主张，充分地发挥自己的创造性。而且越是层次高的教学或者学生人数少的教学，这个原则就越容易得到贯彻和实施。

5. 更加重视学生的自由选择原则

自由选择是培养学生创造性的必要条件，在大学由于考试自由度的增加，限制逐渐减少，学生的自由选择权大大加强，他们有更多的可能和条件来选择自己的专业、课程及各种学习活动的方式、时间，有更大的可能性在更加宽松的环境下谋划自己未来的发展。也正是在这样的基础上，学生才有可能更加充分地发展自己的个性，发挥自己的创造力。

在大学教学中，学生的自由选择权集中表现在以下方面。

（1）专业选择权

尽管目前在很多大学中，学生尚不能自由转系或转专业，但是学生在入学之初或在学习期间，对专业的选择自由还是有一定的保障的，而且学校不断地开办与社会需求相适应的新专业，本身也是满足学生的自由选择权的表现。同时，随着教育教学改革的不断深入，学生对专业的自由选择的空间会越来越大。

（2）课程选择权

学生可以根据自己专业的特点和建构自身知识体系的需要及社会发展变化的状况选修各种课程，建构自己的知识和能力体系，这是大学教学的重要原则。越是高水平的大学，选修课程的灵活性也往往越大。

（3）对教师的选择权

现在许多大学的教学改革充分地保证学生对教师的选择权，特别是实行学分制的学校，师生的双向选择越来越广泛，学生选择教师的机会越来越多。

（4）自由活动的选择权

大学的课堂教学课时数较少，这样就给学生更多的自由安排自己活动的时间和机会，此外大学生的大量知识往往是通过参加学术活动、聆听各种学术讲座等方式获得的，这也要求学生充分使用这种自由活动的选择权。

6. 更加重视学生研究性学习的原则

目前，研究性学习是教育界的一个热门话题，事实上大学的研究性学习不仅更有条件和可能,而且显得更加必要。因为作为学生接受学校教育的高级阶段,大学对学生今后的发展影响更大。大学生的研究能力如何,很大程度上取决于他在大学阶段学术研究的训练情况。因此,对大学生而言,学会求知、学会研究就显得非常重要。一般而言,大学的前两年主要是专业基础课的学习,到了高年级之后则可以开展初步的研究训练。到了研究生阶段,学术研究的训练机会就更多,高水平的研究成果也更容易涌现。

三、大学教学的方法

(一)教学方法的含义

教学方法的含义有许多种说法,如有人认为教学方法是指师生为了完成一定教学任务在共同活动中所采用的教学方法、途径和手段,也有人认为教学方法是教师为了完成教学任务而采用的手段。我们认为将教学方法定位为师生为达到教学目的而共同进行认识和实践活动的途径及手段,也就是教师如何教和学生如何学的问题,这样可能比较恰当一些。在整个教学活动中,教师和学生必须借助一定的方法和手段才能完成教学任务,达到教学目的,因此教学方法是教学活动中极为重要的问题。

(二)大学教学方法的特点

其特点主要表现在以下两点。

1. 对学生的教主要是启发和扶持,而非只有知识的传授,更不能简单地灌输

由于大学生学习的独立性逐步加强,自学成分不断增加,因此在教学的方法上对大学生的教学就应该根据这个特点,采取更加自由、灵活的方式。从某种意义上讲,在大学传授学习、研究的方法和思路就比单纯传授知识要重要。

2. 科研方法的训练开始得到重视

教学中渗透科研,把科研与教学结合起来是大学教学的一大特点。在大学的教学中很多学校采取问题探讨、课题研究的形式进行教学,初步培养学生查找资料、积累系统知识、从事科研的能力。

(三)大学教学方法的多样性与主要方法

大学的教学方法很多,而且很难说哪一种方法更有效。因为不同的课程有不同的教法,对于同一课程,不同的学校、不同的教师也有不同的教法,所谓"教

学有法，教无定法"就是这个道理。比如教人文课程与教社会科学课程的方法就会有很大的不同，与教自然科学的方法相差可能就更大。就拿文学理论的教学来说，教命题与教概念的方法就不相同。讲授概念一般只需把关键点及其内涵讲清楚即可，讲命题则需要讲清楚命题的来龙去脉及其内涵，还要尽可能讲清形成命题的思路、方法和过程。另外，对不同层次的学生，可以采取的方法也不可能相同。

目前在大学的日常教学，特别是文学理论课的课堂教学中，往往多采用如下方法。

1. 讲授法

讲授法是教师通过简明、生动的语言向学生传授知识的一种教学方法。

从教师的角度看，讲授法是一种传授的方法；从学生的角度看，则是一种接受的方法。在使用讲授法的过程中，教师一般可以讲述、讲解、讲读，也可以讲演。讲授法是目前各个学校普遍使用的方法。这种方法有其好处，主要有以下四点。

①有利于系统地、有计划地组织教学活动。

②教师的主导性得到较好的发挥：教师可以通过合乎逻辑的分析、论证，或者是描绘、陈述，把知识系统地、全面地、完整地传授给学生，学生也容易在较短的时间内接受更多的知识，因而也显得比较经济、高效。

③教材的权威性得到较好的尊重：由于讲授法一般严格要求按照教材展开，因此学生及教师对教材都比较依赖，教材的权威性由此也容易得到尊重。

④由于统一学习进程，因而便于学生培养集体意识，也有利于教学管理，特别有利于各种考核、评估。

但是如果过分依赖讲授法，其缺点也是很明显的，主要表现在以下三点。

①容易使课堂气氛沉闷，甚至导致"满堂灌"。

②教师的主导性容易得到发挥，但学生的主体性容易被忽略：教师在讲授的过程中出现差错，有时不容易被发现和纠正，因为教师传授学生接受，学生即使发现老师的差错也未必敢于指出。相反，如果是采取讨论法进行教学，这个问题就有可能避免。

③难以顾及不同学生的需要和水平，不利于因材施教。

因此，对于讲授法的使用，必须要注意如下问题。

①尽可能与其他方法并行使用或交叉使用：防止由于方法单一而使学生产

生厌倦感。特别是理论课的教学，过去常常过分依赖这种方法，应当加以改进。

②尽可能照顾不同学生的不同需求，关注学生个体的发展。

③讲授的内容要科学、正确，防止出现错误。

④要注意启发、调动学生的思路：要尽量多给学生创设思考的机会，使学生积极参与教学活动，切忌变成教师个人的表演。

⑤要注意语言的艺术性：以增强对学生的吸引，语言要清晰、精练、生动、形象，条理清楚、逻辑性强，同时也要通俗易懂，音量、语速适中，并尽可能配以恰当的肢体语言，加强教学效果。

2. 讨论法

讨论法是指在教师的指导下，学生以班或小组为单位，为解决某些问题而开展的一种辩论、讨论活动。这种活动的特点是师生之间或学生之间交换看法，相互启发以获得知识或巩固知识。

讨论法的优点在于：参与的学生人数较多，参与面较广；可以更好地培养学生的合作精神；有利于学生集思广益，相互学习、相互启发、取长补短，加深对所学内容的了解和领会；可以锻炼学生的口头表达能力，激发学生的学习兴趣，活跃学生的思维，锻炼学生思考问题、分析问题的能力。这种方法在大学的高年级及研究生教育阶段使用得比较多。

讨论法既可以单独使用，也可以与其他方法结合运用。在使用过程中，要注意如下三个问题。

（1）讨论之前

要有一定的准备，特别需要有针对性的指导，防止出现找不着题或离题万里的现象。

（2）讨论过程中

要注意把握好每个学生发言的分寸和时间，要防止少数学生垄断发言或者冷场的现象发生，对于跑题或离题的现象也要注意克服，对于个别学生表达不准确、不到位或者词不达意的现象也要注意纠正，对于学生中出现的争执要注意引导，防止因见解不同而产生矛盾。

（3）讨论结束后

应该注意归纳总结，以便形成比较一定的、一致的结论，让学生学有所得。

3. 读书指导法

读书指导法是一种比较省时省事的教学方法，旨在通过教师指导学生阅读教学内容、参考资料，从而获得知识，培养良好的阅读习惯，锻炼一定的阅读和自学能力。读书指导法的特点是强调学生的"读"，要注意如下三个方面的问题。

①教师在指导方面要加强针对性，方法要对路：要帮助学生明确读书的目的、任务和范围，让学生带着问题去读。

②要求学生在阅读过程中注意方法：做好各种读书笔记、批注、摘要，写好读书报告或者心得体会，还要充分利用好工具书，以提高阅读效率。

③要尽量扩大阅读面，开阔知识视野，打牢学术基础。

除上面所说的几种教学方法之外，大学的教学方法还有很多，如实验法、参观法、调查法等。这些方法并无好坏之分，关键是使用者在选择使用时要充分考虑使用环境、对象等因素的影响再做出选择。而且各种方法之间也并非独立存在不可混合使用，相反综合运用可能教学效果更好。

四、大学教学方法的改革

教学方法的改革是一个永恒的话题，也是一个常讲常新的话题，现行的大学教学方法有许多不尽如人意的地方。从理论层面来说，对大学的教学及其改革的理论研究存在着诸多不足。而从学校及教师本身的实际情况来看，大学和大学教师重视学术研究，对教学的重视相对不够，很多人认为只要有学问自然就能讲好课，教学方法更是雕虫小技，所以在大学里研究教学的人不多，研究教法的人就更少，在课堂教学中一讲到底、"满堂灌"现象比比皆是，学生上课记笔记，下课背笔记，考试考笔记，考完忘笔记的情况到处可见，更有甚者连笔记都不记、不背，这样的现象也不在少数。因此有必要对大学的教学方法做一些改革，以提高大学教学的质量。我们认为如下四个方面的工作需要引起重视。

（一）要高度重视教学方法的研究和改革

长期以来，大学对教学方法的研究和改革的重视是相当不够的，随着社会的发展，特别是在高等教育大众化的背景下，大学各项事业的发展极为迅速，社会对提高高等教育质量提出了更新、更高的要求。因此，作为培养高级专门人才的大学教师，应该提高对教学方法的认识，重视对教学方法的改革，积极探索新的教学方法，运用启发式教学，减少灌输式教学，加强实践教学，注重使用新的教学手段，教会学生掌握更加有效的学习方法，以进一步提高教学质量，满足学生、家长、社会对大学教学的要求。

（二）要将传统的教学方法与现代的教学技术紧密结合起来

传统的教学方法主要是指以讲授为主的一整套行之有效的教学方法，这是中西方教育史上使用得最多、效果也最好的方法。尽管它存在着教师单向传授、不容易发挥学生的主体性、难以照顾不同学生个性需要和真正实现因材施教等不足，但是它也有效率高、信息密度高和教育全面等优点，不管历史如何发展，这些方法都有其存在的价值。

但是我们也应当看到，随着历史的发展和社会的进步，教育与教学也必然会前进，比如教育设备和技术的不断发展就对现行的教学方法、手段产生巨大的冲击。20世纪初，收录机、电唱机等电化教育技术开始使用到教学中，给学生的学习和教师的教学带来很大的方便。到了20世纪中期，视听教育技术对教育和教学产生了巨大的影响。计算机发明之后，特别是20世纪90年代以后，计算机和网络技术发展迅速，给社会带来极为深刻的影响。现在计算机和网络不仅影响社会的政治、经济、文化生活，而且改变着人们的生活方式、交往方式和工作方式，也改变着教育和教学。现代的教育技术已经不单是在教学过程中使用的技术，还是为了促进学习，对学习的过程和资源进行设计、开发、利用、管理、评价的理论和实践。现代的教育技术已经不是单纯的教或学的某一方面的技术或手段，而是一种包含着学习过程和资源的设计、开发、利用、管理、评价的整体的、系统的理论与实践。

对于教育技术的理解，可以从以下三个方面去考虑。

①教育技术是应用系统方法来分析和解决人类学习问题的过程，其宗旨是追求教育的最优化。

②教育技术分为有形的媒体技术和无形的、智能的系统技术。

③教育技术依靠开发并利用所有学习资源来达到自己的目的。学习资源分为信息、人员、材料、设备、技巧和环境。这些资源来自两个方面：一方面是专门为了学习的目的而设计出来的资源，如教师、课本、教学电视、计算机课件、黑板、投影仪、操场等；另一方面是现实世界中原有的可被利用的资源，如各行各业的专家、报刊、影视、展览、博物馆等。

生活在网络时代的大环境中，学生与教师无时无刻不受现代社会的巨大影响，因此要适应社会的发展和现代教育技术发展的要求。当代教育和教学必须面对新的现实及形势，研究新的问题，采用新的技术和方法改革教学，以适应学生和社会的需要。

（三）要研究学生的学习方法，培养学生的学习能力

长期以来，我们注重研究教师教的方法，但是却忽视学生的学习方法，注重学生的学习结果，而忽视学生的学习过程。

这实际上是将"教"与"学"割裂开来的做法，不易协调教学关系。其实，现代教学理论不仅强调对"教"的研究，而且也很强调对"学"的研究，"教会学生学习"已经成为当今教育界的重要口号。因此在大学的教学活动中，很有必要确立学生的主体地位，特别是要加强学生自主性学习。因为现代人类知识发展迅速，在学校求学阶段想要学生掌握全部知识是不可能的，即使学生在学校学到了最新的知识，这种知识也会很快老化，不起作用。相反，如果学生能够掌握学习的方法，有较强的学习能力，就容易不断地获得新的知识，适应未来社会的挑战。

（四）不断地改革学习评价方式，特别是考试制度

考试是教育目标管理的手段，也是对学校教学评价的重要手段。当前由于受就业压力的影响，无论是教师还是学生，都相当看重考试成绩。目前在考试中普遍存在的主要问题是，考试方式比较单一，多数只是采用笔试、闭卷考试；在理论课程的考试中本应以理解问题、分析问题为主，但现在却经常出现很多以机械记忆为主的填空题、选择题，考试方式极为死板。因此，要对目前的考试方式进行改革，应该减少对记忆性知识的考核，增加对应用能力的考核；要废除"教多少考多少，教什么考什么"，学生只按照老师的教学和课堂笔记或某一本教材的观点来回答问题的做法；要改革单一的闭卷考试的局面，采取更灵活的考试形式。同时还应该把考试和学生平时的学习包括测验、作业、课堂讨论等学习活动结合起来，以便综合各种学习信息，全面衡量学生的学习质量，评定学习成绩，使考试成绩更加科学、准确，使考试真正成为有效的教学管理手段和评价方式，从而更好地调动学生各方面的学习积极性，以利于学生的成长与成才。

第三节　文学理论知识的重要源泉与主要载体

一、文学理论概念

文学理论一词，顾名思义，涉及关于文学的各种理性谈论。人们对于这种文学的理性谈论并不陌生。当作家不满足于仅仅写作文学作品而是要直接告诉人们自己这样写的意图时，当读者不局限于只是阅读一部文学作品而是想把它同对别的文学作品的阅读体会联系起来比较时，文学理论就已经出现了。可以说，文学理论是就那些不满足于仅仅写作或阅读文学作品，而是渴望了解更多的人的行为而说的。

文学理论，又称文学学，通常是关于文学的学问。由于"文学学"一词是在"文学"后面加上"学"，出现两个"学"字的重叠，这不大符合汉语表达习惯，所以人们在20世纪50年代习惯上把它改称"文艺学"，这一名称甚至一直延续到我国现行的教育和科研体制中。

简言之，文学理论是一门人文学科，是关于文学的普遍问题的思考方式。文学理论当然要思考个别的文学问题，但这种思考往往要在一个包含若干个别的普遍层面进行，要在对个别的关注中从事一定普遍性概括，从个别上升到普遍。当然，同时也要从普遍沉落为个别。

二、文学理论的普遍性

既然是思考文学的普遍问题的学科，文学理论的最有代表性的学科品质，似乎就是对普遍性的寻求了。但是实际上，最近几十年来，文学理论的普遍性一直遭到质疑或消解。文学理论早已不再是具有强大普遍性的"关于文学性质的解释"或者"解释研究文学的方法"了，而成了对于具体、个别或特殊问题的片段式论述。

理论是一种思维与写作躯体，其限制难以界定。正是由于变得无法限制了，文学理论成了一系列没有固定界限的评说天下万事万物的各种著述了，涉及人类学、艺术史、电影研究、性别研究、语言学、哲学、政治理论、心理分析、科学研究、社会理智史和社会学等种类。一方面，理论是无限开放的，可以灵活自如地伸向各个学科、领域，从而似乎具有强大的普遍适用性；但另一方面，理论的这种普遍适用性又往往是充满断裂的或零散的过程，无法寻到人们原来的信仰并追求那种有机整体感。

正是出于上述认识，有学者归纳出当今理论的四种特征：理论是跨学科的；理论是分析性的和沉思性的；理论是一种对于常识的批评；理论是反思性的。

这是由于文学理论不再像过去那样主要服从于哲学学科的统领，而是面向更多的、相互异质的学科开放，如社会学、政治学、人类学、语言学、传播学等。而且这种开放程度已经导致文学理论学科的纯粹性和完整性被分割开来了。如此，文学理论的学科特性必然被跨学科特性所取代。

文学理论不再从现成哲学概念中推演出自身的原则或命题，而是从具体的和个别的现象的分析中去归纳出答案。这意味着演绎研究被归纳研究所取代。

上述关于文学理论的四种特征可以适用于文学理论的总体情形，但却不一定适用于一种具体的文学理论框架。道理很简单，即便文学理论的总体情势是完全像四种特征那样存在的，但每个思索文学问题的人毕竟都有属于自身的独特视角、立场、方法、概念或具体对象。也就是说，尽管总体文学理论情势倾向于跨学科、分析性、拆解常识、质疑基本的知识范型，但每种文学理论毕竟存在着或者要努力去寻求自身的特殊立足点、相对连贯性和有序性，以及个人的独特见解或结论等，从而形成自身区别于其他文学理论的独特特点。

三、中国古代文学理论教育是一种依附于政治教育的初级形态的教育

中国文学历史悠久，成就辉煌。同样中国古代很早就有文艺思想，如果说从中国诗学的开山之祖"诗言志"的主张的提出开始算起，中国古代文学理论的历史迄今已有两千多年之久。经过历代诗人、作家、理论家的不断努力，留下了极其丰富的文学思想遗产和各式各样的文学理论著作，形成了博大精深的文学理论。

但是中国古代却没有专门的文学理论教育机构和相应的专门教材。换句话说，中国古代文学理论著作都不是教材，都不是为完成一定的教学任务而问世的，只是在进行政治教育，培养国家政治社会生活所需要的人才的过程中，教育者为

了达到自己的教育目的，把文学教育当作一种增强人的素质以便将来更好地进行政治活动的一种补充工具。孔子的文学教育思想就是一个最为典型的代表。对于孔子，教育从来都不曾离开过他满腔的政治抱负。也可以说他一直把教育看作为政的一种重要手段或方式，希望通过教育培养出符合自己心中理想的为政之人，从而实现他的"为政以德"的政治主张。正如《论语·为政篇》所记："或谓孔子曰：'子奚不为政？'子曰：'《书》云："孝乎惟孝，友于兄弟，施于有政。"是亦为政，奚其为为政？'"可见孔子认为通过教育把仁道影响当政的人身上，本身就是为政。

孔子把文学艺术教育——诗教与政治连成了一块。所谓为政按《论语·为政篇》的说法，应该是"为政以德，譬如北辰，居其所而众星共之"，"道之以政，齐之以刑，民免而无耻。道之以德，齐之以礼，有耻且格"。诵诗读书最终目的不过是为政。《论语·子路篇》所说："诵《诗》三百，授之以政，不达；使于四方，不能专对；虽多，亦奚以为？""子曰：'小子何莫学夫《诗》？'《诗》可以兴，可以观，可以群，可以怨。迩之事父，远之事君。"学习诗，往近处说是懂得侍奉父母；往远处说是懂得侍奉君子。孔子在这里直接指出诗教的政治功能：可以事父，亦可事君。在孔子看来诗教要有益于政治，否则读再多诗也是无用的。可见孔子对其弟子进行的文学教育，其目的并非从文学本体论的角度论证文学有多重要，而主要是要求弟子具有更高的文学才能，以便在政治舞台上发挥更大的作用。

这就告诉我们，中国古代文学理论教育虽然也有一定的持续性和普遍性，但是却不具备现代意义上的专门教育特征。也可以这么说，中国古代文学理论教育是依附于政治教育，作为政治教育的一种补充而存在的。古人对文学理论的认识很多是在政治活动中获得的。

当然，如果完全没有中国古代这种依附于政治教育的文学理论教育，那么古代的文艺思想也很难延续下来，后世的文学理论至少也不会是今天这个局面。但是中国古代没有现代意义上的文艺理论教育形式和文艺理论教材，中国古代文艺理论教育不设专门的、独立的教育科目，当然也不必为此而准备专门的教材，这是不争的事实。因此我们说中国古代文学理论知识教育并不是现代意义上的文学教育，与今天大学成为文学理论知识的重要源泉和主要载体的现实有着天壤之别。

四、现代大学的诞生使大学成为文学理论知识的重要源泉和载体

大学是从什么时候开始成为文学理论知识的重要源泉和主要载体的呢？这得从现代意义上的大学的形成及文学理论观念的转变开始说起。

现代的大学始于中世纪。当时在欧洲由于神学、医学、法律、修辞等知识日益精深和专门化，为了研究学问，教师和学生不得不各自结合起来，组成行会性质的团体，修习专门知识，这便形成了所谓的大学——少数学者传授高深学问的场所。早期的大学与今天的大学相距甚远，那时的大学并没有属于自身的各种设施，没有校园，没有自己的教学大楼，没有操场，没有实验室，没有图书馆。教师上课时也许会在自己的家里，也许会在租来的房子里。从管理而言也不像今天的大学那样以教师和行政官僚为主体，由学生组成的行业公会每年与教师签约，因为在学生眼中这些教师往往容易变成教会或城市贵族的走卒，出卖"大学"的独立与自主。然而这些没有学生寄身之所的"流动"大学，却把大学寄放在更为坚实的基础上，那就是当时的大学探索和捍卫着一种真正意义上的大学的"精神"，大学的使命就是致力于"追求最高形式的学识"。

但是后来由于各种原因，中世纪的大学并未得到相应的发展。一直到 19 世纪柏林大学的出现，才使中世纪时已经诞生并在欧洲乃至整个人类文明史上具有十分重要意义的大学获得新生，并大步迈向现代化的历程。

柏林大学的诞生有其特有的历史背景，它对于现代大学的贡献在于通过制度的创新适时回应了时代的变迁和文明进步的挑战。柏林大学在继承传统大学一些形式的基础上，在培养目标、教学制度等方面进行了根本性的变革。从此，大学开始成为核心知识最重要的生产机构和传播机构，使包括文学理论知识在内的各种知识得以在其中生产和传播。

第四节　文化理论的两种形态

一、文化理论的两种形态：研究型和教学型

中国古代文化理论博大精深，其中许多概念和命题内涵丰富、意义重大。但是这些概念和命题宛如一颗颗明珠，散落在浩如烟海的历史典籍之中，是自成体系的比较纯粹的理论专著。后人在学习、传承的过程中，往往也只是从众多的典籍中记住其中的只言片语，然后不断加以阐释为历代所用。在传承的过程中，这些知识大体通过三种方式对后代产生影响。一是通过经学、史学著作，许多文学理论知识就包含于经书史籍之中，自古"文史不分家"之说即是证明。这里的"文"包括广义的文学，也包括后世所津津乐道的"纯文学"，自然也包含文学理论知识。二是后世文人著作，他们的传世之作，包括文学理论著作也能在社会中产生影响。这些著作大抵有文章学、诗论、画论、书法著作，其中包含前人和同代人关于不同艺术门类的经验和见解。这些著作既可以是专门的论著、文章，也可以是品诗、论画的经验之谈；既可以是皇皇巨著，也可以是三言两语。这些东西不一定能登大雅之堂，不一定是学子们必读的书籍，但却可能是学子们根据各自的趣味和爱好乐于选择阅读和精研的书籍、文章。他们可以从这些著作中培养和提高文艺修养，形成一种文人的"雅趣"。此外，还有一些是通过师徒之间以口耳或简单的文字进行传授而形成的经验和知识，如在乐师、伶工、艺匠之间口头传承的各种特殊技术和绝技的经验总结，这些东西可能只是偏重于自身经验的总结，理论深度往往不足，立论的高度也不够，多仅局限于经验之谈，有的还不一定见诸文字或经典，不能传之久远，而且还会在传授中产生变异，但是对后人来说同样也是不可缺少的理论资源。利用这些资源可以产生新的理论，对这些资源的研究、阐释，或者利用这些资源对文化现象做新的研究所形成的知识，我们可以称之为研究型知识或者研究型理论。

与此不同，随着社会的变迁，特别是学校教育的发展，出现了一种专门为教学服务，作为普及科学知识面貌呈现的教育型知识形态，我们可以称之为教学

型知识或者教学型理论。

这两种理论的不同已经逐步被人们所认识，有的学者就提出中国现今存在两种文化理论，一种是创作文化理论，一种是教学文化理论。所谓创作文化理论是指理论家、批评家围绕创作的实际，追踪作家创作观念的变化和发展，以及对与创作相关的文化问题所开展的批评和理论阐述。所谓教学文化理论主要指的是大学课堂上系统讲授的文化理论知识，以及该种理论在其他相关课程中的渗透与运用。与此相联系文化的理论队伍也分成了两支，即创作文化理论队伍和教学文化理论队伍。[①]

二、研究型理论与教学型理论的区别

研究型理论与教学型理论有着密切的联系。研究为教学提供源源不断的理论支持，教学必须以研究为前提和基础，并尽量体现出研究的成果，这是研究型理论的一种消费和接受的重要方式。在今天，文学理论的诉求对象很大程度上就是大学课堂，但是研究型理论与教学理论也有很大不同。从内容来说，研究型理论可以涉及文学的方方面面，内容包罗万象，可以是一个普遍的大道理，也可以是一个非常冷门的话题；可以是流行话语也可以是缺少听众的私人议题。从性质来说，研究型理论体现出鲜明的探索性、创新性和前卫性，如果研究型理论老是满足于研究落后时代或社会的课题，或者在研究这些课题时提不出新的有创新性的见解，那是不可想象的。从接受对象来说，研究型理论可以高深莫测，变成个人自娱自乐的活动或者是学者毕生孜孜以求的事业。但是教学型理论则要考虑其面向的对象，不管是哪个层次的学生，有时候还要考虑学识程度不高的大学低年级学生的需求，而显示出与研究型理论不同的地方。从内容来看，教学型理论的话题一般都是一些基本问题，是与社会需求密切相关的话题，因为教学的内容永远是要受到社会需求决定和制约的。从性质来看，它的探索性、创新性和前卫性较差，一般只讲一些成为定论的东西。它不太可能过深、过广、过于抽象，否则不利于学生接受，即使有时候要传达一些深奥的内容，也必须考虑学生的接受能力和实际，尽量使用学生能够理解和易于领会的方法，否则很难达到教学的最终目的。从接受面来看，研究型理论的成果一般都应该或者主要是通过课堂教学才能得到更加广泛的传播，因此教学型理论更有利于学生和社会的接受。

---

① 李道海. 我国教学文学理论的误区[J]. 佛山科学技术学院学报（社会科学版），1998（02）：49-55.

三、研究型理论和教学型理论的主要载体的区别

研究型理论成果的主要载体是学术专著，而教学型理论成果的主要载体是教材。但是在以往的实践中，我们经常把两者混为一谈，所谓"以著作当讲义"和"将讲义当著作"就是这种现象的通俗说法。但是两者的区别还是很明显的，那些集体编写的教材往往是一人主编，数人乃至十几人共同编写，自然个性色彩不浓，与专著区别很大，即使是"专著式"的教材也与学术专著有所不同。

"主编式"教材与"专著式"教材各有优劣之处。"主编式"教材可以集众人智慧，采各家之长，应该具有更高的学术水平和权威性，而且这种分工合作的方式可以提高编写效率，还有利于促进各院校之间教学内容的统一。但是由于各作者的学术观点和写作风格并不相同，所以难免在教材的内容和文字风格上出现不一致，甚至前后矛盾之处。"专著式"教材可以更好、更集中地反映学者个人的研究成果和理论思想，而且能够保持教材的学术观点和写作风格的统一。

上述的不同，与大学教材所具有的两重性有关，即基础性和探索性。作为向学生传授知识的书，大学教材要求讲述那些基本的、已经成为定论的知识，这就是它的基础性。这与具有探索性的学术著作不同。

另外，一部好的教材既要总结已有的科研成果，起到将学生带入学术前沿的作用，又要具有一定的探索性。

具体来说，作为理论知识的两种不同的载体，专著与教材的区别主要有如下六个方面。

（一）读者对象定位不同

不管是专著还是教材都有一个定位问题，无定位就无规范，也就无法写作，定位不准写作时就容易出现偏差。借用接受美学的理论来说，就是在写作之前和写作的过程中，作者必须考虑读者的阅读与接受的问题。一般来说，专著的阅读对象往往是本专业有一定基础和较高水平的研究人员、教师、研究生及其他相关人员，其阅读目标是著作中提供的新问题、新观点、新材料及新的研究方法等。而教材的阅读对象主要是学生，这些学生可能是尚无专业基础的，甚至连学科常识都未具备的，他们阅读教材的目的是了解和掌握该学科领域中的普遍性理论、普通知识及已被公认的内容，为进一步学习和研究打下基础。

（二）专著具有创新性，教材则更具有包容性

从本质上说，专著是学术探索型的，它要求在现有的一切理论和知识成果的基础上，探索新的未知领域或发现新问题，或展示新材料，或提出新观点，或提供新的研究思路和方法，乃至创建新的学科体系。由此而论，新颖、独创是学术著作的根本特性，如果拿不出新东西，就不要去写著作。人云亦云，老调重弹，既无独创之举，又无新颖之见，就称不上是真正意义的学术著作。与此不同，教材就不一定有学术著作这种创新性要求，即使要求创新也是次要的，而主要的、基本的要求则是包容性，因为教学活动要求教师依据教材把本学科（课程）的基本内容通过教学活动比较系统、规范、全面地传授给学生，因此教材的基本内容应当是叙述本学科已有的科学理论和知识，特别是那些已成为公理、常识的东西，要尽可能全面、恰当、深入地把本学科中已有的研究成果纳入教材之中，并以基本理论和普遍知识的面貌呈现给学生。从这个意义上讲，有人说凡是教材写的东西都是过时的，这句话虽有点偏激，但是也在一定程度上道出了教材的这种特点。

（三）专著具有探索性和新颖性，教材具有一定的滞后性

专著总是学术研究前沿课题成果的体现，即使是一个古老的课题，它也要显示出著者最新的学术眼光，展现出作者的最新学术成绩，因此它应当而且必然有一定的探索性和新颖性。相比之下，教材表述的一般是被人们普遍接受的成熟的理论知识，所以就必然有一定的滞后性。一些学科前沿的具有论辩性和挑战性的新观点、新思想未必都能进入教材，有时大学教材也引入一些具有前沿性的、正在讨论而未达成共识、未成定论的内容，以便使教材具有学科前沿性和时代感，从而激发师生大胆探索的激情，最终使教学能够达到既传授给学生基本理论和基础知识，又开阔学生的视野，培养学生的求知欲望和探索精神的目的。但是在引入学科前沿的东西时，一般只能就其代表性的思想观点择其一二略加介绍，不会也不宜详细论述，以免喧宾夺主。

（四）在体系建构上，专著追求体系的完整，教材则不一定有完整的体系

我们经常发现专著的作者在写作过程中往往表现出建构庞大、完整体系的追求与热情，这是符合学术发展规律的。一门学科发展到一定程度，积累了一定的材料，对这些材料进行系统、全面的梳理，从而形成有序而富有逻辑性的体系，

最终实现对学科对象的认识规律的更加深刻揭示与更加全面阐发的学术目标，这是自然而然的事。因此在专著那里我们经常可以看到，作者经常孜孜以求、倾尽心力去建构一个尽可能完美的体系。

在教材中当然也有人热衷于建构体系。但是这并不是现在的教材所追求的主要目标，相反过分追求完美的体系不仅是做不到的，也是没有必要的。另外，即使教材的体系要存在，它与专著的体系也是不尽相同的，它不一定要求这个体系有多么严密，也不一定要有多么完整，只要基本能够说明问题，能够自圆其说就可以了。比如在很多文学理论教材中，通常都是按照文学本质论、文学创作论、文学发展论、文学接受论等几大块来编写的，但是为什么要这么做，这中间很难说有多少正确的理由。在教学过程中教师和学生对这几大块内容的学习也不会遵循同样的逻辑思路，给予同样的重视。可能有的教师对某一方面的内容感兴趣一些，或者熟识一些，在教学的过程中讲授得就透彻一些，反之则简略一些。教师在教学过程中完全可以对这些内容进行适当的增、减、删、补，灵活而自由地加以处理，这也是符合教学规律和被允许的。

（五）在表达的方式上，专著一般是"从抽象到抽象"，而教材一般是"从具体到抽象"

科学探讨和发现往往是从现实中的具体现象入手，通过一定的逻辑方式达到对对象的抽象认识，即"从具体到抽象"。但是对科学研究成果的表达则是从抽象认识开始，最终达到对对象更新的抽象认识。由于专著的作者和读者一般都是学有所长的，因此有时它没有必要过多地涉及具体的现象，而直接可以从抽象概念入手，进行新的逻辑演绎，以达到对对象新的认识。而教材的使用者则不同，学生可能是对这一学科一无所知的新手，教师也不可能与编写者的水平整齐划一，甚至还可能相差甚远。因此在编写教材的过程中，必须考虑教学的要求，既要把主要的理论讲清，又不宜过于抽象，否则于教于学，均可能事倍功半。从这个意义上讲，国内现行的大量的文学理论教材都使用"观点＋材料"的表达方式，这种方式尽管遭到不少学者的批评，但是它依然大行其道，这的确有其符合教学要求的一面。

（六）在话语风格上，专著钟情于使用高纯度的学术话语，而教材则更倾向于采用易于接受和理解的普通话语

在语言表述风格方面，作为学术型知识形态的专著与作为教学型知识形态的教材也是有差异的。专著的叙述风格一般是严谨的、富有逻辑力量的；而教材的叙述风格一般是平实、明快的，读来容易理解。专著可采用长句，以求表达准确、严密；教材则多采用短句，句式相对简单，以求表达简明、易懂。除了新创术语，专著使用的学术术语可以是非常专业的，且大多不必过多解释，而教材在使用术语时一般应予以解释。专著的语言可以追求个性风格，教材的语言则应采取大众化的话语风格。专著重于严谨，教材追求简明。如果一味用那些深奥、晦涩的语言，故弄玄虚，把教材写得复杂、烦琐，对教学就极为不利。

当然，尽管专著与教材有着很大的不同，但是它们毕竟也有一定的联系。一方面，专著是教材之母，就是说教材是建立在专著的基础之上的。教材内容是本学科的基本理论、基础知识，乃至常识性的东西，而这些内容一般来说就是从作为科学研究成果的专著及论文中提炼出来的。没有专著及论文的研究成果，就没有教材的普遍知识。另一方面，教材又是专著的普及。各门学科或者课程都是有自己的历史的，都有由许许多多专著及论文等成果构成的众多资料和学科的认识史、发展史。但是并不是所有专著及论文内容都能被人所接受，只有那些进入教材的内容方能为更多的后学者所接受。这种情形在今天信息极度膨胀，知识总量以几何级数增长而很多知识都有可能被埋没的情况下，特别是在目前学校的许多学生不习惯阅读专著，不愿意从教材以外的专著中获得更多知识的情况下，专著的内容能否进入教材和课堂，对于其是否能赢得更多的读者关系极大，对于这个学科或课程的发展影响也非常重大。

第七章 文学理论教学过程与方法论

第一节 文学理论教学过程的本质与特征

文学理论的教学过程是一定的教育者（通常是教师）在一定的教学环境下，通过一定的教学方法、手段将一定的教学内容传达给一定的教育对象（学生）的过程。它是一种有目的、有意识、自觉的理性活动，是学校最终实现教学目的和人才培养目标的重要阶段。它涉及教师、学生、教学内容、教学方法、教学环境等各种因素。同时，教学管理者也是影响文学理论教学的重要力量。

一、关于教学过程本质的基本看法

（一）认识与特殊认识说

认识与特殊认识说认为，教学过程是一种认识行为，同时又是以学生认识、掌握已有的文化科学基础知识和基本技能为基础的认识过程。与一般的认识过程相比，教学过程有其特殊性——间接性、领导性、教育性。

（二）认识—发展说

这种说法主张教学过程不仅仅是在教师领导下的学生自觉能动地认识世界的特殊认识过程，而且是以此为基础，促进学生身心全面发展的过程。

（三）认识—实践说

这种说法主张教学过程是一个包括认识过程和实践过程两个方面的活动过程，是认识与实践统一的过程。

（四）交往说

这种观点建立在德国著名哲学家哈贝马斯的交往行动理论基础上，认为教学过程的本质就是教师与学生之间通过知识这一中介，以传授知识、技能促进学生的发展为中心任务的一种特殊的交往过程。在交往过程中，教师与学生都是具有主体身份的人，他们之间是相互作用、相互交流、相互沟通、相互理解的关系。[①]

二、文学理论教学过程的本质

有了上述认识作为基础，我们可以看到，文学理论教学过程从本质上讲是一种教师对学生进行的文学理论知识的理性教育活动，也是一种学生通过学习掌握知识、认识世界、发展自己特长的实践活动。在这个活动中，师生之间应该是一种特殊的理性对话关系。

（一）文学理论教学过程是教师对学生所进行的理性教育活动

这里所说的理性是区别于感性的活动。文学理论教学，从其内容构成来看，是通过概念、判断、推理而进行并最终完成其表述过程的，它不同于以感性为主的创作活动或者作品欣赏活动；从其进行过程来看，它始终离不开理性思维的所有因素及其作用；从它最终给人的知识结果来看，它要向学生提供关于文学的本质、发展规律、作品创作与生产、作品的构成、鉴赏与批评等基本规律，这些规律无疑是人类理性认识的一部分。因此，我们说文学理论教学过程是教师对学生所进行的理性教育活动。

（二）文学理论教学过程是师生共同参与的认识与实践的过程

1. 它是一个师生共同参与的过程

过去认为，教学过程本质上是在教师的指导下的一种认识过程。现在，随着学生主体意识的增强，学生的地位不断得到强化，有人试图否定教师的主体地位。但是，无论如何，它总还是由教师依据一定的教学目的和特定的培养目标，有计划、有目的地引导学生认识世界，把学生培养成合格人才的过程。因此，强调师生共同参与，强调教师的积极主导作用和学生的学习主体作用，都是一种共同参与。尽管文学理论学科课程的特点可能在一定程度上会影响学生的参与程度，但是即使参与程度低一些，也还是需要学生参与的，否则教学将无法进行。这里需要指出的是，文学理论教学过程中的参与重在强调学生的因素，相对于"布道式"教学而言，它要求给予学生自由思考、运用自己理智的时间，给予学生选择

[①] 张武升. 教学论问题争鸣研究 [M]. 天津：南开大学出版社，1994.

教师、安排学习进程的权利，教师要评价学生，学生也要评价教师。除班级教学外，还可以采用小组教学课堂讨论、个别化教学等多种教学形式。事实上，上述做法在当下的文学理论教学中还是经常出现的。

2. 它是一个认识与实践的过程

文学理论教学的实践性首先源自理论本身的实践性。理论的实践性品格决定了文学理论教学中的实践性，因为任何一种理论无不来源于实践，受具体的实践的浸润、催发与孕育，并在实践中不断受到检验、证实与发展。实践是理论的源泉，同时理论反过来要指导实践，在实践的检验中发现新的问题、矛盾与现象，从而产生新的理论生长点，创新和发展出新的理论。理论与实践的相生相长、相互交融的关系，既可以使文学活动生生不息，也可以使教学活动永无止境。因此，在教学活动中，教师的讲授与学生的学习都应将理论与文学创作实践、阅读鉴赏实践及理论批评实践结合起来，使得理论保持与实践的密切关系。同时，由于理论与实践之间的互动关系，使得师生树立一种新的教学观，即无论是教还是学，其重点都不应该是某些理论知识的简单传授与记忆，而应该是历史的、开放的、动态发展的知识建构的过程。

在文学理论教学中，固然要传授给学生关于文学的性质、构成、体式，以及创作、鉴赏、批评等方面的知识，而且还应该将这种知识转化为学生的能力，这也是文学理论教学实践性的表现。在教学活动中，教师不仅要传授给学生理论知识，更重要的是要让学生学会理论思维的方法，培养其发现文学和阐释文学问题的能力。比如对文学作品的文本分析能力在教学中应当给予高度重视，所谓"观千剑而后识器，听千曲而后晓音"，学生的文本鉴赏能力是要在广泛阅读各种作品之后才能获得的。这种强化学生阅读与批评实践的做法在教学中是广泛存在的。

（三）文学理论教学过程是师生之间的交往与对话的过程

文学理论教学过程是师生之间的交往与对话的过程。这又是我们认识文学理论教学过程本质的一个观点。

交往与对话理论是20世纪中后期兴起并产生广泛影响的，其影响波及哲学、信息理论、文学理论、教育教学理论等诸多方面。"交往"一词的英文"communication"有通讯、信息、传播，以及（意见等的）交流、交换、交往等多种含义，后来随着交往理论的不断发展，它从单纯的自然科学和技术科学领域扩展到人文科学与社会科学领域,形成了相当广泛的含义。有人把它归结为三种意义上的交往。

第一种交往是狭义的,即信息科学和传播学的。这种理论把交往作为一种单一的对象,研究交往的图式、交往的系统管道及交往的技术手段等问题,研究信息如何变成讯息,谁在发送讯息,发送哪些讯息,从讯息的发出到接收经过哪些环节,这些讯息的传播具有何种功能和效果等。这是一种技术科学意义上的交往理论。

第二种交往是广义的社会学意义上的。社会学意义上通常把交往放到社会、文化和历史大背景中,研究交往与社会系统方面的关系。它不去对交往过程中纯技术性手段进行考察,而是进行社会学意义上的理性分析,着重分析交往的社会文化内涵。

第三种是哲学意义上的交往理论。它承认交往是人与人之间相互作用的一种中介,更强调交往与人和社会的内在统一性,认为交往本身即人的生存方式,涵盖了人的历史、文化、生活的一切领域,人类交往的范围和界限,也就是其生活和社会实践的范围和界限。

不管从哪个含义上说,教学实际上都是一种交往行为。没有交往就没有教学,我们对教育过程本质的认识,不能仅停留在认识过程上,而应该看到教学过程也是一种交往过程。

文学理论教学过程是教师"教"与学生"学"的双边交往活动过程。教师受社会的委托,根据时代的要求,制定教学目标,采用适当的方式教育和培养学生,促进学生的全面发展。而学生在教师的引导下,通过教师的讲授、自己阅读书籍及其他多种影响而获得发展,实现个体的社会化。教师与学生、教师与教师、学生与学生之间的这种交往的最终目的就是传递信息、解决问题。

在文学理论教学过程中,教学交往的主要形式就是对话。对话主要强调教学中所有使用语言的互动行为,它的根本特点是谈话各方共同致力于制造意义。因此,教学对话是指师生基于相互尊重、信任和平等的立场,通过言谈和倾听而进行双向沟通、共同学习的方式。

(四)文学理论教学过程是一种学习—认识—实践—完善的过程

教学过程不仅是知识、技能的传递过程,也是学生的世界观、价值观、道德品质、心理素质等形成与发展的过程。知识本身包含着世界观、价值观，以及伦理道德、思想政治方面的内容，当学生接受教师所传授的知识的时候，也就同时接受了某种思想观念，不仅对世界有了某种认识，而且还产生了实践的动力和基础。从这个意义上讲，我们在文学理论教学中经常说马克思主义文学观也是马克思主义世界观的一个组成部分，通过文学理论的教学，使学生形成正确的文学观和世界观。还应该指出的是，理论知识对学生形成完善的人格具有很重要的作用。在理论教学中，教师的学识、信念、态度、作风、行为等都可以潜在地、逐渐地对学生起到熏陶作用，影响着学生的思想、感情、意志、性格等，对学生的人格养成起着一定的影响。

第二节　文学理论教学过程的诸要素

文学理论教学实质上是教育者对受教育者进行的理性教育活动的过程。在这个活动过程中，涉及下列因素。

一、教师

过去人们常常认为教师是教学活动过程的主体。随着现代教育教学理论的发展，人们又认为学生才是教学活动的主体，而教师只不过起到主导作用。关于谁是教学的主体，这个问题还会继续争论下去，但是不管怎样，谁也不能否认教师的作用。在文学理论教学过程中，教师的作用毫无疑问是十分重要的。

（一）文学理论教师在教学活动中应该起到导向和组织作用

教师作为教育者，一般是受过专门专业训练的，所谓"闻道有先后，术业有专攻"，教师的职责要求其必须承担起教学活动的指导者和组织者的任务。从教学目标的设计、教学大纲的制定、教材的编写与选择、教学方案的组织实施、教学内容的讲授与传达、教学效果的评估与反馈等各个环节都可以看到教师的主导作用。担任文学理论课程教学的教师在这方面起到的作用要更大一些，因为文学理论课程在学生进入大学之前不仅缺少完整的认识，甚至连起码的感性接触也不多。学生在此前虽读过数量不等的古今中外的文学作品，也或多或少写过一些散文、小说或诗歌，但是很少有学生读过系统的理论书籍，更没有积累起完整的理论知识体系。因此，在学习中更需要教师的指导——不仅是课堂教学内容需要更多的讲解，让学生更好地理解，而且即使到了高年级之后，对理论选修课程的选择方面也需要指导，否则学生根本不可能形成合理的理论知识结构。一些学生在选课过程中盲目凭老师的名气，或者凭高年级同学的介绍，甚至凭听说教师要求不严等来选课，这恰恰说明了文学理论教学中缺少对学生有针对性的指导。

（二）对文学理论教师的素质要求

较之文学其他课程的教师，对从事文学理论教学的教师的素质要求要高一些。有人认为，文学理论课程的教学、研究要求的是一种"全能型"的教师，这是有一定道理的。

文学理论课程的教师应当具有理论家的素养、文学史家的知识、创作者的能力和教师的教学艺术等多方面的综合素质，这样才有可能成为合格的文学理论教师。因为较深的哲学文化素养、厚实的文学理论功底、敏锐的理论洞察力不仅是从事理论教学的前提，也是关键。同时，由于文学理论教学涉及古今中外的文学现象和社会人文知识，因此它要求教师博古通今。因为要想在教学中游刃有余地征引古今，评说各种文学现象，教师必须得广泛地涉猎各种作品，理解各种文学现象。此外，要分析作家创作的成败，体悟作家创作的艰辛，也是很有必要的。这时候，又要求教师尽可能有一定的创作素养或者经历。对于教师的教学技巧而言，主要是要求教师的言说方式富于逻辑性、思辨性，教师要善于运用理论特有的方式让学生感受理论的理性魅力，这时候还要求教师处理好感性与理性的关系。因为文学毕竟是理性的感性显现，文学理论的主要对象是文学作品，是充满着人性之美、人情之美的鲜活的生命（文学形象），或者是富于诗性情韵的意境。因此，教师除了是理性的人，还应当是感性的人，应该能够充分感悟文学的感性魅力，进而体验文学作品的丰富、复杂的无穷意蕴。除此之外，还要善于用独特的语言把这种体验和感悟表达出来，传达给受教育者。

二、学生

学生是教学过程的主体。不管是把教学过程看成一种认识过程，还是看成实践过程，或者是发展过程，归根到底都要作用到学生身上。因此，承认学生的主体地位，充分发挥学生的主观能动性就显得相当重要。在文学理论教学过程中，对学生的这种主体性认识是很不足的，其中一个重要的表现就是教师讲得多，学生学得少。

在文学理论教学活动中，对学生的基本认识可以考虑把握如下的基本观念。

（一）接受文学理论教育的学生是发展中的完整的人

我们说学生是人，主要是要认识到学生是能动的个体，有参与教学活动的能力，有独特的思想情感，有独立的人格、需求和愿望；说学生是发展中的人，就是说学生是有着巨大的各种潜在的可能性，处在变化中的人；说学生是完整的，是指学生是有生命的，是有着多方面需求的活生生的人。对于接受理论教育的学生来说，理论学习不是让学生接受枯燥乏味的理论知识的学习，而是要全面发掘其理性能力，发展其个性，完善其人格，使之不仅具有感性的一面，更具有理性的一面。

（二）接受文学理论教育的学生应该是以学习和接受理论教育为主要任务的人

学生这种特定的社会角色决定了他的职能是学习，可以说，学习是学生的天职和权利。但是，学什么对于学生来说不仅仅取决于他的兴趣、爱好，还取决于社会需要、环境影响，以及教师的引导等因素，有时候教师的引导更显重要。文学理论学习也是如此。很多学生并非出于履行自己的天职或者因为自己的兴趣才来学习的，一些学生是因为文学理论课程是必修课才不得不学的，有的是为其他目的来学习的。有些学生虽然对理论学习抱有兴趣和正确的认识，但是由于理论课程本身难度较大，对于学生来说存在着一定的困难和问题，也就要求教师在教学中能够激发学生的学习兴趣，帮助学生克服问题。

（三）接受文学理论教育的学生应该是具备学习理论条件的人

大学生认知活动的发展特征有其特点。在观察力方面，随着抽象逻辑思维的发展，其观察能力的目的性、计划性、组织性都达到了相当的水平，观察范围也有所扩大，通过观察去认识事物、发现问题、解决问题的能力更强；在注意力方面，其注意力的稳定性更高，适合学习一些理论性较强，甚至较为深奥、枯燥的课程；在记忆力方面，记忆的准确性、持久性、敏捷性等都有一定的优势，已经发展到以逻辑记忆为主，而非以形象记忆为主；在思维能力方面，其抽象思维能力，特别是辩证思维能力得到很快的发展，思维的独立性、逻辑性、批判性、灵活性、创造性都有很大的增强，能够全面分析问题，容易接受新知识、新思想，不迷信权威。此外，大学生在自我意识、表现欲望、兴趣特征等方面也有自己的特点。例如：有的对自身长于逻辑思维的意识特别早，对理论学习确有兴趣；有的逻辑思维能力强于形象思维，在这方面表现欲望也特别强烈；等等。这些都是学习理论课程不可缺少的条件。

三、教学内容

文学理论的教学内容随着社会历史条件的变迁而有所不同。这主要集中在教材的发展变化上，其基本范畴、核心命题、框架体系甚至具体的提法都会随着时代的变化而有所改变。现行的课程体系中，由于大学办学自主权的扩大，各校会根据自身的学术积累独立设置一些课程。各校在选择教材方面有充分的自主权，甚至还可以自主编写教材。另外，即使使用同一本教材，不同的学校、不同的教师，在对不同的章节、不同的内容的取舍增删、重难点把握、对具体问题的分析等方面也各不相同。可以说，对教学内容选择和处理有较高的自主性、灵活性是大学教学区别于基础教学的重要之处。这种自主性和灵活性体现了大学一直以来崇尚的学术自由，对教学有很大的促进作用。因为有了这种自由，教师就可以把自己的研究和教学结合起来，根据自己的学术积累及社会、学生的需求不断发掘、创新、传播一些新的学术观念，推动学术的发展和人类知识的创新。

四、教学方法

教学方法是在教学过程中，教师和学生为了实现教学目的、完成教学任务而采取的教与学相互作用的活动方式的总称。它是教学过程中整体结构的一个重要组成部分，因此是教学的基本要素之一。

在文学理论的教学中，教学方法的选择所起的作用是非常重要的，因为教学效果的好坏往往与方法的选择恰当与否是分不开的。历史地看，各个时代的教学除了继承以前的教学实践中行之有效的方法，还有反映一定时代特征的新方法的诞生。在目前的文学理论教学过程中，对教学方法的选择与使用的重视程度是不够的。绝大多数学校和教师所选择的方法还是传统的讲授法，其长处在于教师在教学活动中居于主导地位，保证教学内容的传达和教学目标的实现，有利于加强对教学过程与结果的管理，也有利于教师对学术观点的灌输。但是，其不利之处也显而易见。文学理论教学有思想教育的一面，在一定程度使用灌输的办法可以保证思想教育能够落到实处。但是，这并非长久之计。过多的讲授，容易导致课堂气氛沉闷，使学生昏昏欲睡，对理论学习产生厌恶心理。这时候即使再使用新的教学技术，比如多媒体等也未必有用，也不一定能增加课堂的活力和教师的魅力，文学理论教学的效果也难于显现。此外，在教学中还涉及考试制度和方式的改革问题，包括课程考试和研究生入学考试。一些学校采用的考试方式也稍显落后。例如：过分强调所谓的基础知识的学习，过多地考一些机械记忆的题目；或者使用一些与现代教学理念不吻合的题目类型进行考试，如一些令人无从选择的选择题和不存在是非判断的判断题等。实际上，在文学理论教学过程中，考试作为教学评价的方式之一，它应该是服务于教学目的的，应该更注重培养学生的理解能力和分析能力，即使是记忆也应该是理解记忆而非仅仅是机械记忆。因此，在考试方法的选择上仍需进一步突破。

五、教学环境

教学环境问题是文学理论教学中最容易被忽略的问题。从哲学上看，环境主要是指我们所研究的主体周围的一切情况和条件。人的生存和发展离不开环境，环境决定和造就人，人反过来也影响和改造环境。教学环境就是学校教学活动所必需的客观条件和力量的综合。

广义而言，社会制度、科学技术、家庭条件、亲朋邻里等也属于教学环境。从狭义来说，教学环境主要是指学校教学活动的场所、各种教学设施、校风、班风、师生人际关系等。

在文学理论教学过程中，各因素是相互关联、相互影响的。没有教师，教学就没有主导和领航人；没有学生，教学就没有对象和目的；没有教学内容，教学无从实现；没有教学方法，教学将会混乱无序，难以进行；没有教学环境，教学也同样无法存在。所以，诸多方面，缺一不可。

第三节　文学理论教学过程的改革

和所有事物的发展要随社会生活的发展而发展一样，文学理论的教学随着时代的发展、社会的变迁、高等教育事业的不断进步而有所发展，使得各校教学的各个环节都面临着改革的问题。文学理论教学改革中的许多问题已经开始为专家、学者所重视并开始有所改变。但是，教学过程的改革绝非仅仅是对课堂授课方式的改革，而应涉及教学过程中方方面面的因素。这里提出几点进行探讨。

一、教学改革的主要方向

（一）进一步明确教学目的

明确教学目的是一个老生常谈的话题，对于大学教学工作而言也似乎是个幼稚的说法。其实，当前大学文学理论教学工作中所出现的盲目性正是教学目的不明确的结果，这不是某一课时、章节或某一门课程教学目标不明确，而是缺少一个总体的人才培养目标。从根本上说，大学文学理论教学应立足于达到以下目的。

1. 提高学生的鉴赏素质

虽然在教学中不能忽视文艺理论的创作实践意义和理论派生意义，但根据学生在实践中的具体情况及学科基础，必须明确提高学生的鉴赏素质是文艺理论教学的首要目的。明确了这一目的，我们就应当在教学中突出重点，将教学的重点从文学本质论、文学发展论、文学创作论中转移出来，放到作品论及鉴赏论中，特别要详细分析作品审美层次构成。对教材内容有所增删，降低本质论、发展论的要求，拓宽作品构成论内容。学生的鉴赏素质不可能在听完文艺理论课后就会自然提高，而必须加强鉴赏训练，在鉴赏中培养素质。这就要求在教学中适当压缩理论讲述时间，增加鉴赏训练。

2. 帮助学生掌握一定文学理论基础知识，树立正确的文学观

我们不能回到过去那种单一的文学观念和教学模式，只认定某种理论观点

是对的，而把别的理论观点一概归于错误。适当介绍一些中外古今的著名文学理论观点是必要的，但总体上必须坚持一种主导性的文学理论观点，即既在学理上能更广泛、更深刻地说明、解释文学现象，同时又最切合当今时代的发展要求，这就是当代形态的马克思主义文学理论。需要在原有基础上加强马克思主义文学理论的学理重建，用马克思主义思想方法来研究文学问题、阐明文学规律。

3. 要努力培养学生的理论思维能力

文学理论作为一门理论课程，不同于一般知识性学科，不是仅仅介绍各种文学理论知识和各家各派的观点，更重要的是它要揭示文学的本质规律，要阐明文学理论本身的"学理"。即使是介绍各种文学理论观点，也不应仅限于罗列几个知识点，而应着重讲清楚这些知识点之间的逻辑联系和理论思路，并提出问题，引导学生进行理论思考，通过不断加强这种训练，逐步培养学生的理论思维能力。

4. 要着力培养学生的人文精神

文学是人学，优秀的文学充满深厚的人文情怀，体现出一定时代的人文精神。文学理论课程的意义不仅仅在"教学"，更在于"有人"。文学理论教学除了传授文学知识和锻炼分析能力，很重要的一个方面就是要培养学生的人文精神。过去只是把文学理论看作一门社会科学，只限于把文学作为社会现象来解释，或者像形式主义文论那样，把文学作为某种"科学"对象来观照与阐释，这样就把文学和文学理论本身的人文精神内涵遮蔽了。今天我们更有必要强调文学理论的人文科学性质，不仅在文学理论的学理研究与阐释中尽力开掘它的文学内涵，而且在文学理论教学中努力张扬它的人文精神。

（二）理论联系实际，突出学术个性

文学理论教学向何处去？这是一个方向性问题。有学者主张最好避谈文学的本质问题，而以文学的观念问题取而代之。之所以有认识论模式的文学观、体验论模式的文学观、语言论模式的文学观、修辞论模式的文学观等众多的文学观念，就是因为文学在今天更是一个复杂的文化现象，不仅仅局限于其单薄而淡薄的审美含蕴或哲学、美学、社会学、心理学、语言学等日益古板的教条，任何富有洞察力、阐释力和概括力的文学理论都难以一蹴而就，毕其功于一役。

一是要着力培养学生实际运用的能力，即高度重视学生能力的培养。这包括理论思维能力的培养，养成学生正确的思维方法和理论概括能力。在培养理论思考能力的同时更要突出对具体文本的解析能力的培养，引导学生走向活跃的文本批评，提高学生的批评能力，使理论本身变得生动、有趣。

二是要强化日常生活的审美和艺术化教育。文学已不再仅仅是反映社会生活的镜子，它也在悄悄地建构，甚至改变我们的生活。文学理论教学同样需要研究那些具有文学艺术因素的社会现象，虽然这些现象已经大大超出诗歌、小说等传统的文学样式或类型。

（三）跨学科发展

跨学科性也是文论学科本身发展的要求。文学是一种审美现象，同时也是一种文化现象，它关联着人类的文化心理和文化精神，有了文化视点就可以对许多文学现象做出更宏阔、更深入的阐释。

一是增强反映文论新成果的课程，如文艺心理学、文艺美学、中西比较诗学、文艺学美学方法论、文化诗学等。文论教学和教材需要面向世界，面向学科前沿。缺乏对文论新成果的充分吸纳，教学便失去时代感。

二是大量吸纳学科前沿的内容，如吸纳文艺心理学理论来阐释文学创作的心理机制，吸纳形式主义、新批评和结构主义的有益成分来分析作品的形式构成和创造等。基础理论要吸纳的应当是有理论价值的、经过检验的前沿成果，从前沿成果中提炼基础理论，以保证基础理论课程内容不断更新，永远充满生机。

二、课程设置

课程设置是教学内容的一个主要方面。文学理论的课程设置历来为人所诟病，其中一个主要原因就是，多数大学是把它当作所谓的基础理论课安排在低年级。如文学概论，在本科中文系一般安排在二年级，有个别本科院校甚至安排在一年级，周课时数一般两节到三节。这个做法的确与当下学生的实际及教学规律不相符合。

按照人的认识的一般规律，理论的学习必须建立在有比较充分的感性认识的基础上，即先有感性经验的积累，才会有理性知识的获得和飞跃。理论知识的接受必须要有较丰富的感性知识的积累和一定学养的积淀作为基础，才会取得较好的效果。由此观之，现在的做法无疑是本末倒置。何况，低年级的大学生缺少文学教育的熏陶和审美习惯的养成，更没有比较高雅的审美情趣和较高的审美能力，无论是课内，还是课外，阅读面都很窄，文学知识的积累也极其薄弱。因此，学生很难学习这门文学理论课程，客观上也增加了课程的教学难度。

此外，课程的教学目标、定位等也存在不少问题。赖大仁先生曾经多次提出要反思"文学理论教学何为"①，但问题并未得到解决。例如：究竟文学理论是人文科学，还是社会科学，其定性就有争论；究竟是为传授知识而教学，还是为培养理论思维能力而教学，还是兼而有之等，也不是很清晰。

三、教学方法

（一）以问题为主线开展研讨型教学

教学创新的重要途径之一就是教学方法的创新。科学、合理地运用教学方法，是开展创造性教学和取得良好教学效果的前提条件。创造性教学必须依靠学生用所学的知识解决实际问题才能体现出来，而问题是一切学习和研究活动的起点，是创新思维的动力。在以往的文学理论教学过程中，教师也习惯于在备课和讲授时针对教材中的难点、重点设置问题，目的是检查学生是否掌握和理解了所讲的知识内容。显然这种教学方法停留在传授知识的层面，设置的问题无法推动学生主动思考，启发新的视角，生成新的知识。即使引导学生发现问题和解决问题，也是以理论预设为前提。比如，以往讲授的"反映论""审美反映论""文学与意识形态"之间的关系等内容，以本质先行的授课思路，围绕原典或一些抽象概念来勾画文学图景，而忽视鲜活的文学现实及其发展面临的困境，如如何解释当前的网络文学现象。很明显，这样培养学生的问题意识具有一定的封闭性，不利于启发学生质疑那些习以为常的问题，也无法对一些常识性问题进行批判性思考。

教师都明白，教学的目的不是让学生单纯掌握知识，教师完成教学任务，学生拿到学分，而是培养学生分析和解决问题的能力，诱发学生潜在的创造性力量。对于教师而言，要实现这一目标，适应当前社会发展的需要，必须革新以讲授为主的传统教学模式和方法，实施师生双向互动的研讨型教学。问题是有效实施研讨型教学的基础和关键。教学过程重视对问题的研究，通过对重大理论或现实问题的研讨、探究，使学生获得相关知识，实现理论与实践的结合，以强烈的问题意识来开发和驱动学生的创新意识和创新能力。对于文学理论教学而言，研讨型教学立足于文学现实问题，教师指导选题，学生根据自己的兴趣爱好和知识

---

① 赖大仁. 从文学理论教学看当代文论建设与创新 [J]. 江西师范大学学报，2003（05）：18-21.

结构确定选题，教师引导学生创造性地运用知识和能力，主动发现、分析和解决问题。众所周知，当下社会是一个以视觉文化占主导的消费社会，看电影、看电视、看图片成为学生日常生活中不可或缺的组成部分。视觉化和传媒化的生活对以语言文字为基础的文学发展产生冲击，因此这就要求教师在视觉文化的语境中引导学生如何理解文学理论中的相关知识。比如，在分析文学形象时，传统的教学方法就是让学生认真阅读文学经典，让学生认真听讲和领悟，从而掌握作品中的形象是如何塑造的。多媒体直观教学也是让学生看图片和剪辑的视频来理解文学形象，学生享受到一些声、影、图等视觉大餐，但是被视觉图像牵制而缺乏对形象的深入思考。扬弃以往的教学方法，我们可以以当下流行的经典文学作品被改编成影视剧为现实文化语境，如选取《红楼梦》的电视剧改编为专题展开讨论。在阅读和观看经典片段，辅助阅读一些代表性学术论文的基础上，教师进行专题背景的知识性辅导，围绕宝玉、黛玉、宝钗的形象在小说文本和电视文本中表现的异同，以及语—图的互动，启发学生对两种不同媒介表达的思考，进而更加深入地理解形象的塑造。这样一来，一方面，学生在研讨的过程中掌握了文学形象的相关重要知识；另一方面，在开展专题研究的实践过程中，学生的思维、口头表达、分析、综合判断等方面的能力得到提升，综合素质得到进一步提高。

  研讨型教学实施的内在机制就是师生的双向互动，以此确立师生平等关系。以讲授为主的传统教学模式强化了教师的主导作用和个人魅力，但学生的主体地位被淡化和削弱，教师与学生是一种主动与被动的单向关系；而在研讨型教学中，教师是学生的引路人，是介绍知识的向导，学生是学习者和研究者。由于当代大学生的学习兴趣和知识经验在很大程度上建立在网络技术和信息传播平台的基础上，他们对视觉文化和时尚文化比较敏感和好奇，可以通过网络途径获取大量的信息和资源来发现其中的问题和解决的方法，因此，学生在一些教学内容上拥有充分的话语权，我们应该充分利用学生这些优势和长处。与单纯地讲解，加上教师自己精心选择的例子来解释和佐证的教学方式相比，这种互动式的教学能够让我们深刻地体会到知识的获得和能力的提升。

  在此基础上，以学生的学为中心，围绕文学理论的教学目标，贴近学生的文学经验，结合学生的现实需要，运用多媒体教学技术手段，培养学生的问题意识，引导和鼓励学生从文学和文化的现实问题出发，在质疑和研讨中，帮助学生进入科学的思维状态，进而掌握文学理论的知识结构，以应对现实生活的不同需要。

(二)创作与理论相结合,激发学习兴趣

文学理论的课程主要围绕文学基本理论问题展开教学,侧重对某个理论问题的思考和分析。即使分析某些经典文学作品,也是要回到某些深奥难解的理论上来,分析的目的还是让理论变得浅显易懂。从教学效果来看,这种教学方法虽然能让学生掌握一些文学理论基本知识,但是无法调动学生学习的积极性,学生只是听到教师对某些理论问题的讲解,而无法体验到求知的乐趣,更无法分享参与和成功的喜悦。

在教学过程中,我们应该始终关注学生的情感、兴趣、动机和需要等因素,这样可以提高学生学习的积极性。针对这样的教学思考,教师可以不断尝试革新作业形式,试图通过作业来激发他们的创作才能和学习需要。比如,在讲解"文学创作论"和"文学体裁"的时候,提前两周给学生布置一次文学创作的作业,主题是写自己的大学生活,体裁不限。对学生来讲,这个题目贴近大学生的实际生活,每个同学都有许多自己的大学故事,都可以从不同的角度想象和理解大学生活。在对学生作品进行整体性阅读之后,认真比对和评析,在讲解文学创作时,教师可以选取有代表性的作品,让学生畅谈自己的创作体会。从学生的创作中,生发和延伸创作理论,让学生在自己的文学创作尝试中,了解文学创作积累、构思、传达等过程,切实理解文学创作的规律和思维。通过点评和分析,让学生认识到文学体裁的性质和特征及体裁划分的依据等。这种创作实践和理论学习相结合的教学方法,也使得学生对自己的创作过程有一个清晰的认识,同时对创作也有理性的反思和批评,学会利用文学理论知识指导文学创作和赏析文学作品。

作业的质量是有效组织课堂教学的关键。如果学生的文学创作质量不高,作品内容和体裁不够丰富,比如没有小说和剧本,那么教师需要有意识地通过指导学生多写多练来提升创作能力,帮助他们解决在实践操作上遇到的难题,最大限度地提高学生的作业质量,并通过推荐优秀作品在一些校内外刊物上发表来激发学生的创作动力。这样一来,学生的文学创作和改编与相关的文学理论问题结合在一起,可以激发学生的学习兴趣和乐趣,使学生被动的接受、要他学转变成主动的学、他要学。不仅如此,这种强调文学创作和理论结合的教学方法,在课堂里创造了一种文学艺术氛围,让学生体验到自己创作的喜悦,激发了他们的艺术情趣和审美经验,也感悟到文学理论的魅力。

第四节　文学理论教学过程中的独语与对话

独语与对话是教学中存在的两种现象，在文学理论教学过程中尤其容易出现。这两种现象的背后有着深刻的哲学背景和事实表现，值得进一步探讨。

一、独语的内涵

独语，从学理上讲没有很严密的定义，只是一个通俗的说法。这里使用这个说法主要是指在文学理论教学过程中广泛存在的一种在封闭思维模式下的自说自话行为。

长期以来，文学理论教学还没有从根本上改变灌输式的方式。这种方式在教学理念上有这样三个预设。

①受科学理性主义的影响，认为教学就是输入—输出的活动，学校是工厂，学生是产品，教师就是加工的机器，它追求的是效率。

②认为知识是外在于人的客观存在，教学就是知识的授受过程，教师教授知识，学生被动接受知识，而不是把知识看作动态的师生共同建构、生成的过程。

③认为学生是容器，大脑是储藏室，知识掌握得越多越好。这些预设导致的结果是形成了教师中心、课堂中心、讲授中心。

这些现象，都属于教学过程中的独语现象。

二、对话的内涵与本质特征

对话理论在近年来的教育理论界和文学理论界也是一个人们谈论得较多的问题。这里要谈的是关于对话的两个问题。

（一）对话的内涵

对话原始意义是交谈，即一种交谈、会晤。但并不是任何交谈都是对话，不是简单的你说我听或我说你听，它必须是双方乃至多方的对等晤谈，是指人与人之间在彼此平等、彼此倾听、彼此接纳、彼此敞开的基础上达成的双方视野的交融，是一种致力于相互理解、相互合作、相互激发、共同创造的精神或意识。

广义的对话不仅包括直接发生在人与人之间的言语形式，也包括人与人的精神产品之间即人与各种文本之间的对话。这种对话并不以口头语言的交往为特征，而是通过对文本的理解和批判而展开的。在此意义上，一个人可以与古人对话，一个人可以与客观存在但可能永不会熟识的人进行对话。这种对话在现代社会，尤其在信息网络的时代，成了人们在各个领域（经济、政治、文化、日常生活等）中探求真理、交流思想感情的一种重要方式。

（二）对话的本质特征

对话有自己特殊的品格。对话的本质特征在于它的自由性、平等性与参与性。对话过程是不同主体以各自不同的方式、声音共同参与的精神历程。对话的目的是通过来自不同社会阶层、不同职业、不同身份、不同知识领域、不同人生经历的主体就某些共同关心的主题自由发表意见和看法，克服单个主体因生活领域和局限性而带来的认识的闭锁性与狭隘性，突破单个主体认识上的自我中心与独断，从而为自己创造更为丰富、更为深邃的心灵生活。

三、对话的形式

对话涉及人类生活的各个领域，贯穿在不同时代、不同民族人民的思想感情和行为活动的全过程中。从广义上讲，对话包括不同范围、不同层次的言语相互作用的形式，主要有如下三种。

（一）人与人之间的现实的、面对面的言语交际

这包括各种各样的言语行为，如生活的、政治的、经济的、文化的、艺术的、文学的等。

（二）书籍、报刊所包含的语言交际因素

这其中既有直接的和生动的对话，又有批评、反驳、接受等语言交际过程中以不同形式组织而成的书面反应，包括评论、专题报告、调查报告、文艺作品等。

（三）书籍、报刊等印刷出来的言语行为

这种形式的对话涉及的不只是现代的，可以针对历史上的作者本人，还可以针对其他人在不同领域内过去的行为及语言。我们阅读、研究历史流传下来的

书籍、报刊，以及竹简、石刻等其他形式显示言语交际行为的文物，实际就是在同古人、外国人进行言语交际和对话。

这是对话的扩而大之的形式，其范围包括不同国家、不同民族的意识形态对话和种种言语交际行为等。

四、作为一种对话的教学的本质

作为对话的教学，其本质上有很多新的东西。

（一）它意味着教学活动是民主的、平等的

民主、平等是对话的第一原则。没有民主与平等，师生之间是无法对话的。现代意义的对话不是狭隘的语言交谈，而是各方向对方敞开内心世界并彼此接纳。在教学中，教师和学生的先知与后知，并不是尊卑关系或者主仆关系。学生与教师一样，在人格上是独立的，每一个学生都有着自己丰富的内心世界和独特的情感表达方式，都需要教师的理解和尊重。

（二）它意味着教学是沟通的、合作的

坚持民主、平等的师生关系，"教"和"学"双方都必须走向积极的沟通与合作。沟通与合作是教学对话的生态条件。在"教"和"学"的双方沟通与合作中，对话的精神才得以体现。

（三）它意味着教学是互动的和交往的

有沟通和合作，必然会有互动与交往。但是，互动和交往显然是在沟通、合作基础上的进一步行为。互动与交往绝不只是教师和学生、学生和学生在对话教学中的存在状态，还是对话的基本手段。

（四）它意味着教学是创造的和生成的

在对话中，由于要讲究相互的、充分的、平等的沟通、交流和理解，在思想交锋中撞击出智慧火花，这是常见的现象，所以教学当然会超越传递信息的功能，具有重新建构意义、生成意义的功能。在对话精神的作用下，教师与学生、学生与学生之间，都有可能各自生成或建构出自己的认识与知识，整个教学过程是充满创造色彩的。学生不再仅仅是知识的接收器，还是知识的发生器。这对于学生创造素质的形成也是大有裨益的。

（五）它意味着教学是以人为目的的

以往我们认为，传授知识是教学的第一目的。在这种观念下，教师就有可能沦为传授知识的工具，学生也可能变成接受知识的工具。而主张教学是一种对话，就有可能培养出具有平等精神，社会交往能力、与人沟通能力强，人格完善，精神世界丰富的人，最终实现以人为本的教学目标。

五、从独语到对话，是文学理论教学改革的方向

文学理论教学中长期存在的独语现象，很大程度上就是由教育者缺乏必要的对话意识所造成的。要想改变这个状况，需要做的工作很多。

（一）要认识到文学从本质上讲是一种对话

文学从本质上讲是一种对话，对话是文学的存在方式，这是对文学本质的一种新的认识。以往，我们认为文学是一种模仿，或者文学就是具体的作家作品等，从学理上讲，都有一些缺漏。实际上，模仿的动力从何而来？如果我们从交往与对话的角度去看，就不难发现人的对话和交流的欲望就是艺术赖以产生的动力。在艺术活动中，人通过模仿进行交流和对话。从具体的创作活动看，作者的每一次写作行为都源于与读者交流的冲动，或是向读者倾吐内心的痛苦情绪，或是与读者分享内心的喜悦之情，或是与读者探讨某种社会问题。如果没有读者这个接受对象的存在，作者是不会去写作的。从读者的阅读行为来看也是如此，读者的阅读动机可能是多种多样的，但不能排除一个共同的因素，就是与作品的人物和作家进行思想情感的沟通，获得精神的满足。因此说文学源于对话和交流，归于对话和交流，文学存在于人的对话与交流过程的始终，文学始于人的对话和交流的欲望。

（二）要树立文学理论教学是一种对话的观念，摆正主体的位置，建立正确的对话关系

我们的文学理论教学必须是一种对话，是一种理性的对话。教育者在教学过程中不能居高临下，独断话语权，而是要充分发挥两个主体的作用，即教者和受众的主体作用，尊重受众的主体地位。过去一般更重视教师的主体性的发挥，强调教师在教学活动中的主导地位，忽略学生主体意识的参与。为此，教师无不殚精竭虑，深研教材，悉心备课，充分利用课堂时间，滔滔不绝地讲解，唯恐自

己的知识不能授之于学生，可结果是未获得理想的教学效果。实践证明，教师的主体性发挥固然重要，但要想获得良好的教学效果，更重要的还在于要将学生的主体性调动起来，一个与他人没有对话主动性的人，是难以与他人形成良好的对话关系的。因而，要将以教师为教学活动的中心，转向以学生主体性的发挥为中心，教师是在为学生服务，学生应有与教师平等的对话地位。对文学理论这样理论性极强的课程教学更应如此，只有这样，学生才会积极主动地参与到教学活动之中，以主体意识对教师传授的知识进行甄别，有选择地接受，有质疑地提问，主动进行研究探讨，从而在师生之间建构良好的对话关系。另外，在教学内容上既要具有开放性、启发性，也要具有反思性和探索性，要有终极意义上的探讨和追问；既要颠覆旧有的话语，又要传递给人以新的信息。

（三）要真诚倾听、接纳、理解

对话是在相互接受与倾吐的过程中，实现精神的相遇相通和各方相互理解的过程，只有各方抱着真诚的态度，互相表现出了敞开、接纳、理解和包容，精神上都得到了提升，才能达到目的；如果各方互有戒心，不能坦诚相待，就达不到很好的效果。在这一点上，文学理论绝不是枯燥乏味的抽象物，相反它还是理论家、教育者性情的真实体现。教学的过程不仅是理性的折服过程，同时也应该是理论家的心灵理性的感动过程。在让学生懂得这些基本命题、概念内涵的同时，也应该让学生理解理论家在探索这些命题、概念的过程中的种种艰辛与曲折，以此来打动学生，达到理论教学的"以理服人"与"以情感人"相结合的效果。

（四）要培养宽容的理性精神

在传统的教学中，我们非常强调师生意见的高度一致。有些人认为，教学就是让学生接受知识，而非提出不同的观点。据此有人觉得对话的目的就是要取得一致同意，如果在对话过程中，特别是在师生的对话中同对方唱反调，就会伤害对方的感情，所以对话要尽量达成意见一致。事实上这是一种偏见，因为对话不是为了消除差异、排除异己，而是为了更好地理解，对话的目的是制造意义，寻求真知。只要能够达到对彼此的理解，即使对话各方差异再大，也是一种对话。接受了这种理念，对于教学及生活中存在的对各种不同的现象所产生的不同看法，就有可能具有宽容的理性精神。这也是文学理论教学所要追求的一个目标。

（五）在具体方法上，要激活兴趣、调动热情，培养学生主动对话的意识

文学理论作为一门理论学科，因其理论性强、抽象难学，学生易厌学。因此，文学理论教学首先必须激活学生的兴趣，将学生的喜好引导到该学科上来，使学生产生主动对话的意识，再以生动形象的讲解、深入浅出的分析、发人深思的设疑，以及建构师生之间平等的对话，激发学生的学习兴趣。切忌把文学理论教学变成教师单一训导、学生单一接受的知识线性输入。以往教师围绕着抽象的理论，按照自己的思维逻辑进行分析、推论，滔滔不绝地讲解，以理论权威的姿态训导学生，迫使学生按照教师的思路去思考、去接受，其结果是学生失去了主体性，满脑子尽是教师的观点、看法，而没有一点自己的东西。有的学生虽然对教师的讲解内容有看法，但常碍于教师的权威而不敢进行质疑，被动地接受，这样往往会挫伤学生学习的积极性。将理论与实践结合起来，尽可能将深奥的理论与理论产生的基础——创作实践结合起来进行阐释，既让学生理解理论的科学性，又让学生了解理论的实践性，使学生知其然，又知其所以然。这样不仅可以增加讲解的趣味性、形象性，淡化过分的抽象性，而且可以使深奥的道理易于阐释明白，学生易于理解，使学生从艰涩的理论困境中走出来，产生对文学理论课学习的主动性。

第五节　文学理论教学过程中的生活化与科学化

教学的最终目的就是要取得好的效果，因此在教学过程中，教师在方法的选择与策略上有其自己的追求，其中生活化与科学化就是两种不同的选择。本节要研究的就是这两个问题。

一、生活化

（一）生活化的含义

生活化是文学理论教学中经常遇到的问题。在理论思维与教学过程中，为了把比较复杂的问题简单化，使得理论素养积累不深的学生能够更好地理解问题，教师不得不较多地依赖生活事例来说明比较复杂的问题，或者说，将生活中的常

识带入理论教学中,这种情形我们姑且称为理论教学的生活化。

(二)生活化的依据和意义

理论来源于生活和实践,这是人所共知的常识。理论本来就与生活、实践有着天然的联系。因此,为了理论教学的顺利进行,在教学过程中使用生活实践的实例来分析、讲解文学理论的问题,是一种非常有效的方法。从教学的角度来说,教与学的知识都源于生活,教师在教学中很有必要把书本知识与生活实际结合起来,学生也需要使学到的知识回归到生活之中。因此,教学生活化的做法实际上不仅在于引导学生用自己的眼睛观察生活、关注生活、研究生活,而且还能够提高学生的学习积极性,实现学生对教学过程的主动参与。

文学理论教学过程的生活化意义十分重大。著名教育学家陶行知先生曾经提出过"生活即教育""教学做合一""为生活而教育"等观点,他认为教育起源于生活,因而不能脱离生活的实际,生活是教育的中心,所以要挖掘教材中的生活资源,创设生活化的教学氛围。应该让学生从生活中,从各种活动中进行学习,获得直接经验,主动学习,而不是仅仅从书本间接学习或者被动接纳知识。

(三)生活化,一个有风险的选择

生活化对于文学理论教学来说,无疑是一个有效的选择。但是,也应当看到,文学理论教学的生活化是有一定风险的。

首先,易受日常生活意识的干扰,有时候"常识"会对理论产生干扰,使得理论本身存在着矛盾。

其次,从本质上看,理论必须对日常生活的常识进行批评。这一点,美国著名学者乔纳森·卡勒(Jonathan Culler)在《当代学术入门:文学理论》一书中已经有过论述,他认为从本质上讲:

①理论是跨学科的一种具有超出某一原始学科的作用的话语。

②理论是分析性的和沉思性的——它试图从我们称为语言、文字或意义,或主体中找出能包含了些什么。

③理论是一种对于常识的批评,是对被指定认为自然的观念的批评。

④理论具有反射性,是关于思维的思维,我们用它向文学和其他话语实践中创造意义的范畴提出质疑。[①]

---

① 卡勒. 文学理论 [M]. 李平, 译. 沈阳:辽宁教育出版社, 1998.

这里的第三条显示了当今文学理论的一个突出特色：向现成的已经被指认为自然的常识发起挑战，揭露其人为性或虚幻性。这样，如果在实际教学中过分依赖生活常识，那么又有可能受到很大的影响和挑战，有可能降低文学理论的学术含量和理论的深刻性，使得理论走向平庸，甚至堕落。因此，它必须走向科学化的道路。

二、科学化

（一）科学化的含义

与生活化相反，在文学理论教学中依赖理论的逻辑抽象与推理，追求命题、概念的严谨以展现理论的逻辑性的做法，我们称为理论教学的科学化。

（二）科学化是文学理论建设与教学的必然选择

文学理论教学的科学化与文学理论的科学性密切相关。关于文学理论的科学性问题一直存在着争议。有人强调文学理论的主观性、个体性、人文性，以此来否定文学理论是一门科学。其实，文学理论的科学性是客观的存在。一个很简单的事实是，如果我们否认文学理论的科学性，就等于否定了我们过去几代人所做的关于这个学科的所有工作和努力，这是不符合历史唯物主义的基本观点的。只要采取客观的、实事求是的态度去对待，就会发现文学理论的科学性是文学理论，特别是马克思主义文学理论本身固有的一种属性。从文学理论的研究对象来看，文学理论的研究对象是文学现象，它是一种客观存在的，人类社会所特有的事实，即使其中包含着情感、心理、意志等主观因素，但是它更是一种客观存在的社会现象。我们总是在强调文学是对社会生活的反映，强调文学的客观性其实就是为文学理论研究对象的客观性奠定基础。

（三）科学化必须注意的几个问题

1.要正确处理文学与意识形态的关系，准确理解科学化的含义

对于年轻的大学生而言，由于阅历尚浅，他们对文学的意识形态性有着天然的隔膜，在学习中，一旦听到文学与政治的关系、文学的意识形态性等话题就会兴趣大减，而对文学理论的科学化则情有独钟。教学中应当向学生说明，并非远离了政治意识形态的制约，将文学、文论研究、文学批评封闭起来追求纯粹的"客观性"就能达到"科学化"，就能使文学研究与批评获得"独立性""自主

性"。同时，文学理论的"科学化"也不是自然科学的那种"科学化"。采取自然科学的某些方式方法可以使文学理论和文学研究更加严密，但不应当忘记文学的审美性和人文性，人文性不是文学理论的对立面，更不是文学理论的敌人，只有把文学理论的科学性、审美性、人文性统一起来，才有可能保证文学理论与文学批评的科学化，才会有利于文学理论与文学批评的建设与发展。

2. 要增强文学理论的解释能力

理论要想掌握群众，就要抓住事物的根本，科学的理论或者具有科学性的理论都应该能够对对象的价值、意义等做出符合实际情况的解释，并能在一定程度上解决实际问题。这是对科学化的起码的要求，如果连这一点都做不到，那就谈不上科学性，更谈不上科学化。事实上，以往的文学理论教学之所以不被看重，主要原因就在于：其解释能力太差，学生不信，教师也未必相信；作家不服，批评家自己也觉得尴尬；说的人底气不足，听的人莫名其妙。

3. 要注意理论的实践性和可检验性

具有科学性的理论要对对象的本质、规律提出明确的看法，因而既要经得起实践的检验，又要不断在实践中加以修正。这是由文学理论的实践性所决定的。

文学理论是对古今中外一切文学活动实践的总结，它的本体之根深深扎在代代相承的文学实践之中。

在古代，诗歌创作率先获得较大发展，产生了许多优秀的篇章，积累了较为丰富的经验。因此，关于诗的文学理论最早产生。《尚书》曾经概括诗的特点，提出"诗言志"的论断，朱自清先生就认为它是中国诗歌理论的开山纲领。"诗言志"认为诗是表达人们思想、情感、志趣和怀抱的，这一理论迄今依然光彩依旧。《论语》记载了孔子辨识诗的社会作用，提出"《诗》可以兴，可以观，可以群，可以怨"的文学观。它断言诗能够陶冶人们的道德情操；能够沟通和交流人们的思想感情，使群体生活和谐发展；能够表达由不良政治所引起的感叹和忧伤，消除个人与群体不能和谐一致的痛苦。这也同样证明只有在文学实践的肥沃土壤上，文学理论才能生根萌芽，开花结果。

在教学中，要求学生联系文学实际进行理论学习，广泛地阅读文学作品，熟悉古今中外文学史上的名著；要用所学的基本理论和基本知识去分析具体的文学作品和各种各样的文学现象，解决文学实际问题；要密切关注当前文学创作和文学批评的现状和动向，研究其中的新情况、新问题，对它做出科学的解释，总结经验，充实新的理论内容；并且要亲身参与文学实践活动，譬如开展文学创作，进行文学评论和文学理论问题的专题探索等，从中获得文学创作或文学批评的感性经验。

4. 要讲究理论的内在完备性

具有科学性的理论不仅能够自圆其说，而且必然是前后一致的，既不存在内部矛盾，又与已有的理论保持一致。以往的文学理论尽管可能存在这样或那样的缺陷，但只要它们从一定的角度对文学现象做出了合乎逻辑的解释，只要它们对未来的文学发展规律具有一定的前瞻能力，并且是相对完备的，就可以说这样的文学理论具有科学性。无论哪一个知识领域都存在着衡量研究工作科学性的客观标准，其中最根本的标准是：某学科所采用的原则和方法，越是在极大的范围内符合该学科研究对象的本质，越是紧密地依据该学科对象生存和发展的客观本质和特点，那么该学科的研究就越具有高度的科学性。这样的科学理论观点，对于我们理解文学理论的科学性及其生成是有益的。

5. 要注意文学理论的历史性和民族性

文学理论是特定时代的产物。也就是说，一个时代有一个时代的文学观念和文学话语。任何一种文学理论，不管它如何高妙，不管它多么具有预见性和超前性，都只能是它所处的那个时代文学的反映和文学实践经验的概括总结，它所分析、解释的问题和所做出的结论，都只能是它所处时代文学实践的理论抽象。

古往今来，任何一种文学总是民族生活、性格和心灵的传神写照，任何一种文学理论总是对一定的民族文学实践经验的概括和总结，并且总是在特定民族的氛围中传播的。文学和文学理论都渗透着鲜明的民族特性，贯穿着源远流长的民族传统。在我国古代的农业性和宗法制社会，人与自然、个体与社会的关系都笼罩和交织着一层浓密而厚重的人伦情感，这种情感成了维系先民生活的纽带，这在文学理论中也有很多表现。

6. 要有系统性和开放性

一方面，科学化的文学理论必须是系统化、体系化的，必须致力于追求理论的深透和精湛，要能揭示每一个基本理论问题的来龙去脉，但是同时又必须是开放的，它不能画地为牢、故步自封，更不能排斥多学科的综合化研究。事实上，文学理论与其他学科之间有着千丝万缕的联系，因此文学理论教学要与其他学科的学习结合起来。例如，文学理论是从古今中外的文学现象中总结概括出来的普遍原理，在文学理论教学中必须熟悉、掌握中文专业各门文学课程的知识，包括外国文学、中国古代文学、现代文学、当代文学等方面的知识。又譬如：文学理论中文学的本质、属性、特征，文学的地位、作用等重大问题的解释，离不开哲学，尤其是美学；文学理论中关于作家的思维、想象、情感、认识、意志等问题的研究，则与心理学，尤其是审美心理学有着密切联系；文学理论中关于文学的起源、发展、继承、革新等问题的探讨，离不开历史学、人类学、考古学、民族学等学科的知识。所以，文学理论的教学，必须具备丰富的相关学科的知识修养。

另一方面，科学化不是终极化、单一化，不是唯我独尊、排斥异己，不是为了追寻一种终极真理、一种唯一正确的绝对律令，然后一劳永逸。不能抱着旧有的关于科学、文学理论科学化的先入之见，仅把某种文学理论视为科学化的文学理论，而将其他前所未有的新的文学理论排斥在预先圈定的科学领地之外。科学化要求开放化、过程化，要在变化的文学理论实践中不断刷新、调整文学理论科学化的内涵和外延。

第八章 文学理论学习论

第一节 学习理论概述

一、学习的含义

目前，心理学界对学习的解释可谓众说纷纭，大致可以分为三类。一是认为学习是指刺激—反应联结的加强（行为主义）；二是认为学习是指认知结构的改变（认知学派）；三是认为学习是指自我概念的变化（人本主义）。[①] 这些概念尽管存在着一些偏颇，但确实是可以为我们研究学习问题打开一条新的思路。的确，学习作为一种普遍发生的现象，人类有学习，动物也有学习，学习是人类和动物适应环境的一种手段。从进化论观点看，有机体适应环境有两种方式：一种是依靠先天决定的反应倾向，这是一种通过种系遗传所保留下来的一种固有的反射或本能；另一种是通过后天习得的方式——学习，来适应环境的变化。所以，从这个意义上讲，学习是人类与动物都共有的。

但是，学习也是一个十分复杂的过程。对大多数人来说，"学习"是一个非常熟悉的名词，古今中外，几乎人人都离不开学习，人们几乎每时每刻都在不断地学习，但是却未必清楚"学习"的准确含义。人们谈到学习时，首先想到的就是在教室里上课，或是看书识字学文化，这种主要指文化科学知识的学习，我们称之为狭义的学习。这是日常生活中对"学习"概念的最为普遍的理解，是在印刷时代学校教育中最普遍、最广泛的学习活动，但这种借助语言文字等符号体系获取间接经验的学习方式并不等于学习的全部。此外，人们一般还习惯把学习看作人类和动物共同具有的一种现象。

但是，人类与动物的学习毕竟不是一回事。人类在学习的能力、学习的机制、学习的作用与功能方面都与动物有着根本的区别。

---

① 施良方. 学习论[M]. 2版. 北京：人民教育出版社，2001.

从学习的功能及动力来看，虽然人类与动物的学习都服从于生活方式的客观要求，但是人类与动物的生活方式是根本不同的。动物的生活方式是以消极适应现实为基本特征的，而人，按照马克思的说法，人是自由的有生命的创造，动物只能按照它的尺度来生产，而人懂得按照美的规律来建造，这说明人有自身的主观能动性的一面。人类的学习是在改造客观世界的生活实践中，在与其他人的交往过程中，借助语言的中介作用来实现的改造世界的一种活动。人类的学习并不局限于满足个体的生理需要，更重要的是为了满足社会生活的需要。

从学习的形式与内容方面来看，动物的学习局限于其本身的动物属性，而人类不仅以个体的直接经验的方式来获得个体经验，而且还在社会交往中，以间接经验的方式去掌握人类世世代代积累起来的社会历史经验和科学文化知识，因而人类的学习是一种有目的的、自觉的、积极主动的过程。在学习的内容上，人类的学习比动物的学习更为丰富、更为广泛。

从学习的机制来看，动物的学习仅局限于由客观事物所提供的第一信号系统的活动，而人类的学习除了第一信号系统的活动，还具有以语言为代表的第二信号系统的活动。这不仅给人类的学习带来全新的形式和内容，而且把第一信号系统的活动提高到了一个新的水平。

因此，学习还应该有一种狭义的含义。狭义的学习主要是指学习者因经验而引起的行为、能力和心理倾向的比较持久的变化。具体到学校学生的学习是人类学习中的一种特殊形式。它是在教师的指导下，有目的、有计划、有组织、有系统地进行的，接受前人所积累起来的科学文化知识，以此不断地充实自己，为未来生活做好准备的行为。

二、人的学习特性

（一）在学习的过程中，学习者会产生行为或行为潜能的变化

从广义上讲，学习是通过人或动物身上的变化表现出来的，变化是衡量一种学习是否发生的重要标志。这种变化可以是外显的行为变化，如老鼠学会按压杠杆，人学会骑自行车等，也可以是行为潜能的变化，如知识的增长，能力、态度或意识倾向的变化。前者是能够直接观察到的，后者则表现为一种内隐的变化。内隐的变化尽管不是能直接看到的，但通过测验、心理测量或其他方式也能够对它进行评定，如考试、测验就是了解学生知识掌握、能力发展情况的一种有效手

段。知识的掌握、能力的增长等必然会影响人的行为潜能的变化。

（二）由学习引起的行为或行为潜能的变化是能够相对持久保持的

在现实生活中，人的各种变化可以由适应、疲劳、药物、酒精等引起，但是这种变化往往是短暂的，与学习引起的变化不一样。通过学习引起的变化往往是长时期的，不是那么明显表现出来的，"腹有诗书气自华"，就是这个道理。当然，在学习活动中，学习者也会产生一些短暂的、暂时的变化，但是随着时间的延续，是可能得到恢复的，如学习时间长了以后，学生就会产生生理和心理疲劳，从而影响学习效果，但稍事休息，这种疲劳就能减缓、消除。

（三）学习所引起的变化是主体与环境相互作用而产生的，是后天习得的

个体在成长过程中，随着年龄的增长，也会产生一些变化，有些变化更多地受遗传、成熟、年龄等因素的影响，因而不能称为学习。学习是由反复经验所引起的。由经验引起的学习主要有两种：一种是由有计划的练习或训练而产生的，如学生在学校中的学习；一种是由偶然的生活经历而产生的随机学习，如在生活中偶然获得某些知识经验的学习。

可见，学习是后天习得的活动，是由经验或实践引起的，由学习引起的变化既可以是外显的行为变化，也可以是个体内部经验的重组或改组。学习引起的变化是能够相对持久保持的，是通过反复练习、训练所产生的。

三、学习的一般分类

学习分类是学习理论中研究得比较多的问题。众所周知，分类研究是一个既重要，又是不易说清的问题。不同的学者使用不同的分类标准进行分类，其分类的结果显然也不一样。这里介绍几种主要的分类理论。

（一）加涅（Gagne）的学习层次分类

20世纪60年代，美国教育心理学家加涅出版了《学习的条件》一书。在这本书中，加涅依据学习由低级到高级的过程和学习的层次，把学习分为八种类型。

1. 信号学习

信号学习指学习对某种信号刺激做出一般性和弥散性的反应，如狗对灯光或铃声做出唾液分泌的反应。这种学习相当于经典性条件反射，是一种最简单的学习。

2. 刺激—反应学习

刺激—反应学习指一定的情景或刺激与相应的反应相联结，有某种刺激或情景就会引发某种反应，或者相反。当有机体产生了某种反应就可以推测出受到了某种刺激，这是因为强化起着十分重要的作用，正是由于强化才可能使刺激和反应之间形成联结。老鼠之所以能够学会按压杠杆，是由于其按压杠杆的反应受到了刺激（或强化物）的强化。这相当于操作性条件反射。

3. 连锁学习

连锁学习指一系列刺激—反应的联合。对于一种行为或技能来说，不可能只建立一种刺激与反应的联结，必须使多种刺激—反应联结起来，这种学习便是连锁学习。连锁学习主要是指动作按照一定的顺序或序列经过练习联结成为一种动作的序列或行为。

4. 语言的联合

语言的联合实际上也是一种连锁学习，只不过是指词语的连锁，即将单个的词语按照语法规则组成一种句子，使词语之间形成一种联结或联合。

5. 辨别学习

辨别学习指识别和区分多种刺激的异同之处，并据此做出反应。如在识字教学中把一些写法或拼法相近的字词放在一起，让学生区别其异同，促使学生实现分化，这种教学更多的属于辨别学习。

6. 概念学习

概念学习指在对刺激进行分类时，对事物所具有的共同的、关键的特征进行概括的反应，概括抽象出一类事物的本质特征，直至做出定义。

7. 原理学习

原理学习指了解概念之间的关系，实现概念之间的联合。如在数学教学中掌握各种原理、定律、公式等的学习。

8. 解决问题学习

解决问题学习指在各种条件下应用原理或规则去解决问题，这是学习的最高层次，也是学习的最终目的。

这一套分类理论提出以后，有许多人对此提出了质疑，之后加涅对此书进行了修订，把前四类合并为一类，即连锁学习，又依据概念的抽象程度，将概念学习细分为具体概念学习和定义概念学习，把解决问题学习细分为规则学习和高级规则学习。由此把八种分类改成了六种分类：连锁学习、辨别学习、具体概念学习、定义概念学习、规则学习和高级规则学习。

（二）加涅的学习结果分类

学习是通过变化表现出来的，这种变化就是学习所产生的结果。20世纪70年代，加涅在关于学习的八种分类的基础上，把学习的结果分成五类。

1. 言语信息

言语信息指陈述性语言文字表达的知识，使学生学会陈述观念、思想，如学生掌握概念、规则等。

2. 智慧技能

智慧技能指运用符号与环境相互作用的能力，如学生运用掌握的概念、规则去解决问题，主要表现为解决问题的方法、步骤、程序等。

3. 认知策略

认知策略指对内调控自己认知活动的特殊技能，如学生在学习中对自己的注意力、记忆、思维等的调节和控制。

4. 动作技能

动作技能指协调自己的身体活动，表现为平稳、精确而适时的动作操作能力。

5. 态度

态度指习得的、决定个人行为选择的内部状态，影响着个体对人、对物或对事件的选择倾向。

这五种学习又可以分为三个领域，前三种学习属于认知领域，第四种学习属于动作技能领域，第五种学习属于情感领域。

（三）布卢姆（Blum）的学习分类

美国教育家和心理学家布卢姆把学习的分类和教育目标的分类有机地结合起来，他认为教育所要达到的目标同时也是学习的目标，所以对实际的教学更具有指导意义。

以布卢姆为首的一个委员会依据教育的目标把学习分为三个领域：认知领域学习、情感领域学习、动作技能领域学习。其中，认知领域的教育目标由低级到高级可分为六级：知识、领会、运用、分析、综合和评价。情感领域的教育目标分为五类：接受（注意）、反应、价值化、组织、价值与价值体系的性格化。

动作技能领域分为七级：知觉、定向、有指导的反应、机械动作、复杂的外显反应、适应和创新。

（四）我国教育学家的分类

中国教育家张楚廷先生在他的专著《大学教学学》一书中，采用了多个标准，从多个角度详细地对学习进行了分类研究。[①] 我们认为，他的分类研究成果值得介绍。

1. 从学习的客体角度来划分

从学习的客体角度来划分主要是从习得的知识类型来划分，可以将学习分为事实学习、符号学习、论证学习、逻辑学习、设计学习等五类。事实学习比如"水是由氢与氧化合而成的"等，它是知识领域中最基本的方面；符号学习是指概念、语言的学习；论证学习是一种证明事实或者确认事实的学习；逻辑学习则是脱离具体事实的知识形态的学习，涉及对概念、命题、推理的一般性研究；设计学习是一种程序性知识、规则、工艺、技巧的学习。

2. 从主客体关联方式来划分

从主客体关联方式来划分可以将学习分为原受性学习、解释性学习、选择性学习、延拓性学习、疑问性学习等。原受性学习是指学习者作为认识的主体，把作为客体的知识对象原样接受下来的学习；解释性学习要求学习者在学习中多一些辨析，对学习对象做出一些解释，从而有更多的理解；选择性学习则是指学习者因兴趣，或者对重点的不同判断等原因做出选择而更加主动地选择学习对象、内容等的学习；延拓性学习一般就是通常所讲的举一反三、触类旁通等；疑问性学习即通常所说的围绕问题来学，在学习中发现问题、提出问题。

3. 从主体的角度来划分

从主体的角度来划分主要是从认知主体的不同角度来划分，可以将学习分为感知学习、识记学习、思维学习、直觉学习、操作学习等。感知学习主要是通过感觉器官直接习得；识记学习是指记忆和鉴识；思维学习主要是指依靠思维来进行的学习；直觉学习则是指瞬间感觉的学习与感受锻炼；操作学习类似于通常所说的动手实践的学习。

---

① 张楚廷. 大学教学学 [M]. 长沙：湖南师范大学出版社，2002.

第二节 理论学习的本质与特点

一、理论学习是一种人的自觉的理性行为

在马克思主义者看来，人是自由的、有生命的存在，人的活动与动物的活动不同。动物的活动是一种无意识的、对自然的被动适应过程，纯粹是为了维持其生命的本能的活动。而人的生活活动是"自由自觉的"、有生命的存在。所谓自由，是指人的活动是建立在人对对象的客观规律的认识基础上的，是有意识的，以理性为指导的。因为自由的本质就是对客观事物的本质规律的认识。所谓自觉，是指人的活动是有目的的、有计划的、能动的。作为人的活动的一部分，理论学习当然也是这种自由自觉的行为，是体现人的本质力量的理性行为。学习者是在教育者所制定的学习计划、方案的指导下，自觉地开展学习活动，而且在这个过程中，还需要学习者按照理论的认识规律来进行学习。比如，必须遵循从感性认识到理性认识的原则进行理论学习。因为按照马克思主义认识论的观点，感性认识和理性认识是人类认识过程中的两个必要的环节。从认识形成的过程来看，一方面，认识始于感觉经验，感性认识是理性认识的基础。另一方面，感性认识只是对事物外部现象的反映，理性认识的任务在于通过对感性材料的科学抽象，透过事物的外部现象，把握事物内部的本质。换言之，理性认识依赖于感性认识，感性认识有待于上升到理性认识。作为认识过程的两个阶段，感性认识与理性认识是相互渗透、相互补充的。只有感觉到的东西，才能真正理解它；反之，只有理解的东西，才能更深刻地去感觉它。此外，在理论学习中，还要特别注意扬弃感性材料，自觉上升到理性认识的层面，以达到对事物宏观规律的认识，而不必太拘泥于具体的感性材料的记忆。因此，文学理论的学习就不能像文学史知识的学习那样，只记住一些零散的知识，尽管有时候记住某些零散的知识点也可以在一定程度上达到目的，也是必要的，但是理论学习包括文学理论的学习如果仅停留在这点上是远远不够的。

二、理论学习是一种集多种类型学习于一体的复杂的行为

前面我们分析过，学习有各种类型。从加涅的分类来看，理论学习至少可以属于如下种类。

（一）概念学习

概念其实是任何理论的最基本构成材料。理论建设的目标之一就是提出有价值的概念。概念是对事物特有属性的认识，是对事物所具有的共同的、关键的特征进行概括的反映。概括抽象出一类事物的本质特征，直至做出定义，也是分析特定事物的特别思维形式。同一类事物的一组相关概念构成这类事物特有的观念、标准、思维方法，也就是说，这类事物的概念体系是由若干相互联系、相互制约的概念构成的整体，反映着一类事物在特定的阶段占支配地位的价值信念框架，或者研究范式。只有清晰地把握一类事物的相关概念，才能深刻理解这类事物与其他事物的本质联系与区别。

（二）命题（原理）学习

在概念的基础上，人们通过逻辑关系的推断，对事物做出解释，形成一些命题。所谓解释就是回答"为什么"的问题。理论仅到概念层次，就只是提供一串概念而没有对它们是怎样联系在一起的做出解释，这是远远不够的。好的理论除了概念，还要提供各变量是如何相关的解释，这些解释向我们显示概念是如何相连的。在这个过程中，理论就能够显示出它的逻辑力量，并且最终形成一系列命题，进而建设起自身的理论体系或者框架。比如在数学教学中，要求学习者掌握各种原理、定律、公式等。文学理论学习也有这方面的情况，比如在"文学是社会生活在作家头脑中反映的产物，是一种社会意识形态"这一命题中，我们可以找到多个概念，这些概念又都有其独立的内涵。围绕这个命题，马克思主义者就会建立起自己的文学理论体系大厦，形成一套相当完整的理论言说，一如我们在许多文学理论教科书上看到的那样。

（三）分析和解决问题学习

要求学习者在掌握概念的内涵和外延，理解命题的内容及推导过程的基础上，应用原理或规则去解决问题，这是学习的最高层次，也是学习的最终目的。在文学理论学习中，我们也会遇到这种情况，这一点通常被概括为理论联系实际，

就是要求理论学习者不仅要掌握一些理论性的东西，还要运用学过的理论去分析、解释一些文学现象。如果按照布卢姆的分类，这种学习又可以涵盖知识、领会、运用、分析、综合等各个方面，既是知识学习，也是领会学习、运用学习、分析学习，因而具有综合学习的特点。而如果按照张楚廷先生的说法，那么理论学习从学习客体的角度划分，主要是从习得的知识类型来划分，理论学习具有事实学习、符号学习、论证学习、逻辑学习、设计学习等五类学习的特征。如果从主客体关联方式来划分，理论学习既可以是原受性学习，也可以是解释性学习，还可以是选择性学习或者是延拓性学习和疑问性学习。因为在学习活动中，有的学习者的确是把自己作为认识的主体，把作为客体的知识对象原样接受下来，这就是原受性学习。而有些学习者在学习中多了一些辨析，对学习对象做出了一些解释，从而有更多的理解，这又是解释性学习。有时候学习者因兴趣或者对重点的不同判断等原因做出选择而更加主动地选择学习对象、内容等，这时候又是选择性学习。理论学习还要求举一反三、触类旁通，这时候它又具有延拓性学习的特征。此外，理论学习还经常主张围绕问题来学，在学习中发现问题、提出问题，这又是疑问性学习。而从主体的角度来划分，主要是从认知的不同角度来划分，理论学习更多的是感知学习、识记学习、思维学习、直觉学习、操作学习等。因此我们说，理论学习是一种集多种类型的学习于一体的复杂的学习行为。

三、理论学习是一种批判性的思维训练

首先，理论是对常识批判的武器。文学理论是一种对文学常识的批判。理论的主要效果是批驳"常识"，即对意义、作品、文学、经验的常识的批判。比如，理论会对下面这些观点提出质疑。

——认为言语或文本即言语人"脑子中所想的东西"。

——认为作品是一种表达，在某个地方存在着它的真实性，它所表述的是一个真实的经验，或者真实的境况。

——认为事实就是给定时间的"存在"。

理论常常是常识性观点的好斗的批评家，并且它总是力图证明那些我们认为理应如此的常识实际上只是一种历史的建构，是一种看来似乎已经很自然的理论，自然到我们甚至不认为它是理论的程度了。[①] 从现代理论的意义上讲，要想成为理论，必须通过对所谓常识的东西、自然的东西、本真的东西的批判，或者

---

① 卡勒. 文学理论 [M]. 李平，译. 沈阳：辽宁教育出版社，1998.

把这些东西与某种历史和文化相联系，这样才能超越常识，形成理论。没有这种批判性，理论不仅根本无从产生，即使出现也是人云亦云，重复别人的老套。

其次，"理论具有反射（反思）性，是关于思维的思维"，我们可以运用理论来向文学及其他一切话语实践中创造意义的范畴提出质疑。①

这一点对于理论来说也是非常重要的。反思性其实也是一种批判性。这种反思和批判不仅是对常识的批判，也是对理论自身的批判，这是理论之所以成为理论的重要根源。理论必须是永无止境的，它不是那种你能够掌握的东西，不是一组专门的文章，你只要读便明白了理论。它是一套包罗万象的文集大全，对它总是在不停地争论着，因为年轻而又"不安分"的学者总是在批评长辈的指导思想，从而促进思想家做出新的贡献，并且重新评价旧的、被忽略的作家的成果。所以，"理论常常逼着你阅读你不熟悉的领域的那些十分难懂的文章。在那些领域里，攻克一部著作带给你的不是短暂的喘息，而是更多的、更艰难的阅读。……理论的本质就是通过对那些前提和假设提出挑战来推翻你认为自己早就明白了的东西"②。

以这种眼光看，包括文学理论在内的理论实际上是一种形而上的要求极高的东西，是理论家出于对文学世界的好奇所激起的反思的结果。它要教给人们去思考为什么，同时还要找到怎样思考这些"为什么"的途径和方法，比如文学是什么，古今中外文学理论家对文学都提出哪些看法，这些看法在文学理论的历时性发展与共时性发展中会有什么样的影响等，具体到文学与社会的关系、文学自身的构成与构造、文学形式与文体的发展演变、文学的生产与消费等各种各样的问题，文学理论都必须进行思考和追问，只有将这种思考和追问的过程清晰地、严谨地表述出来，才会有文学理论和文学理论史。而且这种理论的思考与批判是没有止境的。人文科学理论包括文学理论更是如此。文学理论中所谓"公说公有理，婆说婆有理"的现象比比皆是就是明证。

各个时代的理论家由于所处的时代背景不同，各自独特的性格气质和思考方式不一，学养构成有别，面对的对象及言说的对象有差别等诸多原因，所以有时候即使是面对同一个问题也可能有很多种回答。比如什么是文学？不同时代的人回答肯定是不同的，即使是同一个时代，不同的人的回答也是不同的，即使是

---

① 卡勒. 文学理论 [M]. 李平，译. 沈阳：辽宁教育出版社，1998.
② 卡勒. 文学理论 [M]. 李平，译. 沈阳：辽宁教育出版社，1998.

同一个人在不同年代或不同境遇下的回答也可能是不同的。所有这些回答还不能简单地用谁对谁错来判断，而是要区分清楚它们分别是从怎样的层面和角度来思考问题的，以及它们是用什么样的方法来论述这个问题的，论述的过程是否严密和富有说服力。所有这些，如果没有批判力是不可能做到的。理论家在这个过程中不仅要对生存本身进行思考，还要对生活里的各类事物进行思考；不仅不能抛弃活生生的生活本身，还要超越生活，批判常识；不仅不能把理论变成干瘪枯燥的东西，还要显示出理论的鲜活力量和思考过程。这个思考过程对文学理论来说是极其重要的，因为只有这样，理论才会有长久的生命力，也只有这样，后来的学习者才会在了解前人的基础上有所进步，才能够站在前人的肩膀上"接着说"或者"继续说"，而不是重复前人。文学理论的教育同样也要教会学生掌握这种批判性，否则是不可能达到理论教育的目的的。

因此，在理论学习中，培养学习者的批判性思维就显得十分重要。

四、理论学习是一种隐性效果重于显在效果的学习

与一些立竿见影的学习不同，理论学习的效果有时候是隐性的而非显性的。比如，一些理工科知识的学习，其效果往往是显性的，容易看出来的。如计算机操作知识的学习，一般情况下，学习者在一定理论知识的指导下，按照操作规程操作就会出现相关的运行结果。而理论知识，特别是文学理论知识的学习则不同，它的效果往往是隐性的。这一点，可能跟理论的本质有一定的关系。"理论"（theory、theoria）一词来自希腊语，它是动词"观看"（theorein）的阴性名词形式，其最初的含义就是观看或观赏，这就是理论的最初本质。

第三节　文学理论学习的环境

一、学习环境的基本概念

所谓环境是指使事物得以生存和发展的情况和条件。所谓学习环境也就是在某一时期，能够使得学习者的学习活动和身心发展得以正常进行的情况和条件。它既包括"学校和家庭的各种物质因素所构成的学习场所"或"课堂上各种因素的集合"，也包括非物质条件——学习氛围、人际关系、教学策略、教学模式等。正如有的学者所说："学习环境是与学习相关的一切因素，它包含的要素可以从两方面来讲，抽象的有学习观念、学习理论等，具体的包括信息、媒体、模式及人的因素（社会、教师、学习伙伴）等。"[①]它应该包括物质因素、人力因素和制度因素三个方面。其中，物质因素主要包括学习场所、学习工具和学习资料等，它们构成学习的"物质环境"；人力因素主要包括教师、同学、家长及其他专业人员，它们构成学习的"人力环境"；制度因素主要包括课程体系、教学方式、评价方式三个方面，它们构成学习的"制度环境"。按照这一观点，研究当下文学理论学习的环境，从大的社会背景角度看，至少应该考虑下面两个问题：一是信息社会和网络条件的影响；二是大众文化时代的影响。

二、网络条件下的理论学习环境

作为信息技术革命产物的互联网，从 20 世纪 90 年代以来在全球得到了飞速发展和普及。互联网正在以几何级数向全球各个角落扩张，把世界各地和各色人种通过各个终端紧密地联结在一个平台之上，并以极强的包容性和变革性把不同区域的政治、经济、文化放在自己的背景和机制中，从而把人类带入了网络时代。

（一）网络的特性

作为计算机技术和通信技术的完美结合，网络有着自己鲜明的特性。

[①] 王清，黄国华. 多媒体学习环境的建构 [J]. 中国远程教育，2001（04）：50-51+79.

1. 开放性

互联网是一个四通八达、没有边界、没有中心的分散式结构，体现的是自由、开放的理念。任何人只要拥有一台计算机和简单的上网设备，就可以接入互联网，向世界发布信息，传播自己的观点和理念，同时也可以选择自己喜欢的信息和内容。在这里，信息跨越了时空界限，实现了自由流动。

2. 互动性

互联网的实时互动和异步传输并举的技术结构，彻底改变了信息的传播者和接收者的关系。任何网络用户既是信息的接收者，同时也可以成为信息的传播者，并可以实现在线信息交流的实时互动。

3. 平等性

网络水平方向延伸的存在方式决定了网络是一个平等的世界。在互联网上，网民交流的是信息、是思想，不必问交流各方的身份和地位，在网络组织中成员实现了彼此平等相待。

4. 虚拟性

互联网的存在状态是无形的，在网上的交流中，人们看到的文字、形象和听到的声音都变成了数字的终端显现，形成了另外一个时空概念。除非你告诉对方或对方告诉你，否则交流一方的一切真实信息，另一方都无从知道，因而互联网是一个充满幻想的虚拟世界。

（二）网络对学习的影响

基于以上特性，网络给人们的学习带来了极大的影响。

1. 使自主学习成为可能

传统教育是以教师传授知识为指导思想，采取以"教师教为中心"的教学模式。以教师为中心的灌输式的教学，极大限制了学习者的自主学习。一个教师面对着全班不同智力、不同水平、不同要求的学生，按照同一进度、同一方法进行教学，即使教师希望对每一个学生进行适应其能力的个别教育，也是很困难的。而互联网的出现改变了这种状况。一方面，互联网将全世界的学校、研究所、图书馆和其他各种信息资源联结起来，成为一个海量的资源库；另一方面，世界各地的优秀教师或专家可以从不同的角度提供相同知识的学习素材和教学指导，任何人可以在任何地点通过网络访问，形成多对多的教学方式。在这种情况下，学习者在时间上和内容上有了充分的选择余地,自主学习成为必然。

2. 充分实现了交互式合作学习

在传统的课堂教学中,大多数教师没有机会和班级中的每个学生进行充分的交流,也有很多学生因为种种原因,不敢和教师进行面对面交流。多媒体和网络技术增添了动态演示性的内容,增强了交互性,使得学生不仅可以通过接收信息而学习,还可以通过资料的展示及交互过程加深理解。在学习过程中,学生与学生、学生与教师之间充分的交流,通常可以达到事半功倍的学习效果。

3. 充分实现了个性化学习

在传统的课堂教学条件下,因材施教和个性化学习只是一个理想化的追求。网络环境下的教学真正达到了因材施教、发展个性的目的,学生是按照自己的认知水平来学习和提高的,学习是学生主动参与完成的,这种学习使学生获得的不仅仅是知识,还有自己主动建构知识的能力,这正是传统教学所不能比拟的。

4. 使教育社会化、学习生活化

在信息时代,新知识、新事物随时随地都在大量涌现,人们必将从一次性的学校学习走向终身学习,网络也为教育走出校园、迈向社会提供了强有力的支持。

(三)网络对文学理论学习的影响

那么,网络时代的到来对文学理论的学习所产生的影响又有多大呢?这种影响是不可低估的。

1. 网络给学生的学习包括理论学习带来了丰富的资源

"信息不再匮乏",已经成了信息社会的重要特点。在有电子媒体之前,人类的大部分知识都是依靠纸质媒体进行传播,因此要求学生对书本知识进行大量的记忆,拥有的书本量成了大学的一项重要支撑,大学图书馆藏书的多寡成了衡量一所大学办学条件的重要指标。今天,虽然藏书也是一项重要指标,但是电脑空间的信息更是数不胜数,人们甚至已经被淹没在信息的海洋里,包括理论信息在内的各种信息都很容易被学习者所获得。而且,随着大学生上网的条件越来越便利,上网的时间越来越多,网络给他们的学习带来更加丰富的资源,学生利用网络进行学习也越来越多。

2. 网络文学与网络写作对学生的影响越来越大

这一点很早以前就已经开始引起学生的理论性思考。许多学生早已把网络文学及与之相关的现象包括手机短信和手机文学等列入考察研究的范畴，比如在每年的毕业生毕业论文中都有这方面的选题。特别是在大众文化勃兴和日常生活审美化思潮的启发下，这股潮流势不可挡，蔚为大观。同时，网络语言在网络写作中甚至在生活中都开始渗透进来，逐渐发挥越来越大的影响力，因而也多次引起争论。有人认为它有利于娱乐和标榜个性，有人说它威胁传统语言的纯洁性。这些网络语言在一定程度上丰富了传统的文学语言，并逐渐为更多的读者，特别是青年读者所接受。

3. 网络和现代科学技术的出现，使得人们的艺术感觉发生变化

科技的发展使得很多传统感觉正在发生变化，很多在古人看来很有诗意的、很值得留恋的东西正在离我们远去，因此有人感叹"有一些感觉，正离我们远去"。

三、大众文化对文学理论学习的影响

（一）大众文化的含义

什么是大众文化？这个词历来众说纷纭。作为一个历史形态的范畴，大众文化是指无产阶级的、普及的、面向工农兵的大众文化。不同学者在不同的学术语境中所给出的含义也是各不相同的。例如：有人称之为"广受欢迎或者众人喜好的文化"；也有人认为"一切来自广场而非庙堂的民间的文化"，"不登大雅之堂的文化"就是大众文化；还有把商人雇佣技术人员创造的商业消费文化，即那种用于大量消费的，为商业目的有意迎合大众口味而大批量生产的消费品称为大众文化……。但是，一般说来，今天所说的大众文化作为一个特定范畴，它主要是指兴起于当代都市的，与当代大工业密切相关的，以全球化的现代传媒（特别是电子传媒）为介质大批量生产的当代文化形态；是处于消费时代或准消费时代的，由消费意识形态来筹划、引导大众的，采取时尚化运作方式的当代文化消费形态。也有人干脆、直接地说，"大众文化"是在现代工业社会中所产生的、与市场经济发展相适应的一种市民文化。

（二）大众文化的特征

关于大众文化的特征，不同的学者从不同的角度出发，能做出不同的概括和判断，不过大家也都基本认同如下五点。

1. 大众文化具有现代性

从历史渊源来说，大众文化产生于现代工业化时期，是现代工业社会的产物。在这个基础上，在工业社会的大众群体中形成了与之相适应的大众文化。这种文化明显不同于前工业社会中的民间文化和其他文化形式，有明显的现代性。

2. 大众文化具有显著的市场性和商业性

大众文化又是一种典型的商业文化，它和市场之间存在着天然的亲缘关系，具有明显的市场品性。大众社会里人群的集中和流动，导致大众的个性消失，表现出许多共同特征。从表面上看，人们的生活是丰富多彩的，然而他们的生活态度和兴趣爱好又具有趋同性，一种时尚可以很快被接受，然后很快又被新的时尚所取代。因此，很容易形成市场效应和效益。大众文化在其运作中具有明显的功利目的，是在工业时代的市场化扩张中孕育并形成的，市场是它的试金石，消费者愈多，大众化则愈强。特别是现代化科技手段作为大众文化生产和消费的重要载体，更能使大众文化在短期内迅速蔓延和扩张，使得大众文化的商业性特征表现得更加淋漓尽致。

3. 大众文化具有一定的世俗性

由于大众文化的主要消费对象是市民，因此面向世俗生活是它的基本服务定位，也可以说，从本质上讲，大众文化也就是一种市民文化。服务大众甚至取悦大众是大众文化的重要价值追求。因此，大众文化具有一定的世俗性。这种特征的出现也是社会发展的必然结果。如果说过去时代文化掌握在少数精英手上，是少数人的专利，而大多数人处于"没文化"的生存状态，那么现代社会的大多数人可以说是处于"有文化"的生存状态。因此，文化要想满足大多数人的需求，必然要服务于大众。这种情况就使社会的文化形态发生了从未有过的变化，一个以都市大众为文化生产主体和消费主体的大众文化形态脱颖而出，并且以前所未有的速度发展。

4. 大众文化注重感官娱乐，有较强的娱乐性

大众文化多以日常生活行为和感觉、感触为主要内容，特别追求诉诸感官的娱乐效果。大众文化变幻着各种形式供人娱乐，并充分满足和发掘人们的感受，

引导人们消遣、游乐和嬉戏，所谓"跟着感觉走"，通过这种感性刺激使人活得更轻松和随意。

5. 大众文化在时间上具有很强的时效性

出于追求市场效应，大众文化既要合乎时宜，又要能够产生轰动效应，因此大众文化的时效性非常强，特别是那些以现代传媒为依托而存在的艺术如电影、电视更是如此，这一点也是社会发展的结果。我们可以从传播的历史发展中得到证实。迄今为止，人类传播媒体的发展大体上经历了口语文化、书面文化及电子媒体三个阶段。口语文化的传播是基于人们先天具备的能力，易于受到时间和语言环境的限制，这种文化一般来讲只能形成原始形态的地域文化或部落文化。文字和印刷术的出现使书面文化的传播成为可能。书面文化的传播成为一种破解和使用符号的技术，在时间和空间上具有更大的绵延性和拓展性，但是书面文化的传播技术也只能被社会上层统治者及知识分子所掌握，文化传播成为他们的一种文化特权。现代传媒的出现才为大众文化的传播提供了现代化的手段。可以说，每一种传媒的出现，其传播的速度都会有极大的发展，其时效性特征体现得也就越充分。没有现代传媒，也就没有大众文化。大众文化的瞬息万变、超越时空、批量生产等特性都是现代传媒所带来的。广播、电影、电视、录音、录像、因特网，特别是微电子技术、卫星传送技术、光纤通信技术、光储存技术的出现，使大众文化更广泛地占有了时空，也增强了大众文化的时效性。

（三）大众文化对青年学生的审美情趣的影响

随着大众文化在中国文化的舞台上的影响越来越大，青年学生的审美情趣也发生了一系列的变化，而这种变化又对理论的学习包括文学理论的学习产生着重要的影响。归结起来，大学生的审美趣味在一定程度上呈现出个性化、感性化的趋向。

1. 个性化

开放的社会环境为学生提供了更为广阔的生活空间，向他们展现出更加多样化的生活图景，为他们提供了各种各样的消费方式，多样化的生活使青少年的审美呈现明显的广泛性和多种选择性。这一代人在审美方面的个性化特征更为明显，主要表现为他们追新求异，展现绚丽多姿的自我，从自己的服装样式、发型设计，乃至自我形象和文化品位都体现了极强的个性化特征。什么都可以风行一时，但是也很快就会被另一种时尚所取代；什么都可以被他们崇尚，而很快又会被他们抛弃；什么都被刻上个性化的烙印而显得与众不同，在审美上也是如此。这是一个开放的时代使然，因为社会的发展为他们这种个性化的追求创造了很好的条件，为他们实现自身的个性提供了坚实的基础。

2. 感性化

大众文化在生产过程中，为了方便大众对文化产品的接受与理解，必然采取降低难度，塑造扁平人物和形象的办法来造就大众审美趣味，以求得更大的市场份额。快餐文化、消费观念的流行为青年学生的审美感性化增加了一条注脚。现在，学生审美追求的感性化表现为他们更倾向于对直观形象的接受，不习惯繁难复杂或者有些深奥的学习和思考。

（四）大众文化条件下的文学理论学习

身处大众文化的全面包围下的文学理论学习呈现出不少以往未曾见过的景象，也可以说大众文化对大学生文学理论学习产生了很大的影响。主要体现在如下四个方面。

1. 让人们重新审视文学与生活的关系

文学与生活的关系曾经是文学理论教科书中的一个重要问题。有人甚至将它看作文学理论的基本问题，然后在文学与生活的关系问题基础上，推导出唯物主义与唯心主义的文学观的根本区别。虽然，近年来对这一问题已经不再有太多的争论，但是文学与生活是再现还是表现等，一直都是文学理论不可绕过的问题。不管是模仿说，还是表现说，不管是主张抒情，还是主张写意，不管是面对生活，还是背对生活，其实都是对文学与生活关系的一种解答。从这个意义上讲，大众文化条件下的文学理论教学把大量生活中的材料引进课堂，对学生理解文学与生活的关系无疑是非常有益的。大众文化的出现是顺应当前我国社会文化与日常生活转型状况的需要的，文学理论不可能对此视而不见。大学生作为社会中充满热情与好奇心的一员，他们常常以敏感的心灵触摸大众文化的脉搏，承受着它无所不在的重要影响。

2. 开拓文学理论学习的疆域，适应高等教育大众化的需要

长期以来，大众文化在学术界受到来自文化精英的非议，所以一些人要么对之置若罔闻，要么把它视为低俗之物加以排斥，造成两种文化形态的人为对峙。

这是非常不明智的，也是非常没有必要和不合时宜的。实际上，生活在当下时代的人，不管是学生还是教师，都不可能摆脱大众文化的影响而置身世外桃源。从教育发展的角度看，中国的高等教育在 21 世纪刚刚开始的时候就已经进入大众化时代。大众化时代的高等教育不仅要培养高层次理论型与研究型人才，更多的是要培养一批兼具研究与应用素质的综合型人才，即培养具有综合应用素质的有文化的大众——"文化大众"。还有一些学校所培养的人才甚至连研究素质都不需要，只要求有应用能力，在社会中成为普通劳动者即可。这些人显然不能是传统的"两耳不闻窗外事，一心只读圣贤书"的书生，而应该是与社会大众紧密相连的，初到社会就很容易适应职业需要和岗位要求的人才，他们不仅要有扎实的基本知识和较高的实践动手能力，而且还应该很快能够融入大众社会之中。因此，理论学习包括文学理论学习不再是纯粹的书本知识的学习，而应该是与社会结合起来的适应未来需要的学习。

3. 大众化的理论学习必须要求从注重体系化到注重个案分析，从追求理论到强调理论与实践的结合

以往的教学追求体系化或系统性，以及知识体系的完整性，在教材的写法和教学内容中，往往章、节、目、点一应俱全，却恰恰缺少个案分析。而现在由于受大众文化注重感性、重视愉悦性理念的影响，学生更希望教师在深入浅出、具体而生动，以及注重实践性和操作性方面下功夫。要有理论深度，但是更要有具体的个案分析和问题讨论；不仅要有新的知识和信息，还要讲得生动好听；不仅要追求自圆其说，还要自由和开放，最大限度地追求浅显易懂，容易接受；既要保持理论有一定的纯粹性，又要尽可能降低教材的理论难度，增强具体的应用性、实践性；既要让学生得到启发，受到理论的熏陶，提高他们的素质，又要在增强他们知识储备的同时，培养他们的实际应用与操作能力，特别是在具体的文本分析方面有所进步，拥有起码的文本分析能力。

如此说来，面对大众文化的冲击与影响，文学理论教学的任务不仅没有减轻，反而更加重大，路子不仅不见得更加平坦顺畅，反而可能会更加坎坷难走。对此，应该给予更多的关注。

第四节　理论学习的形式

一、三种学习方式的概念和特征

在这里，我们把自主学习、合作学习和研究性学习看作三种不同的学习方式。这三种不同的学习方式在大学的教学中研究得相对较少。但是，它们对于学生的理论学习有着一定的影响，因此值得我们认真加以分析。

（一）自主学习

1. 自主学习的含义

自主学习，一般是指学生自己主宰自己的学习。它是一种以张扬学生个性为宗旨，以促进学生更积极、更主动地学习为目标，以学生"自我导向、自我激励、自我监控"为学习和管理方式的学习。自主学习的核心在于"自主"，突出表现在学习过程中学生自己决定学什么，自主确定学习目标，自己决定怎么学，自主选择解决问题的策略，等等。

2. 自主学习的特征

（1）自主学习是一种自觉能动的学习

所谓能动性是指人在从事活动的过程中的积极性、主动性。这里说的自觉能动的学习是指学生主动积极的学习，而不是在外界压力下被动的学习。在传统教学中，学生的学习是在学校、家庭及教师的督促下进行，因而带有一定的被动性。而自主学习则是学习者对于学习的选择是出于自身的需求（生存的、兴趣的、希望被认可的需求等），因而其他因素如周围人群和环境的影响作用显得较小，整个学习呈现出主动介入、自觉能动的特性。

（2）自主学习是一种独立自由的学习

所谓独立自由是指在依赖性方面，学生在学习的各个方面和整个过程中都尽可能地摆脱对教师或其他人的依赖，开展独立的学习活动。在传统学习中，学生对学什么、怎么学没有选择的权利，一切必须听从学校和教师的安排，学习者个人只是这一计划实施的客体对象。而在自主学习中，学习者对所学专业、学习方法、资源、时间、地点、节奏等有充分的选择空间，整个学习过程如何进行完全由学习者根据现实状态自主控制，其他人或团体的态度对其学习影响较小。

（3）自主学习是一种自律有效的学习

所谓有效是指学生要采取各种措施使自己的学习达到最佳效果。在传统的学习模式中，学生由于是在学校及教师的组织和计划下开展学习的，因而对学习的环境有着严重的依赖性，如果离开了这一既定环境，学习者的学习活动就会受到严重的影响，甚至会造成学习的中断。而在自主学习中，学习者由于在学习中获得了主体需求和客体对象（学习的目标、内容、形式等）的最大一致，他既是学习目标的确立者、学习计划的制订者，又是学习过程的管理者。因此，对外界的依赖性相对较弱，在学习过程中比较容易约束和调整自己的学习行为，最终实现学习目标，取得更好的学习效果，因而其自律性和有效性更大。

（二）合作学习

1. 合作学习的含义

合作学习是20世纪70年代初在美国兴起，在20世纪70年代中期至20世纪80年代中期取得了实质性进展的一种富有创意和实效的教学理论与策略。自20世纪80年代末、20世纪90年代初开始，我国也出现了合作学习的研究与实验，并取得了较好的效果。合作学习的主要含义是指在教学中运用小组共同开展学习活动的一种学习方式。合作学习是建立在把学习看作一种人际交往，一种信息互动的理论基础上的学习模式。而且这种信息互动不仅包括教师与学生，也包括学生与学生多边互动。

2. 合作学习的基本特征

（1）积极的相互依赖性

这就是说合作学习的小组成员进行分工协作，个体的成功依赖于集体的成功，因此个体对集体有很强的依赖性。

（2）个体的可依赖性

学习小组成员明确自己承担的任务，各负其责，各尽其能。要想合作学习，前提是个体必须是可以依赖的，否则集体的学习效果将会大受影响，甚至导致学习无法进行。因此，个体又必须有可依赖性。换句话说，小组成员对对方的依赖是建立在被依赖的一方是可以依赖的基础上的，一旦被依赖的一方不值得另一方依赖，没有可依赖性，那么合作学习的效果将无法显现，合作学习也将难以进行下去。

（三）研究性学习

1. 研究性学习的含义

研究性学习是20世纪90年代以来在我国教育理论界，特别是基础教育理论界兴起的热门话题。它与其他重要的学习理论，如建构主义学习、自主学习和合作学习理论等有密切联系。研究性学习的含义有广义与狭义之分。广义的研究性学习是泛指学生主动探索的学习活动，它是一种学习的理念、策略和方法，可以广泛地应用于各学科的学习。狭义的研究性学习是指学生在教师的指导下，从学习生活和社会生活中选择并确定研究专题，用类似于科学研究的方式，主动地获取知识、应用知识、解决问题的学习活动。

2. 研究性学习的主要特征

（1）研究性学习有一定的开放性

研究性学习的内容不一定是特定的知识体系，还可能是来源于学习者的学习生活和社会生活，立足于研究、解决学习者关注的一些问题，其涉及的范围可能很广泛，也可能是某一个特定领域的特定专题。即使在同一个主题下，由于个人兴趣、经验，以及研究视角、目标的确定不同，研究性学习也具有很大的灵活性，为学习者、指导者发挥个性特长和才能提供了广阔的空间，因此研究性学习具有很强的开放性。

（2）具有很强的探究性

研究性学习提倡主动探究的学习方式，要求学习者在整个学习过程中，以问题为载体，在一定的情境中发现问题，探索解决问题的方法和途径，感受知识的形成过程，从中具体领悟科学的研究方法和思维方式。

（3）具有一定的实践性

研究性学习强调理论与社会、科学和生活的联系。因为任何一种研究都不可能离开社会，任何一种理论研究也都不会脱离实践。

（4）有一定的自主性和合作性

在研究性学习活动中，学习者的选题、制定的方案、实施的研究等都应该由学习者自行决定。但是，有时它又要求学习者与其他人相互取长补短，进行交流与合作。

二、大学更应该进行研究性学习

三种学习方式都有其可取之处，但是对于文学理论学习来说，各种学习方式所起到的作用又是各不相同的。例如：自主学习强调发挥学习者的主观能动作用，对于文学理论这种强调要学习者沉思默想的课程而言有一定的价值；而合作学习强调信息的交互性。但是，与文学理论学习关系最为密切的当属研究性学习，主要原因如下。

（一）大学生更具有从事研究性学习的条件

1. 大学是按照专业招生和组织教学的

在课程设置上，必然会开设一些反映学科前沿的课程，而这些课程本身就具有很强的研究性特征。在专业课程的学习过程中，各个学校和各门课程的教学都会结合教学实际开展各种学术交流活动，比如举办各种讲座，为学生开展研究性学习提供丰富的知识背景和素材。此外，学校还会开展一些研究性的竞赛活动，为学生开展研究性学习提供施展才华的舞台。

2. 学习资源更加丰富

支撑研究性学习的一个主要条件是资源，研究性学习对教育资源的依赖程度很高。在大学中，学生更容易利用学校的图书馆、资料室和实验室等有关设施，也更加易于利用本地的自然景观和人文资源，包括博物馆、图书馆、科技场馆、科研院所、风景名胜、文化遗址等，作为自己的研究资源，还可以更加快捷、方便地利用互联网络。因此，学习者用来进行研究性学习的资源更加丰富。

（二）高等教育的职能和教学特点使得学习者更应该进行研究性学习

高等教育有三大职能，其中之一就是从事科学研究，另外两大职能是培养人才和服务社会。大学教师本身承担着教学与科研双重任务，他们的科学研究直接推动学科的发展。而且教师在研究方面也有相当丰富的感悟和经验，也乐于与学生合作开展科研，共享从事科学研究的快乐。这就使得大学生更容易受到教师的影响，自觉地开展研究性学习。

从高等教育教学方面的特点来看，其更加要求学生开展研究性学习。比如从教师方面看，教师的教学活动更加接近科研，有些教师的教学实际上就是把自己的研究成果传授给学习者；从学生的学习方面看，其学习的独立性、自主性、探索性更强。独立性增强意味着学习者对教师的依赖性减弱；自主性增强意味着学习者能够自己管理自己，自己选择学习方向和发展方向；探索性增强意味着他们能够开展初步的研究，能够从事研究性的学习。

三、研究性学习与文学理论学习

研究性学习是文学理论学习中的一种有效的学习方式。

（一）从文学理论的来源看，研究性学习是理论学习的基本品格

文学理论来源于文学实践，没有丰富多样的文学实践，就不可能有文学理论。文学理论是对文学现象和文学感性材料的概括与提升，也是对文学现象的扬弃，在一定程度上脱离具体的感性材料，从而使自身具有一定的抽象性。这时候，反思就是理论学习的最好方式，也恰恰是研究性学习最为基本的品格。

（二）从大学中文专业的人才培养目标看，要求学生进行研究性学习

中文专业要培养的人才是具有一定文学知识和素养的，从事语言文字工作的高级专业人才或者应用型人才。但凡进入中文系学习的学生，起码应该是一个文学爱好者。要想把一个文学爱好者培养成一个有一定专业素养的人才，使他们能从一个一般的文学爱好者或欣赏者，逐步变为文学的研究者，或者是具有一定研究素养的人才，那么文学理论的学习是一个很关键的环节。因为只有具有一定的理论素养，研究才会有目标、有方向，也才会懂得一定的研究方法，取得一定的研究成果。

（三）从文学理论教学改革与发展的方向看，研究性学习是一个重要趋势

我们可以看到，但凡能够取得较好教学效果的教师，往往在启发学生的思维、活跃学生的研究方面都会有新的举措，他们在指导、促进学生的研究性学习方面都有自身的办法，能够很好地启发学生研究的热情，拓展学生的思路，使学生在理论的学习中，通过一个个概念与命题，或论述的学习与思索，感受理论学习与研究的乐趣，激发献身理论研究的热情。

（四）从文学理论的学习特点看，理论的特点是抽象性，抽象玄思在古典时期的理论观中占据着非常重要的位置

与热衷于关注琐碎具体而充满灵动的世俗之美的文学作品不同，文学理论更喜欢在抽象的理论天空之中翱翔。它不主张走向"田野"，而更多的是喜欢坐在"摇椅"上思索，这个时候，理论学习的研究性学习特点就可以显露出来了。离开了对一个个具体事物（现象）深入的分析和超越，理论实际上就不存在。因此，研究性学习就是文学理论学习的最好方式。

第五节 理论学习的理想形态

一、行为主义到建构主义的变化

在传统的教学理论中，经常把学习看作一种刺激—反应行为，也就是把学习者看作对外部刺激做出被动反应，即作为知识灌输的对象。

这种理论被称为行为主义学习理论。在文学理论教学中，虽然没有人大肆宣扬这种观点，但是这种做法却大行其道。因为教师不会承认自己在灌输，但实际上却是经常在灌输。教师在课堂上施行灌输式教学是一个表现，在教材的编写中也时常表现出灌输的倾向。比如，在老一代的教材中，经常可以看到为了引证一个极其简单的观点，使用大量引文材料的现象。又比如在近年出版的教材中，提出一些看起来非常简练但是又相当难以理解的观点。比如童庆炳先生主编的《文学理论教程》中把文学定义为"一种话语蕴藉中的审美意识形态"，这个提法虽然相当准确、简练，但是即使是一般的教师，理解起来也相当困难，想让学生理解则更非易事。从这个意义上讲，这也是在传统的教育理论指导下，忽视学生的接受能力所出现的现象。因此，需要更新教育教学观念。在我们看来，建构主义学习理论是值得学习和借鉴的。

二、建构主义的由来与发展及其基本观点

建构主义也译作结构主义，其最早提出者可追溯至瑞士的皮亚杰（Piaget），后通过学者科恩伯格（Kember）和斯滕伯格（Sternberg）等人的进一步研究而发

展起来。皮亚杰认为，儿童是在与周围环境相互作用的过程中，逐步建构起关于外部世界的知识，从而使自身认知结构得到发展的。儿童与环境的相互作用涉及两个基本过程："同化"与"顺应"。同化是指把外部环境中的有关信息吸收进来并结合到儿童已有的认知结构（也称"图式"）中，即个体把外界刺激所提供的信息整合到自己原有认知结构内的过程；顺应是指外部环境发生变化，而原有认知结构无法同化新环境提供的信息时所引起的儿童认知结构发生重组与改造的过程，即个体的认知结构因外部刺激的影响而发生改变的过程。儿童的认知结构就是通过同化与顺应的过程而逐步建构起来，并在"平衡—不平衡—新的平衡"的循环中得到不断的丰富、提高和发展。这些思想对建构主义产生了直接的启迪。

在之后的发展中，建构主义逐渐形成了自己比较完善的学习理论。这个理论认为，知识不是通过教师传授得到，而是学习者在一定的情境即社会文化背景下，借助其他人（包括教师和学习伙伴）的帮助，利用必要的学习资料，通过意义建构的方式而获得。学习是获取知识的过程，是借助其他人的帮助，即通过人际的协作活动而实现意义建构的过程，其中"情境""协作""会话"和"意义建构"是学习环境中的四大要素或四大属性。

建构主义对上述四组概念做出了深刻的解释。

（一）情境

学习环境中的情境必须有利于学生对所学内容的意义建构。也就是说，在建构主义学习环境下，教学设计不仅要考虑教学目标的分析，还要考虑有利于学生建构意义的情境创设问题，并把情境创设看作教学设计的重要内容之一。

（二）协作

协作发生在学习过程的始终。比如对学习资料的收集与分析、假设的提出与验证、学习成果的评价及意义的最终建构，都涉及协作。它既包括学生之间的相互协作，也包括教师与学生、教师与教师之间的协作。

（三）会话

会话是达到意义建构的重要手段之一，是协作过程中不可缺少的环节。学习小组成员之间必须通过会话商讨如何完成规定的学习任务计划。此外，协作学习过程也是会话过程，在此过程中，每个学习者的思维成果（智慧）为整个学习群体所共享。

(四) 意义建构

意义建构是整个学习过程的最终目标,包括事物的性质、规律及事物之间的内在联系。在学习过程中帮助学生建构意义就是要帮助学生对当前学习内容所反映的事物的性质、规律及该事物与其他事物之间的内在联系达到较深刻的理解。这种理解在大脑中的长期存储形式就是前面提到的"图式",也就是关于当前所学内容的认知结构。

三、建构主义理论的独到之处

建构主义理论被认为是对传统认识论的一场革命性的挑战,建构主义以多重视点对传统的认识论进行了反思,至少在如下三个方面对教育教学产生重要影响。

(一) 以充分发挥主体性为基础,能更好地适应社会对创新人才的需求

创新是一个民族发展的动力和源泉,培养创新人才是教育发展的重要任务和不懈追求。传统教学模式的弊端之一是所培养的学生缺乏创新精神和创新能力,这是不争的事实。其关键点在于忽视了学生的主体性,而没有主体性根本就不可能有创造性。因此,从理论上来说,行为主义学习理论或其他学习理论本身无法解决这个难题,而建构主义学习理论在这方面确有其独到之处。

(二) 创设有利于学习的情境途径,有利于改变学生被动学习的状况和厌学心理

传统的教学把学生局限在狭小的空间(如课堂)中实施教学,使用填鸭式的教学方法进行灌输,虽然在一定程度上有利于知识系统性和全面性的传输,但是由于无法使学生从中感受到学习活动本身的乐趣,因此无法让学生感受到发现知识的快乐。而建构主义的学习理论和教学方式则有利于不断激发学生的好奇心,不断满足他们的创造欲望,因而会取得更好的效果。而且由于在教学中所创设的学习情境与学生的生活联系密切,因此也更容易让学生理解一些深奥、抽象的理论问题,对于文学理论教学来说,这一点尤为值得借鉴。

（三）以网络信息技术为手段支撑，拓宽了学习和知识的源泉

建构主义学习理论的一种重要的技术支撑手段就是网络信息技术。多媒体网络技术具有超文本、集成性、交互性、控制性等特点，因此成为建构主义学习环境下比较理想的工具。它不仅为教学提供信息资源，更重要的是它将发展成为能促进学习者的知识结构、认知发展、解决问题、反思能力的"认知技术"。因此，建构主义学习理论与信息技术相结合，并以网络信息技术为手段，必然给教学观念、教学模式、教学方法和思维方式等带来深刻的变革，为学生创设良好的学习情境，为建构主义学习理论的实际应用创造良好条件。

四、建构主义对文学理论教学的启示

以建构主义的观点来看，从当下的文学理论教学中可以得到如下启示。

（一）要重视学生已有知识、思维水平和年龄特征，发挥学生在学习中的主动性

建构主义认为认识是以原有知识为基础，在主客体的相互作用中建构起来的。对事物的认识依赖于主体指向事物的活动，依赖于主体对自身活动的反思。认识的能动性具体体现在认识的建构性上，它对认识的主体性给予了高度关注。而且，建构主义的学习理论强调学习是学生在已有知识和经验基础上的主动建构过程，因此应该重视学生在学习新知识之前已经具有的经验和知识，并在此基础上进行教学。学生在进入大学学习前所具有的知识和经验、当前的思维水平，以及在这个年龄阶段上学生的心理特点等，在很大程度上都会影响教学的顺利进行和良好教学效果的取得，理论教学也不例外。由此可见，现在的文学理论的相关课程设置，有时候并不考虑学生原有的知识水平等因素，只是过分强调理论的指导作用，把本该在高年级设置的课程提前到低年级来开设，这是不符合教育教学规律的。

同时，按照上述观点，我们还要消除传统教学中的各种弊端，如教师的备课，不仅仅是熟悉教材，还要了解学生当前的知识结构和能力水平。教师不仅要具有本专业领域的知识，而且还要掌握一定的心理学和教育学及教学论的知识，教学中学会运用一定的教学技巧，更好地把知识传授给学生。

（二）应当注意为学生创设理想的学习情境，促进学生对知识的建构

在建构主义理论看来，学生要在学习中通过自己积极的探索建构起对知识的意义。而教师的主要职责之一就是要在学生积极探索时，努力为学生创设良好的学习情境，让学生参与到知识获得的过程中来。在教学中，教师并不是一开始就把知识教给学生，而是先提出一些问题，激发学生思考，倾听学生的看法，引导学生形成自己的观点，帮助学生建构知识"图式"，形成充分的教师和学生之间的交流和持续的、深入的沟通与讨论。教师要组织有效的学习环境，营造和谐、民主的人际关系，促进师生之间、学生之间的互动，建立合作的学习关系。与此同时，还要重视学生和学生之间的沟通和交流，由于个体和个体经历的不同，他们的经验也各不相同。通过各种各样的合作学习、讨论、游戏、答辩等形式促进学生之间的交流，使学生在倾听他人的见解时，不断进行反思，从而形成新的认识。这些对于文学理论学习来说，也是很重要的方法。现在很多学校中文系论坛等交流平台的大量出现，学生与学生之间、学生与教师之间通过网络等形式的交流不断增多，实际上促进了理论学习的开展，同时也体现了建构主义学习理论的影响力不断增强。

（三）必须改变以往以教师为中心、教师唱独角戏的教学模式，培养学生的主动学习精神与自主学习能力

以往教师唱独角戏的教学模式在大学中广为流行，学生也将自己定位在学习的被动者、消极的知识接受者的位置上。这在文学理论学习中是普遍的现象，因为理论本身的抽象性导致学生对其望而生畏，而教师本身作为理论资源的最先占有者，拥有更多的话语权。这样，学生实质上没有将所学知识内化为个人经验，并误以为知识是通过教师精彩的演讲而灌输到自己的头脑中去的，学习就是"理解＋记忆"或做做练习。于是，学生忙于上课记笔记，考前背笔记，考试回忆笔记，并没有真正参与到学习中来。而今天，随着网络社会和信息时代的到来，各种信息的大量出现已为人们的学习、创造提供了非常便捷的条件。学生并不见得只能依靠教师提供知识，教师也不可能全知全能，尤其是理论学习。由于各自的观察点及学术资源不同，各执一词的现象更为突出，因此要让学习者弄懂，甚至超越"给定信息"，学会理解、学会思考、学会应用、学会内化与整合学习内容就显得至关重要。教师只有科学地认识学习与教学的意义，积极指导与帮助学生

学会参与学习，创设有利于学生独立探究的情境，激励学生学习，并通过让学生掌握一些具体技能和方法，学会自主探索，学会处理大量信息，学会理论联系实际，学会与他人合作和交流等才会取得更好的教学效果。

（四）在教学质量观上，必须变革传统的以学生考试分数为唯一评价质量标准的方式

现代教学和教育强调学生在致知过程中的主动性和创造性，强调学生的独立思考能力，分析判断能力，收集、处理、运用信息资源的能力及建构新知识的能力。同时，从建构主义的原意看，学生都是从自己的经验意义角度、自己的价值关怀需要等来对新信息的意义进行建构。因此，通常人对社会现实认知的结果是独特的，不能以所谓"客观"的方式来共有。个人知识的形成也不可能只取决于客观世界的统一性，教学不能只是让学生跟随教师走，评价学生对知识建构的标准不应该再简单沿袭传统模式，教师更不应该继续用一个所谓标准答案来统一要求、评价或衡量学生学习的质量，而应该重视评价学生对事物的理解和解决问题的能力水平。这一点对文学理论学习效果的评价也是很重要的。以往我们习惯用一张试卷考试、一个标准来评判学生的做法有很多的片面性。今后，在理论学习效果的评价上，应当采取更灵活多样的方式来进行，不应该只采取闭卷考试、死记硬背、只有一个标准答案，甚至是标准化考试等方式来进行考核，而是应当注重对分析理解能力的考核，考察学习者的理解分析能力及运用知识解决问题的能力。

（五）应当更加重视通过理论学习培养学生的创新能力

大学教育要为社会培养具有创新能力、适应能力、竞争与合作能力的人才。这就要求大学生应该通过学习，培养创造、转换与整合知识的能力，而不只是保存与记忆知识。因此，应将学会借鉴、学会运用、学会解决在现实生活中遇到的问题作为学习的目标。如果学习只是围绕着抽象的规则及名词思维，很少引入现实的东西，则在这样的教学中，学习者只能是拥有一堆抽象的理论，且由于与现实脱离，学不能致用，容易使学生厌学。为此，必须走出单纯课本学习、去情境化学习、"理解＋记忆"学习的局限，重视在真实的背景下进行学习，采用研究性学习、讨论式学习、案例分析学习、问题解决学习等，尽可能在"走向思维具体"的学习情境中学习，避免理论的单纯抽象化和简单化。这样才容易形成灵活

的知识基础，发展解决实际问题的能力，以及批判、探究和创新的思维能力，提高学习的效果。

第九章 新媒体时代下文学理论教学的改革

第一节 新媒体与文学类课程教学改革

一、新媒体的定义与特点

（一）新媒体的定义

我们认为，"新媒体"具有鲜明的时代特征性。就当下及其发展趋势而言，还是要从最能体现新媒体本质特征的新兴数字媒体和传统媒体的数字化融合及其相关过程中发掘其深藏的奥秘。新媒体的本质特征，应该从媒体互动的新方式、媒体技术的新融合、媒体产品的互相依赖与交叠等众多因素中去寻找。在当今时代，我们倾向于将"新媒体"理解为以"数字媒体为核心的新媒体"，它是通过数字化交互性的固定或即时移动的多媒体终端向用户提供信息和服务的传播形态。毋庸讳言，目前也有学者明确反对使用"数字媒体"这一概念，认为"数字媒体"也可以被人理解为制作过程的数字化，照这样理解，几乎所有的媒体都可以列入数字媒体的范畴。但在作者看来，趋近于无限的包容性正是新媒体不同于传统媒体的重要特征之一。

所谓"新媒体"是一个相对的概念，是"新"相对于"旧"而言。从媒体发生和发展的过程当中，我们可以看到新媒体是伴随着媒体发生和发展在不断变化的。广播相对报纸是新媒体，电视相对广播是新媒体，网络相对电视是新媒体。今天我们所说的新媒体通常是指在计算机信息处理技术基础之上出现和影响的媒体形态。这里有两个概念：一个是出现，是指以前没有出现的；一个是影响，就是受计算机信息技术影响而产生变化的。这两种媒体形态是我们现在所说的新媒体。

不难看出，新媒体是一个快速滚动和随时推进的概念。行业条块分割和学科各自为战，使得见木不见林的狭隘观念在各自的圈子里盛行一时，其具体表现在，只顾把眼前一轮多变的媒体归入新媒体范畴，对即将出现的新一轮媒体则只能得过且过地装聋作哑，如此命名新媒体显然缺乏负责任的科学态度。再者，单以时间为刻度或以出现顺序为分类标准来定义媒体形式显然会陷入难以为继的尴尬。不言而喻，"新"与"旧"的说法并不能指认被定义对象的本质特征，而且也缺乏可持续的操作性。譬如说，即便我们可以将"新媒体"之后的媒体命名为"新新媒体"，那么之后的之后又该如何命名呢？

目前，我们已欣喜地看到从内涵和外延两个方面界定新媒体的尝试已经取得了一些新的进展。我们倾向于认同这样一种看法：就新媒体的内涵而言，它可以看作20世纪后期在世界科学技术发生巨大进步的背景下，在社会信息传播领域出现的建立在数字技术基础上的能使传播信息大大扩展、传播速度大大加快、传播方式大大丰富的、与传统媒体迥然相异的新型媒体。就其外延来说，新媒体主要包括光纤电缆通信网、都市型双向传播有线电视网、图文电视、电子计算机通信网、大型电脑数据库通信系统、通信卫星和卫星直播电视系统、高清晰度电视、互联网、手机短信和多媒体信息的互动平台、多媒体技术及利用数字技术播放的广播网等。我们不能肯定这个"新媒体"定义是否就是体现当下学界对"新媒体"学术研究和理性探索的前沿水平的精辟之论，不过可以肯定的是，这对"新媒体"的探索必将产生新的认识。

（二）新媒体的特点

以数字技术为代表的新媒体，其最大特点是打破了媒体间的壁垒，消融了媒体介质之间，地域、行政之间，甚至传播者与接受者之间的边界。具体特点如下。

1. 媒体个性化突出

由于技术的原因，以往所有的媒体几乎都是大众化的，而新媒体却可以做到面向更加细分的受众，可以面向个人。个人可以通过新媒体定制自己需要的新闻。也就是说，每个新媒体受众手中最终接收到的信息内容组合可以是一样的，也可以是完全不同的。这与传统媒体受众只能被动地阅读或者观看毫无差别的内容有很大不同。

2. 受众选择性增多

从技术层面上讲，在新媒体那里，人人都可以接收信息，人人也都可以充当信息的发布者，用户可以一边看电视节目，一边播放音乐，同时还可以参与节目的投票，对信息进行检索。这就打破了只有新闻机构才能发布新闻的局限，充分满足了信息消费者的细分需求。与传统媒体的"主导受众型"不同，新媒体是"受众主导型"。受众有更大的选择，可以自由阅读，可以放大信息。

3. 表现形式多样

新媒体形式多样，各种形式的表现过程比较丰富，可融文字、音频、画面为一体，做到即时、无限地扩展内容，从而使内容变成"活物"。理论上讲，只要满足计算机条件，一个新媒体即可满足全世界的信息存储需要。除了大容量，新媒体还有"易检索性"的特点：可以随时存储内容，查找以前内容和相关内容非常方便。

4. 信息发布实时

与广播、电视相比，只有新媒体才真正具备无时间限制，随时可以加工发布。新媒体用强大的软件和网页呈现内容，可以轻松地实现24小时在线。新媒体交互性极强，独特的网络介质使得信息传播者与接收者的关系走向平等，受众不再轻易受媒体摆布，而是可以通过新媒体的互动发出更多的声音，影响信息传播者。

由此可见，新媒体与传统电视媒体最大的本质区别在于：

①传播状态的区别：由传统媒体的一点对多点型，变为新媒体的多点对多点型。

②主导状态的区别：由传统媒体的主导受众型，变为新媒体的受众主导型。

③受众状态的区别：由传统媒体的普通大众型，变为新媒体的细分受众型。

二、新媒体环境下文学发展的机遇

（一）在网络平台中传播文学知识的特征

第一，网络教学资源具有高效性和便利性的特点。在新媒体环境下，网络资源已经成为文学教学资源的重要组成部分。在互联网的连接下，各种教学资源都可以即时、高效共享，这就可以为文学的发展提供一大助力。我们可以借助网络找到一切所需的资源，学生可以通过云盘、录像、光盘等多种形式进行专业知识的学习，形成自己独特的语言知识结构体系，深刻地体会到自主学习的重要意义。

第二，网络教学资源具有高度的可塑性。大学教师可以按照教学大纲的要求来合理地编排网络上的教学资源，多样化的网络教学资源可以被教师以多元化的结构和顺序呈现出来，从这个层面来讲，网络资源本身就是语言教学资源的一部分，是语言文学知识的数据库。比如说在加强语言文学口语知识的学习的过程中，教师可以将诸多名家集锦放在学生可以触碰得到的地方，也就是在网络平台中教师需要对所需的资料进行重新整合，从而变成学生和教师自己的数据库。教师可以在文学的教学课堂上进行练习解读。

第三，网络教学资源和文学专业具有高度的互动性。在新媒体时代，人与人之间的人际交往、沟通互动都变得微妙起来，这种微妙的变化也给文学的发展带来了深远的影响。文学的发展需要依靠网络资源已经成为板上钉钉的事情，教师要意识到这一趋势，学会通过网络进行教学任务安排，节省课堂教学时间，提高课堂教学效率，为文学的发展带来决定性的变革力量。

（二）新媒体环境下文学所面临的机遇

虽然在新媒体环境下，文学受到了网络用语的冲击，受众地位和作用在逐渐降低，但是不能否认，新媒体的迅速发展也确实给文学教学带来了一定的机遇。

1. 利用网络资源丰富教学内容

现如今，新媒体发展迅速，为了使文学教学能够跟上时代的发展步伐，那么在平时的教学过程中，一定要懂得利用网络资源来给自身进行一定的优化。我们也知道，在新媒体环境下，网络教学资源是极为丰富的，我们可以抓住这一点，利用网络资源丰富文学的教学内容，结合文学题材、教学目标等，以文字、图片、视频、动画等多种载体形式，将文学更加生动、形象地呈现出来，便于学生对其中的人物特点、故事背景等内容进行深层剖析，并将当下网络热点话题与文学教学相结合，使文学教学回归生活，帮助学生养成良好的汉语言思维方式，以及规范的用语习惯。

2. 利用网络资源创新教学方式

在新媒体迅速发展的情况下，我们可以利用其进行教学方式的创新。在传统的教学中，教师一般都是采用板书教学，这样的教学方式虽然可以使学生跟上教学进度，但是由于文字的单调性及教学方式的僵化，学生难免兴致缺缺。为了改变这一现象，我们可以利用网络资源来进行微课教学。

微课有以下两种分类方法。

（1）按照课堂教学方法来分类

微课可以划分为11类，分别为讲授类、问答类、启发类、讨论类、演示类、练习类、实验类、表演类、自主学习类、合作学习类、探究学习类。

值得注意的是，一节微课作品一般只对应某一种微课类型，但也可以同时属于两种或两种以上的微课类型的组合（如提问讲授类、合作探究类等），其分类不是唯一的，应该保留一定的开放性。同时，由于现代教育教学理论的不断发展，教学方法和手段的不断创新，微课类型也不是一成不变的，需要教师在教学实践中不断发展和完善。

（2）按课堂教学主要环节（进程）来分类

微课类型可分为课前复习类、新课导入类、知识理解类、练习巩固类、小结拓展类。其他与教育教学相关的微课类型有说课类、班会课类、实践课类、活动类等。

3.建立多元化、多样化的教育方式

回顾以往的文学教学经历，我们可以发现，由于受到传统思想的束缚，教师的教学方式一般都是采用传输—接收的"填鸭式"教学，偶有互动，也是浅尝辄止，这样的教学方式对调动学生学习兴趣及突显学生主体性地位有着不利的影响，甚至在一定程度上会限制文学的发展。在这样的情况下，我们的教学方式必须进行优化，利用网络资源使用多元化及多样化的教学方式。

网络教学资源具有较强的可塑性，能够实现对文学教学课程的优化，通过调整教学内容结构和顺序，利用丰富的网络资源，使文学教学更加灵活多变，实现对教学空间的拓展和延伸。比如，在文学鉴赏教学中，可以让学生代替教师站在讲台上，暂时成为主讲人，借助网络丰富的资源做出自己的教案，进行班级讲授，讲授者在班级内随机挑选。这样一场实验性的课上下来，不仅能够增强学生的信息整合能力、文学鉴赏能力和语言表现能力，还可以让年龄偏高的教师体会新生代学生的心理态势和语言系统，一举两得。

总的来说，要想在新媒体环境下不被淘汰，文学就必须认清现状，并结合现状利用新媒体来对自身进行优化，通过这样的方式推动文学教学的进步。

三、新媒体环境下文学类课程教学改革策略

（一）以文本为主的文学类课程教学内容的改革策略

文学基础课要淡化"史"的线索，突出作家作品和文学现象的分析，把文学感受与分析能力的培养放在重要位置。面对新媒体环境下学生经典阅读缺失的问题，课堂教学唯有以文本为中心，才能逐渐提高学生的阅读层次，培养其阅读鉴赏能力，进而加深其对文学史和文学思潮的把握和理解。

首先，课堂教学要以"文本细读"为主，以文学史及文学思潮为辅。"文本细读"属于西方文论中的一个关键词，要求学生立足于文本表达，通过仔细、反复地品读，进而对文本所包含的深厚意蕴有所领会并做出合理的阐释，以此使学生逐渐亲近文本，领悟经典的魅力。因此，教师要对传统的教学内容做调整，淡化原来对文学史知识、文学理论及作家艺术特色的空泛讲解，让学生直面文本。因为对于大学生来说，贫乏的阅读量使其对文学史上的一些思潮、作家艺术性很难理解，难以和教师达成共鸣，进行有效互动，听课热情和听课效率也相对低下。只有通过文本细读对经典作品进行深入阅读和详尽解析，才能提高学生对经典作品的理解能力。

其次，要围绕文本阅读设计课后作业。学期前布置阅读和背诵作品的篇目，学生自行管理阅读过程和进度，教师进行督促、指导，让学生认识到阅读是一种专业性的学习，而不是娱乐和消遣的方式。要求在阅读过程中做读书笔记，及时记录自己的阅读感受，规定阅读时不允许浏览关于名著的相关研究和解说性文字，因为一些评论往往会束缚甚至误导学生对作品的理解，应引导他们注重自己的体会和理解。在学生对作品有了感性理解并确立了选题后，再由教师指导阅读相关的参考书和学术论文，由学生根据自己发现的问题及思考，围绕作品解读写出一篇小论文，使学生认识到文学史教材及一些专家学者的观点也未必是真知灼见，是可以进行商榷的。为避免学生借鉴网络材料，可以采用学生自评、学生间互评和教师评阅相结合的方式，加强对学生作业完成态度的监督。同时为提高学生撰写论文的质量，加深其对作品的理解，教师要认真梳理学生在论文写作中存在的普遍问题，并在给每个学生的论文评语中，详细指出优缺点，最后给论文完成情况打分。为激发学生的积极性，教师允许对自己成绩不满意的学生重新改写论文，并在课下通过网络平台给予指导，学生改写完成后，重新对其进行打分。这样有

利于培养学生批判性思维和对作品的深入思考能力，进而使其逐渐形成深刻阅读的能力。

最后，要以文学作品为中心设计开放性试题。大学教学虽没有升学考试的压力，但学生普遍对考试较为重视，因此，课程考核的内容对其日常学习有很强的导向作用。比如在唐宋文学部分，期末考试中加大诗词的分值，选择题和填空题注重对经典诗文的默写考核，简答题、论述题以开放性试题为主，要求结合作品对问题进行说明和论述。例如：请结合作品论述苏轼、辛弃疾豪放词风的异同。引导学生认真记诵文本，进行强迫性积累。外国文学和现当代文学的考核也同样注重对文本阅读情况的考核。例如：请你结合作品谈谈维特的烦恼原因和根源；请你结合具体作品谈谈张爱玲的语言风格。这样，学生如果缺乏对作品的了解就很难对试题做出准确的解答。这对部分缺乏作品自主阅读习惯的学生是一种有效的督促。

总之，通过课上的文本细读、课后经典阅读作业的布置、对作品阅读情况的考核，全面调动学生阅读积极性、主动性，使他们在文学类课程中能够回归文本，逐渐纠正在新媒体环境下形成的阅读的浮躁习惯，让文学类课程真正起到培养和提高阅读鉴赏能力的作用。

（二）以新媒体为辅助的文学类课程教学方式的改革策略

新媒体对文学类课程教学的冲击不容忽视，但其优势也是显而易见的。其强大的交互功能可以促进师生间的互动，丰富的信息可以开阔学生的知识视野，活跃其思维。

首先，可利用新媒体教育资源共享的功能激发学生的自主学习意识。新媒体可以使学生随时通过网络课程、数字图书馆等途径获取相关知识。网络教育平台具有自由选择、海量信息等优势，同时也集中了全球的优质教学资源。比如"超星学术视频""爱课程""中国网络电视中国公开课""网易公开课""北京大学公开课"等平台推出了一系列名校名师的文学类视频课程。古代文学部分有南京大学莫砺锋《诗意人生五典型》、东南大学王步高《唐诗鉴赏》与《诗词格律与写作》、南开大学叶嘉莹教授的《小词中的修养境界》、南开大学陈洪《六大名著导读》等。外国文学部分有北京师范大学刘宏涛《外国文学史》、暨南大学张世君《外国文学史》。现当代文学部分有北京大学温儒敏《中国现代文学名家名作》、陈晓明《中国当代文学史》等。这些优质的课程，可以作为学生自学的重要资源。他们在阅读名著并对文学史知识有了基本理解的基础上，在线观看相关的网络视频，可以加深对问题的理解，同时提高课上学习效率，和教师进行有效互动和交流。

其次，可发挥新媒体良好的交互功能，打造隐形课堂。新媒体中QQ、微信等网络平台，为学生和教师提供了便利的交流平台。教师可以通过QQ提前发布教学资源，督促学生进行预习，课后可以根据其留言和反馈情况，采取一对一的沟通方式，对学生学习过程存在的问题进行指导，与学生进行即时的交流。

最后，新媒体作为评价工具引入教学评价，加强过程考核。传统的课堂对学生过程性学习考核往往以出勤率和课堂表现为主，对学生课外的学习情况缺乏有效的监控。基于手机客户端的蓝墨云班教学平台，可以将手机作为学习工具引入课堂。教师首先在手机上下载蓝墨云班的App并创建一个班课，通过邀请码让学生加入班课，将课程通知、课件、微视频、图片、音频、文档等资源发送到学生的移动设备上，并提醒他们学习。在课堂上或课外时间里，教师可以随时开展投票、问卷、头脑风暴等教学活动，同时还可以通过作业、答疑讨论、测试等功能，对学生的学习情况进行实时考核。教师可以根据学生对资源的阅读情况、参与讨论的积极性、测试的分值等对其平时的学习情况进行考核，并计入平时成绩，使学生重视平时的过程性学习。

新媒体的发展对文学类课程教学的冲击是巨大的。只有正视新媒体的影响，适时对教学内容、传统的教学方式进行改革，将课程教学与新媒体有机结合，才能增加课堂的吸引力，提高学生的审美感受和审美赏析的能力。

第二节　新媒体环境下古代文学教学的改革研究

一、新媒体视域下关于古代文学经典作品的教学思考

经典是民族文化和知识的结晶，是人类认识世界、改变世界过程中积累起来的智慧沉淀，它承载着人类最基本的价值观念和文化取向。它不仅是哺育一个民族的精神源泉，也是个人安身立命的典册。然而，随着新媒体的迅速发展，功利化、娱乐化、视觉化时代的到来，使当代大学生越来越远离经典。在大学语文教学中如何根据大学生欣赏趣味、学习方式的新变化调整教学思路，改变教学方法，激发当代大学生对经典作品的兴趣，通过经典作品及其背后所承载的价值重构当代大学生的精神世界，已成为通识课教育者亟待解决的一大难题。本文将就这一问题展开探讨并尝试性提出应对策略，以供广大同行参考。

（一）新媒体时代古代经典作品遭受冷遇的原因

当代大学生为何如此冷落蕴含着丰富人文意蕴的古代经典作品？造成这种局面的原因可能很多，但最主要的是以下两个。

1. 主观原因

很多大学生认为大学语文中的古代经典作品"无用"，因而不愿意投入精力深入学习。

通常来说，人自觉、主动地去学习某门知识，多是因为对其有兴趣爱好或认为其对今后的工作、学习、生活等有较强的实用价值，而对于认为无用或没有太大作用的知识，人们往往不容易产生学习的需要及相应的行为方式。当前整个社会的浮躁又加重了人们的这一学习动机，很多人的需求是了解能够马上解决眼前问题的信息，而学习经典名著不可能会获得如此快捷而实用的效果。在教学中，笔者发现很多学生对古代经典作品缺乏兴趣，其中一个非常重要的因素就是，在学生看来，学习这些作品无非是使他们多了解一些中国古代文史哲方面的内容，与当前的社会生活及未来的生存发展没有多少关系，属于学而无用型的。这些古代经典作品真的"无用"吗？当然不是。能够选入大学语文教材的这些古代作品无不是经过岁月沉淀的经典之中的佼佼者，其中所蕴含的优秀人文思想、审美情趣、生活态度对塑造学生良好的精神品质等具有潜移默化的作用。不仅如此，作品中所涉及的表情达意的方式方法及语言运用的特色等对提高学生的语言交流、沟通能力也具有重要意义，而这又直接对他们今后的生活、学习、工作等产生重要影响。既然大学语文中的古代经典对当代大学生的成长与成才如此重要，那么为什么当代大学生却普遍认为这门课"无用"呢？其原因主要是古代经典的这些功能对大学生成长、成才、就业的影响往往是"润物细无声"的，不像专业课及各类证书那么直接，所以学生往往感觉不到它的功用。

2. 客观原因

时代的"隔膜"及教学效果的不尽如人意影响了大学生对大学语文中古代经典作品的"兴趣"。

拿古代经典作品中的语言来说，与今天的语言相比，不仅在语音、语法、词义等语言内部要素上发生了巨大改变，其所反映的外部事物也发生了极大变化。因此，后人在学习前人作品时往往会遇到不少语言文字方面的障碍，尤其是随着新媒体的迅速发展，以及通俗文学、大话文学、流行歌曲和偶像剧等大众文化、消费文化的泛滥，当代大学生更习惯于通俗化和娱乐化的话语表达方式，古代经典作品陌生而晦涩的语言，自然很难激发起他们的学习兴趣。另外，教学效果的不尽如人意也是造成当代大学生对古代经典作品兴趣索然的一个重要因素。长期以来，大学语文教学在授课思路上形成了一个固有的教学模式，即作者生平简介、创作情况、课文的写作背景、内容分析、写作特点等，教学过程公式化、凝固化，课堂讲授信息量大而不深、不精，语言严谨有余却生动、亲和不足，凡此种种，使得整个大学语文课堂沉闷而缺乏生气。

"无用"和"无趣"成为很多大学生对大学语文课的最直观印象，这种印象又从心理上影响了他们的学习兴趣及学习动机，加深了他们对大学语文课的疏离。

（二）有用与有趣：新媒体视域下古代经典作品教学的新思路

如今是一个媒体化、视觉化的年代，在这样的时代中，教师更应该大胆革新，善于包装、善于调味，使古代经典作品教学课变得"有用"及"有趣"。如何才能使这些古代经典作品变得有用、有趣起来？

1. 关注古代经典作品的当代性与应用性

经典之所以为经典，是因为它具有内在的"真理要求"，具有超时间、跨地域的永恒价值，其生命力在于"持续不断引起当下读者阅读的兴趣，持续不断地对当下情境中的读者发挥作用"。因此，在讲授这些经典作品时，除了要关注其所蕴含的优秀的人文思想、进步的审美观、表情达意的方式方法、语言运用的特色，更要研究其当代性，包括文化的当代性、道德的当代性、情感的当代性、审美的当代性等，按照时代的已经变化了的精神、心理、人情风俗来理解经典、认识经典，对经典进行继承和创新，只有这样经典的精神财富才能永恒与不朽，才能使当代人继续对经典充满信心，成为当代人生命的源泉。不仅如此，对于经典的解读，教师还需要贯彻古为今用的原则，关注其与当下现实生活之间的内在关联，以及对当代大学生工作、学习、生活、处事等方面的启示意义，这样才更能引起学生的强烈共鸣，调动其学习兴趣。教师还可以根据学生的具体情况因材施教，如对管理类专业的学生，在讲授《红楼梦》时，可以进一步将王熙凤的管理艺术、理财能力，薛宝钗的人际关系学等引入教学中，让学生在学习古代名著的同时，开拓思维，增长职场实际生活经验。对艺术类专业的学生，在介绍诸如王维、苏轼等这些文学家兼艺术家时要侧重对其艺术观的分析，多选讲充满诗情画意的文章，鼓励学生从古典诗词中挖掘创意。

2. 依托现代教育技术，优化经典作品的教学效果

当前，大学的教学对象大多已为00后，他们是随着新媒体成长起来的一代人，作为"屏幕人"或"网络人"，游戏化、图像化的世界，轻巧、有趣的表达，大话式的网络语言是他们熟悉和热衷的，冗长的文本、艰深枯燥的语言往往令其望而生畏、兴趣索然，甚至拒之门外。面对这样的一群教学群体，传统的"一张嘴、一本书、一支粉笔、一块黑板"教学方式已无法引起学生的学习兴趣。这就要求教师要针对当代大学生学习、接受习惯，与时俱进，依托现代教育技术，不断优化教学效果。如现代教育技术中的多媒体课件，能将文本、图形、动画、音乐、声音、图像、视频有机融为一体，切合在新媒体环境中成长起来的大学生的接受习惯，如果精心制作的话，能够极大激发学生的学习兴趣，达到事半功倍的教学效果。在讲解古典诗文时，诗情画意的画面配上合适的音乐，不仅能有效展现诗歌所蕴含的意境和氛围，而且还会对学生的视觉感官和听觉感官产生强烈的冲击，使学生在婉转美妙的音乐中体会作品的文字、意境之美。在讲解古代小说、戏曲时，选取影视中的重点片段，让学生与原著进行对照，不仅可以加深学生对作品的理解，还能够提高学生研读作品的兴趣。

虽然多媒体教学比传统课堂教学更加丰富多彩、信息量更大，能有效激发学生的学习兴趣，提高课堂效果。但在古代经典作品的教学中，过多地使用多媒体，尤其是声音、画面等直观手段，也容易使学生思考力、想象力受到限制，使教师的主导作用和学生的主体地位受到削弱。因此，在教学中，教师必须避免对多媒体的盲目依赖，适时、适度、适当地运用，将多媒体辅助教学、传统教学手段与教师个人特色有机结合，优势互补，充分发挥各种教学方法的综合效应。

3. 建立开放性的教学理念，充分发挥学生的学习主体性

开放性是新媒体的一个重要特征。在新媒体环境下，大学语文的教学也需要建立一种开放的教学理念。传统的大学语文课堂教学以教知识为导向，但现在，只要有一部智能手机，百度一下就能搜索到需要的知识，几乎所有的问题都能通过网络找到相应答案。而且当前大学生携带智能手机等移动设备上课的现象非常普遍，课堂上玩手机者也不乏其人，甚至屡禁不止。在这种情况下，不如顺势而为，教师通过设置议题，采用教师讲授与学生自主学习相结合的学习模式，鼓励学生在课堂上使用自己的设备，引导其去关注网络中丰富的语文信息。另外，大学语文教学的场域也应当是开放的，不局限在传统的课堂之中。课堂之外，教师也要鼓励并创造条件让学生可以通过不同终端、不同产品进行自主学习。近年来，随着信息与通信技术的迅猛发展，微课、慕课备受瞩目，尤其是微课，其短小精悍，符合当代大学生课余时间碎片化，难以进行长时间学习的情况。教师应该积极推动大学语文微课的建设和应用，将学生在教学中不理解的问题及时记录下来，然后根据问题进行针对性的讲解和制作，供学生课后学习参考。师生之间也可以通过QQ、博客、微博、个人日志、个人主页、微信等新媒体提供的各种新鲜、活泼的交流方式，交流资料、探讨问题，构建网络学习共同体，丰富课堂内容。

中国古代经典作品是传承优秀传统文化，对当代大学生进行人格塑造、陶冶情操、净化心灵、审美教育的重要载体。学习经典不仅关乎当代大学生个体的成长，更关乎整个中华民族的未来，而拒绝经典，受害的不仅是每个大学生，更是我们的社会和民族。在新媒体视域下，教师只有在对当代大学生的思维方式、欣赏趣味等深入研究的基础上，大胆改革教学形式和方法，主动适应大学生的接受习惯，才能使当代大学生热爱中国古代经典，其传承文化、陶冶情操、提升人格、净化心灵等功能才能得以实现。

二、新媒体环境下的古代文学教学改革

古代文学课程是我国大学文学专业的核心课程，在人文学科领域中起着非常重要的作用。近几年，随着我国社会经济的发展，新媒体环境逐渐融入人们的生活、学习与工作当中，并产生了极其重要的影响。在新媒体环境下，古代文学实施教学改革是必然趋势。

（一）现阶段我国古代文学教学模式

现阶段，我国古代文学教学沿袭传统教学观念，以教材为课程核心，以教师为教学主体，往往以一支粉笔、一本教材、一名教师完成古代文学的教学内容。在这种教学模式中，学生接受知识过于被动，无论是自主能动性，还是与他人进行沟通、交流都会受到限制，进而影响整个课堂的教学效果。比如，学习唐朝诗人李白的文章时，需要学生跟随教师的思路，而古代文学教师往往会千篇一律地布置课前预习任务，包括作者的生平、作者的思想感情、作家作品的特点等。这样一来，对于教师教给学生的东西，学生无法及时思考，只能被动接受。另外，由于课堂时间有限，学生无法将自己的思想反馈给教师，更无法在有限的时间内提出自己的见解，这种传统模式对培养学生的独立思考能力极为不利。此外，在古代文学课程中，教师与学生之间的交流极其重要，但在课堂时间的限制下，师生间不能充分交流与沟通，长此以往，学生的古代文学成绩肯定会有所下降。

可见，传统教学模式已经无法适应新媒体环境所提出的需求，不利于学生独立思考能力的培养。因此，古代文学教师要充分利用新媒体环境，加强对媒体的认识与掌握，将新媒体环境下的丰富资源充分运用到古代文学课堂之中，将知识的传输量扩大，将课堂时间延伸到课堂之外，进而加快对古代文学学术知识的更新。另外，在课堂上，教师可以将各种广播、电视媒体、网络媒体与传统课堂进行充分融合，改善古代文学教学课堂的乏味，促进教师与学生之间的交流，利用各种通信软件对文学作品进行分析与赏析，进而从根本上提高学生的古代文学成绩。

（二）新媒体环境对古代文学教学改革带来的优势

1. 新媒体环境下教学内容的改变

新媒体环境下各种媒体产品应运而生，计算机技术、网络技术逐渐成为当前社会中最为主要的组成部分。传统教学模式中教学内容往往以教材为主，教学内容受到限制，但在新媒体环境下，教学内容的范围得到扩大。以网络为例，教师可以利用各种链接、信息库、网络文件、文学网站对文学作品及文学知识进行收集与整理，并将该类信息及时传递给学生，将文学知识的范围进行扩大，将学生的文学思维进行调动，使古代文学教学活动得到有效开展。

2.新媒体环境下教学形式的改变

新媒体环境下古代文学教学形式受到影响。在改变传统、单一的教学形式下，大学在开展古代文学教学中，其教学形式发生了本质的改变。一是教师在课堂中充分利用计算机技术制作文学课件，这样调节了课堂氛围，从根本上调动了学生的积极性。二是教师在课堂中通过播放相关视频、音频，能够提高学生对文学作品的理解，加强学生对文学作品的印象。此外，新媒体环境下的古代文学教学模式打破了时间与空间的局限，教师与学生之间对文学知识的交流不再局限于课堂之上，他们可以利用各种网络媒体，比如 QQ、微信、微博等。借此，教师可以指导学生课后学习，并根据学生的基本情况对学生进行个别交流，让学生认识到自身的不足，及时调整自己的学习计划与方案，进而在改变传统教学模式的同时，提高学生的学习效率与学习质量。

3.新媒体环境下教学目标的改变

新媒体环境对古代文学作品的教学发展带来本质的改变，其中教师的教学目标不再是单纯地为学生讲解重点、难点，而是利用网络资源、媒体资源提高学生对文学作品的欣赏能力，增强学生的文学素养，使学生在充分把握文学作品基本情况的基础上，提高自身对文学作品的理解、对作者思想感情的把握与对社会现状的认识。另外，在对各种媒体产品的运用中，教师所设置的教学目标范围得到扩大，从两汉到魏晋，从初唐到明清，对文学作品进行统一教授，将其中的共同点与不同点进行把握，让学生对古代文学作品中的共性有所认识，进而提高学生对文学作品的理解能力和学生的独立思考能力。

（三）新媒体环境下古代文学教学改革的措施

1.创新教学理念，改善教学模式

要想使古代文学教学适应新媒体环境，则需要积极创新教学理念，改善教学模式，将教学活动从传统教学模式的束缚中解放出来，将新媒体环境下的网络资源、媒体资源、媒体资源充分运用到古代文学课堂教学之中。无论是课堂教学目标、教学形式，还是教学内容，都要实现创新性发展，将网络媒体中的古代文学作品充分与教材内容相结合，丰富教学内容，改善教学形式与教学氛围，提高学生的学习积极性。比如，可以利用计算机技术进行网络备课，设置计算机课件，将网络中存在的古代文学作品进行整理与下载，在课堂上与学生进行交流与沟通，进而提高课堂效率。

2.改善课堂教学方法，加强新媒体产品运用

传统的教学方式过于单一，无法从根本上促进学生的学习。在新媒体环境下，要加强对新媒体产品的运用，积极改善教学方法。教师作为课堂的主导人员，在课堂上可以通过提问问题、设计问题的方式对课堂内容进行总结。另外，教师还要将课堂内容的重点放置在引导学生方面，而不是单纯以教材为主。此外，教师与学生要充分利用新媒体产品，比如时下流行的各种通信软件，加强两者之间的交流，打破课堂教学在时间与空间上的局限性，加强课下文学知识的交流，提高学生对古代文学的理解能力与感知能力。

第三节　新媒体环境下当代文学教学改革研究

一、新媒体与中国现当代文学史课程教学

探讨新媒体与课程教学的关系，来源于实际教学中的"刺激"。在一次课堂教学中，一位大学讲师向学生布置课后思考题，因为已经到了下课时间，许多同学迅速拿出手机等工具，将思考题拍摄下来，一时之间，教室中"咔嚓"声此起彼伏。香港浸会大学的黄子平教授在北大讲授中国当代文学史，习惯做内容丰富的PPT，其中有一些珍藏的图片资料，每到切换的时候，教室里的同学都会拿起手机拍摄，场面颇为"壮观"。黄老师十分感慨，说他要把这个画面反拍下来作为一个记录，对比近年来大学课堂教学的变化。

的确，今天我们都已经习惯了采用多媒体课件播放影像资料，用 E-Mail 分发阅读资料、收取课程作业、展开课程讨论等。新媒体技术的应用无疑大大改变传统的教学行为，给"教"和"学"都带来了巨大的冲击，使当下的大学课程教学呈现出新的面貌。

（一）在课程教学应用中的"新媒体"

学界上的"新媒体"，大致指的是以互联网为代表的电子、数字媒体产生之后所出现的一系列新兴的媒体及其衍生体，是与传统媒体迥然相异的新型媒体。但不论新媒体具体的概念和内涵是什么，它都是提供信息的一种方式，甚至就是

信息本身。

众所周知，传统的课程教学方式和内容是授课者围绕传统的媒体，主要是黑板和教材展开。在当下的课程教学中，新媒体的运用给课程教学带来的变化主要包括：第一，教授方式和内容的变化。如 PPT 课件的使用、图片资料和影像资料的介入和使用等。第二，学习方式和内容的变化。如数字资源（中国知网、万方数据等）的使用，师生之间的电子邮件的交流，豆瓣、微博、校内网等公共学习空间的构建，等等。

新媒体的广泛使用与当下的实际生活方式有关。我们处在技术革命的时代，现代课程教学必然会受到现代技术的影响，尤其是中国现当代文学史，本身与我们当下的社会生活、文化发展密切相关，许多文学作品同时在以其他媒体方式传播。另外，媒体从来就不仅仅只是"媒体"，一旦我们使用它，它会利用自己的"权力"做出反应。这就需要我们具体分析，合适掌控、使用新媒体为课程教学服务。

（二）"教"：影视资源的合理利用

新媒体给课程教学带来的最直接影响莫过于讲授方式和内容的改变，图片、影视资料的采用，从"听讲"到"看讲"，现代课程教学的"教"发生了巨大的变化。

当代文化从语言主因型向图像主因型转变，人们越来越倚重通过图像来理解和解释世界，毫无疑问，图像、影像在史无前例地影响着我们思考、感觉和体验世界的方式。因而，在教学过程中，多媒体图片、影视资料的引入，如果能很好地与课程内容联系起来，将"视觉"文化和文学文本有效结合，能起到事半功倍的效果，促进学生对课程的学习。在中国现当代文学史的课程教学中，影视作品的合理使用至少可以起到两个方面的作用。

1. 辅助、加深理解的作用

比起文学作品，改编的影视作品能够给学生带来更加直观的印象。因此，在文学史课程的教授中，如果适当引入一些相关的影视资料，能够对相关文学史教学起到辅助的作用。在讲述废名小说《桥》时，在多媒体课件上投放出《清明上河图》，以说明"诗化小说"所受中国传统美学的影响和对于意境的营构。这样一来，学生对于这类小说的艺术特征就能够有更直观的体会，加深对于废名创作的理解。

2. 补充、拓展知识的作用

许多的文学作品在改编为影视后，和原著产生了一定的差异，此时两种不同的艺术形式就构成了复杂的关系，引入相关的影视材料，能对中国现当代文学史的学习起到补充、拓展的作用。例如，当代作家杨沫的小说《青春之歌》，20世纪60年代被改编为同名电影，其与小说原著相比也做了比较大的改动。在课堂上要求同学们回答：电影做出了哪些改动？改动的原因是什么？在这一过程中，既让学生理解文学作品和影视视觉艺术之间的差异，同时也能够促使他们对文化产品背后的生产机制、文学与社会、文学与政治的关系做出更深入的思考；既增强了同学的学习兴趣，又大大拓展了课程教学内容，培养了学生多方面的人文艺术素养。

另外，图片、影视资料的引入也会给现代课程教学带来一些问题。过分引入视觉文化的资料，可能导致的后果是进一步使学生的阅读和认知"平面化""碎片化"，习惯于快餐式、娱乐式的图像，远离本应是他们学习基础的文学文本，从而背离了文学教育的出发点。有教授就表示，不愿意把课程教学变成老师展示图片文字，学生观看的"放映室"。的确，如今学生阅读图像的能力很强，缺乏的恰恰是文字阅读和用文字组织语言的能力，而中国现当代文学，尤其是现当代作家所创作的经典小说、诗歌、散文等正好为其提供了培养文学素养的平台。

作为人文学科的文学史，现当代文学专业与其他专业有许多共同的精神内涵和价值功能，但是它又毕竟是中国文学史中的一个独立的断代，而且是与21世纪的今天社会生活最近链接的文学史。除了它自身有许多经典型的历史与文学，更重要的是，在学习现当代文学史的过程中追寻现代人丰富而复杂的精神世界，现当代文学比起其他时段文学和异域文学更能引发今天读者的心灵共鸣。

因此，在教学中，我们必须坚守文学教育的基本要求，合理采用和运用图片、影视等新媒体资源，让新媒体文化更好地为课程教学、人文素养的培育服务。相反，如果仅仅满足于为学生提供一种"视觉娱乐"的话，则很可能使得教学效果大打折扣。必须将影视图片资料的使用与文学史知识的讲授合理结合起来，使新媒体教学真正达到预期教学效果，而不是起反作用。如何合适的利用多媒体图片和影像资源，是中国现当代文学史课程教学中一个值得反复探索的问题。

（三）"学"：专业意识的培养

新媒体给当下课程教学带来的深远影响在于学习方式的变化，很大程度上这与"新媒体"本身的特征有关，新媒体时代学习的互动性和自主性要远大于以往的任何一个时期。和传统的教学相比，现代课程教学中教授者与学习者之间、学习者与学习者之间交流、互动的途径和方式都要丰富得多。例如：通过电子邮件的方式，教师和学生能够及时沟通和交流；课程兴趣小组成员利用豆瓣小组和校内网等网络论坛，可以很方便组建一个共同交流、发表自己意见和观点的空间。这比起传统纸媒发表论文交流的方式，无疑更为方便、快捷。

另外，随着现代学术机制的建立和逐渐成熟，课程教学更加突出对学生自主学习能力和专业问题意识的培养。如何有效查找和使用已有的文献资料和学术成果，已经成为现代大学教育，尤其是研究性大学教学的一个重要方面。因此，学术数据库的使用在课程教学方面的重要意义日益凸显出来。在中国现当代文学史教学中，由于现代文学的"经典化"，现代文学大家如鲁迅、郭沫若、茅盾、巴金、老舍、曹禺对于学生而言并不陌生，但由于复杂的社会政治原因，现代作家"经典化"过程又充斥着一些非文学的因素，学生往往会对这些作家的思想和创作的评价感到困惑，这就需要同学了解与学科相关的研究史，而这显然又不可能在有限的课堂教学时间内完成。

在专业课程学习中，有许多同学表示最大的困惑和难题是如何撰写课程研究论文：既不知道应该写些什么，也不知道该如何去查找资料，更不知道该如何去写。审阅学生交上来的课程论文作业，很大一部分是介绍作家生平、创作特点的"百度体"，甚至还有大量直接从网络"拷贝"的研究论述。众所周知，学科专业课程的培养要求不仅包括对于专业知识的理解掌握和思想的表达，同时也包括学术语言的训练，更有对研究方法的培养。因此，在课程教学中，也包括和学生的私下交流中，教师应该建议学生尽快学会使用学校图书馆的各种数据库，并且建议他们阅读相关的研究论文。既培养了学生的学术研究规范意识，在学术语言上能够得到一定的熏陶，同时也能培养一定的专业研究意识，为其后的学年论文、毕业论文选题、撰写打下初步基础，提供了相关的训练。

专业问题意识是当前人文社会科学领域引发热烈讨论的一个话题。一方面，学术成果"爆炸式"增长；另一方面，却较难看到有价值的研究成果。缺乏问题意识成为许多学者对当前学术困境的共同认知与普遍焦虑。正因为问题是知识学术创新的起点和突破口，所以许多学者强烈呼吁强化问题意识。然而，问题意识又并非天才的灵光一现，而是需要培养和训练的。问题意识作为一种以质疑索解的态度去发现问题、提出问题的心理倾向，原本有一定的人类自身的好奇心理做基础，但因为这种好奇具有一定的散漫与随意性，因此需要有计划、有步骤的专业训练去加以强化，最终使之成为深植于学生内心的一种思维方式，乃至文化观念。专业问题意识的培养单纯依赖课堂教学是无法办到的，必将依靠广泛的课外阅读和多层面的交流，而在这方面，新媒体起到了重要的作用。利用新媒体，学生可以接触专业最新的研究成果，理解专业研究发展的历史，既增强了对于学科研究的兴趣，也能够生发出相关的问题意识。也正是从这个意义上看，新媒体的合理使用是培养学生问题意识、促进其专业学习的开始。

二、中国现当代文学中影像资源的效用及限度

随着信息和传媒技术的发展及人类世俗化生存的加剧，今天的世界已全面进入图像时代。文学文本也开始大量向影像转化，文学与影像的关系变得复杂而密切。文学存在样态及传播渠道的变化，势必影响文学的阅读与接受，给中国现当代文学教学提出了新要求。

（一）文学作品的影像化

在 20 世纪 90 年代中期以前，学生普遍是受阅读文学作品的影响而走进电影院的，或是基于对文学作品的阅读而对作品改编的电视剧产生兴趣。那时，人们往往把影像作为文学的延伸阅读或印证式鉴赏，影视更多要借助文学经典来抬高自己。今天，这种情况已发生根本性逆转。学生普遍对阅读文学文本缺乏浓厚兴趣，往往通过影像了解作品概要，更喜欢影像的直观、时尚与"生动"，不再迷恋文字作为"冷媒体"的"深度"和对想象力的激发。面对影视文本，觉得津津有味；面对文字文本，却提不起阅读兴趣。即使是那些时尚化的配合影视作品播出的影视同期书，多数也是书店橱窗的摆设，随着影视作品热播的结束而寿终正寝，很少有人真正阅读。

今天，互联网的便利进一步助推人们读图倾向的同时，也为中国现当代文学教学提供了更多可选择的影像资料。当代作家杜鹏程、柳青、杨沫、王蒙、王安忆、余华、刘震云、刘恒、贾平凹、王朔、莫言、陈忠实、毕飞宇、赵本夫等的作品都有影视剧改编。当代文学中大量的作品是通过影视走进人们视野的。王

朔被称为"触电"最频繁的作家，十余篇小说的影视改编为他赚得了知名度；莫言在获得诺贝尔文学奖之前，主要靠电影《红高粱》家喻户晓；对海岩文学作品的了解，多数读者也是从影视开始的。

另外，作家的人生故事也开始大量以影像的方式呈现。中央电视台和地方电视台，新浪网、凤凰网等制作了大量的访谈节目和传记片。中央电视台的"人物""艺术人生""见证""子午书简"等节目颇具影响。如"那一场风花雪月的往事"系列节目就把鲁迅、郭沫若、沈从文、丁玲、徐志摩、萧红、郁达夫等的情爱故事搬上荧屏，对了解作家性情与创作观念是难得的资料。互联网的便利使我们不必走进电影院，甚至无须耐心等待电视台的节目播出，这为我们带来了资料的丰富和读取时间上的便利。就中国现当代文学教学而言，借助新媒体和互联网，可以大量利用相关影像进行辅助教学。多媒体教学技术的广泛运用，可以把以前单纯的教师讲解的平面化教学变为视频、声音、图像的立体化课堂，大大增加了课堂教学中的信息量和直观性，使课堂教学变得更加生动有趣。在今天，通过影像来集约作家作品信息，不失为教学与时俱进的需要。

（二）影像资料的运用

如何利用新媒体时代影像资源获取的便利，同时克服其负面效应来指导学生进行文学阅读呢？我们不妨做以下一些尝试。

首先，把影像作为一种资料补充，重点在激发学生对文学文本的审美阅读兴趣。教师的课堂不能是枯燥的令人望而生畏的"阅读"殿堂，尤其是对那些出生在新媒体时代的青年学生而言更是如此，但也不能成为"看戏"的剧场，更不能把讲台变成资料剪辑和展示的操作台。好戏连台，看似热闹，其实并不能带来好的教学效果。教师应有主体的介入，以自己的方式引导学生对文学文本进行审美感知和阅读，尤其是强调把对文学作品的技术性阅读和感悟性阅读结合起来，激发学生对文学阅读的兴趣，将文学作品作为艺术交还到学生手中。文学的阅读既需要一定的知识，更需要生命和情感的参与和体会。借助影像的目的是把学生引入文学博大的殿堂，而绝不是把学生从文学丰富的文本世界引向一个直观的图像世界。

其次，教师对相关的影像资料要熟悉，能够引导学生对影像文本与文学文本进行比较性阅读，明确影像文本的成功和局限之处。教师要能够让学生在图像与文字的双重阅读中游刃有余而不至失之偏颇。我们在强调文学文本阅读的同时，并非排斥对影像的阅读和借用。二者应互为补充、互为印证，互相激发艺术的想象与体验。

最后，教师要引导学生进行正确的文学和影像阅读。教师要对学生进行文学阅读和影像阅读的知识教育，让他们能够在各自的知识规范中进行阅读，明确彼此的界限和特点，做到不互相僭越，彼此替代。读不懂本身，一方面可能是作品的难度所致，另一方面也很可能是阅读方式的问题，尤其是相关背景知识的欠缺。影像本身切合了新媒体时代的特点，也契合这个时代人的存在本质，是人的审美欲求与技术的合谋。而文学本身在深刻性方面依然体现出难以替代的优势。相信随着影像技术的提高和美学观念的进步，影视对文学作品意义的诠释空间也会大大拓展，影视反刍文学不是没有可能。在今天，如果文学对影像的力量视而不见，难免给人文学有自欺和自负的嫌疑。

三、新媒体传播在当代文学教学中的创新应用

进入21世纪以来，随着电子媒体和互联网科技的迅猛发展，视觉文化开始兴盛起来。新的大众传播媒体如互联网的出现使文学消费呈现出新的特色。大多数高等院校开设的中国当代文学课程以学习文学史和研读主要的文学作品为主，教师教学以直接传授的方式为主。由于教学课程及学生的阅读能力、阅读量有限，教师只能根据学生的具体情况制定教学任务，在有限的时间内学习很难达到预期目的，学生也容易产生疲劳期，被动地学习。这些在教学的过程中遇到的困境需要我们探究新的教学方法来打破。在新媒体时代，以影视改编作品为媒体进行教学成为一种新的教学方式，充分利用数字化媒体资源对弥补传统教学的不足大有裨益。

（一）新媒体教学观念的改革

在现今的研究中，学者关注的是新媒体带给文学创作的高潮作用，以及作为载体的新媒体带来的文学的内容和形式方面的变化。这些研究侧重的是新媒体和文学之间的相互作用。新媒体教学模式在大学虽然广泛运用，但只是作为工具，并没有与课程内容本身结合，新媒体文学在激发学生的课堂积极性、改善课堂氛围、进行实践教学方面的潜力没有得到充分发掘。许多文学作品被改编成电影、话剧，在改编的过程中加入了改编者的理解，适用于跨学科的比较研究。

教师可以根据学生的具体情况制订适合学生的教学计划，并根据实际教学的需要，有选择地播放与当代文学的教学内容相关的影视改编作品，分析影视作品与原著的差异，从文本与影像的相互关系中探讨怎样将影视改编作品向中国当代文学的课堂延伸，结合中国当代文学的特点进一步挖掘影视改编作品在教学中的功能。

（二）教学方式的革新

1. 课程形式的革新

在了解时代背景、文学作品内容的基础上，适当进行多媒体教学，特别是改编的影视文学的赏析，通过视觉、听觉、感觉等多重方式以更好地明白理论的来源，帮助学生准确地理解中国当代文学发展史及文学作品的形态和内涵，从而更深刻地了解作家及其作品。

改进传统教学方式方法，要避免语言滞后造成学生的思维障碍，采用非语言行为，直观、形象地提示和帮助学生理解教学内容，并利用影视欣赏的媒体达到视觉教学的目的。从政治、经济等意识形态对中国当代文学发展变化的影响及文学发展的自然规律中，勾勒中国当代文学发展的脉络，深入掌握各个时期的文学思潮、文学流派、文学现象，并学习解读分析重要作家的代表作品。结合本专业学生的实际情况，设立与当代文学作品息息相关的影视欣赏课程。

2. 打通中国当代文学与影视艺术之间的界限

文学与艺术是息息相关的，"艺术来源于生活，更高于生活"，文学作品同样取材于生活，作家将自己在生活中的所听、所闻、所思、所感联系当时的历史背景，并结合自己的创作理念，以文字的形式形成文学作品，这本身就是对"生活"、对"艺术"的再次创作。影视与文学血脉相连，影视虽然因声像技术的发展有自己独特的表现方式，但在创作理念、对社会生活的叙事与表达、意识形态功能及批评方式的建构上都与文学唇齿相依。

（三）新媒体教学手段的应用

1. 拓展课堂教学的深度与广度

中国当代文学所处的时期决定了它的创作与社会的变革有着紧密的联系。文学已成为社会变革中一种重要的表现内容融入社会的大发展中。这就需要我们在课堂上与时俱进，延伸文学的广度，深入挖掘文学与社会发展千丝万缕的联系，使文学与实际连接，扩大文学发展的范畴。

2.组织学生课外阅读并观看经典文学作品改编的影视作品

学生在阅读文学作品时可以开发想象，认真思考文学文本与影视改编作品的异同，探讨原著本身与影视改编作品呈现的灵魂是否相吻合，将课堂教学与课外阅读、教师讲授与自主学习相结合，提高自主学习能力。

一般情况下，中国现当代文学改编的影视作品大致有三种类型：一是"忠实于原著"型。这一类型的作品大多形成于 20 世纪初期，这一时期形成的精英文学是以作家独特的艺术个性、艺术探求和审美性为原则进行创作的，坚持现实主义、冷静思考和批判精神，体现了中国文学的现代性。就改编影视作品而言难度较大。

二是在理解原著的基础上的再次创新型。张艺谋就曾经说过："中国电影离不开中国文学……我们研究中国当代电影，首先要研究中国当代文学，因为中国电影永远没有离开文学这根拐杖……"在由张艺谋执导的电影《活着》中我们可以感觉到电影与小说存在的差异，余华的叙述视角是相对客观的，而电影则是以主观介入表现方式叙述的，导演和编剧放弃了原作中的"双重叙事"，对整个故事进行了重新构建，体现了鲜明的艺术感染力。

三是失去原著精神和内涵的彻底改编型。电影是不同于文学作品的一种艺术类型，它的诞生带有明显的商业属性，创作过程摆脱不了商业化的干扰。如改编自陈忠实《白鹿原》的电影，失去了原著厚重的历史感，人物塑造也不如原著鲜活。电影只是截取了小说的中间部分，叙事过程无头无尾，电影的主题模糊，叙事角度混乱，白鹿两家祖孙三代的对立没有很明确地表现出来。原著中的人物线索被切断，白孝文、鹿兆鹏和黑娃的命运不知所终，架构也被完全破坏。

影视改编作品与文学作品是两种艺术表现形式，二者的叙事方式和表现手段是不同的。文学作品是作家通过文字的形式讲述故事，而影视改编作品是通过人物的表演展现故事，相较而言影视作品更加生动、立体、直观地讲述一个故事，这也使得在人物形象、情节发展等方面可以更加鲜明、更加饱满。

教师在教学过程中要打破传统的以教授为主的教学方式，通过在教学过程中穿插播放影视改编作品达到基础理论研究和实践研究相结合的目的。在这一过程中，教师更要注意选择具有代表性的影视改编作品，要符合原著作者传达的精神，突出表现人物性格和形象的刻画。明确多媒体教学（影视欣赏）的使用比例和根本目的，做到有计划地进行教学改革，才能科学、有效地进行中国当代文学的课程改革研究。

在视觉文化逐渐发展的今天，中国当代文学作品已经越来越多地被改编为影视作品，随着时代的发展，教学观念的改变，影视作品被逐渐引入当代文学的教学中。但是，我们必须清醒地认识到，影视作品毕竟不能与文学文本作品画等号，二者之间也有着很大的区别。影视改编作品虽然来源于文学文本，但影视艺术更是一种集文学艺术与大众艺术享受于一体的影像文化。所以在教学的过程中，教师应当更加清醒地把握教学方向，以影视改编作品欣赏为切入口，利用多媒体教学的平台，引导学生有效率、有目的地学习当代文学课程。

四、新媒体环境下当代文学教学改革探析

新媒体环境中，当代文学教学面临巨大挑战。根据当代文学的学科特点，教师可以变单一的课前准备为师生双向互动的备课模式，将教学内容和方式与时代紧密联系，将考核模式多元化。在整个教学过程中，利用新媒体完善教学体系，达到理想的教学效果。新媒体环境下，传统的教学理念和教学模式已经无法满足当代大学生教育的需要。数字杂志、数字报纸、数字广播、数字电影、手机短信、微博、微信等新媒体的出现，使得学生获取知识的途径和交流思想的方式发生了根本性的转变。因此，教师如果固守之前"教—听"的单一模式，显然不合时宜。所谓"穷则变，变则通，通则久"，各类学科都应该探寻新环境中教学的新模式。就当代文学而言，它是大多数中文系学生的必修课，重要性自不必多言。从时间范围来看，当代文学延续到当下，在新媒体环境下面临更多的挑战。如何利用新媒体完善当代文学教学体系，达到更好的教学效果，是我们需要探讨的重点。

（一）教学准备多变化

一般而言，当代文学是多理论少实践的一门课程。传统意义上的教学准备仅仅是教师授课前在教学目标的指导下，在研究、吃透教材的基础上，针对学生的具体情况，确定教学内容和教学方法并书面写下教案的过程。这是一个单方面的准备，学生基本不参与其中。而"新媒体海量的、迅捷的信息极大地拓展了学生获得信息的渠道和容量"。这有助于提高学生的学习效率，激发学生的学习兴趣；但同时学生在浩如烟海的网络信息中难以甄别真伪好坏。

教师可以在课前准备阶段变单向准备为双向互动，充分利用新媒体带给学

生的便捷激发学生自主学习的能力，同时及时纠正学生查询的不准确信息。比如，在讲授当代文学作品选的时候，教师首先会简介作家生平及代表作品，这些内容学生完全可以做到自主学习和了解。

学生材料收集要全面翔实并且能抓住重点，这就需要同学之间相互合作共享，在有限的时间内达到事半功倍的学习效果。学生如果在课前做了这些文献资料的收集整理，配合教师在课堂上的深入讲解，他们会更加透彻地了解作品。

此外，除了多种搜索引擎，学生还应该充分利用学校的数字资源，比如中国知网、读秀学术搜索、超星电子图书，对与作家作品相关的学术评论文章多加了解。这对本科生教育而言是一种高层次的要求，但它能够培养学生的学术眼光，帮助学生拓展思维。所以，课堂上的作家简介这一环节就可以交由学生讲解，一般控制在5～10分钟。他们不仅要会找，还要会说。教师从旁辅助、补充，并梳理重点。这种双向互动的课前准备，充分利用网络媒体，不仅能激发学生自我探索的能力，还能培养他们的逻辑思维和表达能力。这种模式改变了传统被动接受的方式，让学生真正参与到学习中来。

（二）教学内容与方式多样化

大学生对网络文学和新媒体文学的兴趣要远远大于对当代传统文学经典的兴趣。在学生接受的知识及接受渠道发生变革的新媒体环境下，如果不改变传统的讲授方式，学生的学习积极性得不到提高，教学效果必定不理想。

如果说教学方式要解决的是"教师如何教，学生如何学"的问题，那么教学内容就是解决"教师教什么，学生学什么"的问题。虽然每个学校的当代文学课程都有相对固定的教材和教学篇目，但也并不是绝对不变的。在新媒体环境下，学生不断接受新知识，当代文学作为一门紧跟时代的课程，教学内容和方式理所应当要不断更新。具体可以从以下三个方面促进教学内容和方式的多样化。

一是还原现场式教学。教师可以利用网络或者图书馆的各种数字资源收集图片，特别是影音资料，将单纯的讲解变为"看图说话"，让学生切身体会作者当时的创作环境，正确理解特殊环境中的特殊文学。

二是现身说法式教学。在新媒体环境中，作家也在紧跟潮流，通过各种新媒体全方位地与读者沟通，有点褪去了作家"神秘"面纱的味道。教师应该充分利用各种访谈视频、语录谈话、学术讲座，让他们"现身说法"，消除学生与作家之间的距离感。甚至可以让学生通过关注这些作家的微博、加入论坛等方式，更加直观地与之交流。再者，如果学校周围有这些作家在任教，可以鼓励学生去面对面交流。俗话说"百闻不如一见"，与作家零距离接触，相信定能让学生对他们的作品，甚至是当代文学的学习有新的认识。

三是"反恶搞"教学。"恶搞"一词，随着新媒体的发展悄然流行，不仅渗透到生活的方方面面，还延伸到了教学的课堂。学生从来不缺乏想象力，我们不能一味地回避，关键在于正确的引导。教师在教学过程中，可以将这些素材拿来用作反面教材，让学生找出其中改编的荒谬之处，还原经典。这里要紧扣两点：一是时代，二是环境。让学生在寻找中找到原来的主旨和作品的意义。

至于如何使新媒体融入教学过程，则可以从以下三个方面着手。

首先，充分利用新媒体，加强学生课前自主学习与课后巩固复习能力。教师在传统授课模式中占主体，但如今互联网改变了信息与知识的传播方式，学生比之前更容易收集学习资料，时间缩短，效率提高，因此教师应该充分利用这种便利条件，改变传统"满堂灌"的授课模式。在我们的教学实践中，一堂课开始之前，教师会指定某些学生重点预习，并要求其将所收集的资料共享到网络平台，比如班级 QQ 群或者班级微信群，便于其他同学查阅。这样在课堂教学中，被要求重点预习的同学会代替教师讲解一些常识性内容，教师可以纠正和补充，而教师在课堂的主要任务是讲解重点，攻克难点，教学目标更加明确。针对中国当代文学教学中学生作品阅读量不够的问题，除了鼓励学生去图书馆借阅，还可以分享一些电子书，利用以 kindle 为代表的一系列电子书阅读设备进行阅读，这些设备容量大，也方便携带。此外，还可以利用一些听书软件，比如"喜马拉雅""酷我听书""懒人听书"等，让学生以"听"的方式了解那些借不到或特别不爱看的作品。多数学生表示，在"听书"之后，愿意再去阅读纸质版本，而且认真程度有所增加。在一堂课结束以后，教师可将相关音频、影视等资料分享给学生，比如超星视频中的名师课堂、国家级或省级中国当代文学精品课程等，让学生在"第二课堂"中加强理解，巩固所学的内容。

其次，在课堂教学中，教师除了运用多媒体等视听、影音手段，还可以借助互动软件让学生参与其中。大学生在课堂上的自律性较差，因此有些大学提倡"无手机课堂"，通过"手机入袋"等方式规避学生在课堂上玩手机的不良习惯，但效果实际并不好。只有疏堵结合、打防并举才能标本兼治，提高教学质量和学生积极性。目前，课堂中利用互动软件，让学生拿起手中的手机，与教师一起进行参与性学习的教学方式还比较少，这是我们教学改革中需要努力探索的方向。重庆邮电大学通讯学院教授就设计了一种"基于 Android 客户端和 Apache web 服务器的课堂互动应用系统，选择 JSON 和 HTTP 协议作为数据通信的方法。实验表明，该课堂互动应用系统，学生端可实现签到及课堂答题；教师端可实现查看学生答题情况，统计并记录答案及了解考勤情况等功能，方便了学生和教师之间的互动并提高了教学质量"。文学类专业由于专业限制，直接设计软件并不现实，但教师可以结合教学实践提出设想，联合其他软件开发专业的教师一起设计相应课堂互动软件，如上面提到的王兆鹏教授牵头打造的"唐宋文学编年地图"就非常受欢迎。在中国当代文学小说的教学中，学生比较喜欢听故事情节，但有时也只愿意听情节，并不求深入理解思想主题与艺术特色，因为教师在举例时，学生之前没有读过，理解就不深入，所以设计一种整合并能迅速查找作品的演示软件对文学类课堂教学非常有帮助。

最后，可以借助新媒体布置作业，检验教学效果。中国当代文学的平时作业无非是要求学生写一些作品鉴赏、作品解析等，网上资料随处可见，对于自觉性差的学生来说，这种作业就能应付了事。所以我们可以借新媒体改变传统的作业布置方式。前面提到一些听书软件大多是交互性软件，学生作为用户，不仅可以听还可以读，因此对于中国当代文学中的"诗歌"教学，完全可以布置学生在某个"听书"软件中上传自己的音频资料。作为共享资源，听众的点击率和好评是教师考核的重要指标。这种作业在一定程度上激发了学生的阅读兴趣。

（三）教学评价多元化

当代文学传统的评价考核方式一般由平时成绩和期末考试成绩组成，期末考试成绩占的比重相对较多。这种由名词解释、填空、判断、简答、论述、赏析等题型排列组合形成的期末试卷，主要考查学生对当代文学知识点的识记程度。考前集中一星期左右集中突击，通过考试完全没有问题，但教学效果可能会差强人意。所以，对于当代文学的教学评价考核体系有必要进行调整。

首先，教师可以利用各种新媒体比如 QQ、微信、论坛、空间等方式将授课班级集结在一起，采用网上讨论、答疑等方式，将整体"一锤定音"式的考核方式"化整为零"，分散在平时的交流中。学生在课堂上的讨论可能会因为紧张等因素不能充分展开，那么我们可以把学习带到平时的交流中，这种更加灵活的讨论模式学生应该都会乐在其中。

其次，当代文学的授课中少不了对经典作品的解读，这些作品包括多种文体，比如诗歌、小说、散文、戏剧等。教师可以将朗诵、表演、舞台剧等方式引入教学考核。这不仅能让学生理解作品，还能锻炼他们传达和应用的能力，因此这些都可以算在最终考核中。

最后，在以娱乐为目的的"恶搞"中，要让学生有正确的判断。有些"恶搞"的经典破坏了社会的道德底线，这是应该坚决制止的。所以，面对当代文学遭遇的"恶搞"，我们要勇于反击。教师可以布置学生对他们感兴趣的当代作品进行改编，这种改编要有原则性、道德性和原创性。这不仅能让他们理性对待经典，还能锻炼学生的写作能力。改编之后的作品可以上传班级交流群，大家集体评价讨论，变单一教师评价为多方互动评价，让学生在相互评判中学习，达到真正的教学目的和效果。

总而言之，新媒体环境中的当代文学教育面临许多挑战，但同时也有很多机会。教师要充分利用这把"双刃剑"，让学生在接受新知的同时，对当代文学产生兴趣，用日益多元化的学习方式真正学好当代文学。

参考文献

[1] 王一川．文学理论九讲 [M]．北京：商务印书馆，2022．

[2] 吕东亮．新时代文学理论教程 [M]．武汉：武汉大学出版社，2022．

[3] 魏建亮．中国当代文学理论的反思与重构 [M]．上海：上海人民出版社，2022．

[4] 李杰玲．文学研究与创作实践 [M]．湘潭：湘潭大学出版社，2022．

[5] 王淑华．比较文学的理论认知与应用研究 [M]．长春：吉林出版集团股份有限公司，2022．

[6] 吴琳．文学批评理论与文学经典重构 [M]．北京：中国书籍出版社，2022．

[7] 孙媛．当代文学理论问题阐释录 [M]．南京：东南大学出版社，2022．

[8] 耿庆伟．中国现代纯文学的理论建构与创作形态 [M]．北京：社会科学文献出版社，2022．

[9] 苏洪．汉语言文学的理论与发展研究 [M]．长春：吉林出版集团股份有限公司，2022．

[10] 白烨．新世纪文坛与新媒体文学 [M]．宁波：宁波出版社，2022．

[11] 黄永林，张武桥．发挥新媒体传播优势的体制机制研究 [M]．武汉：华中师范大学出版社，2022．

[12] 和勇．汉语言文学专业课程教学研究 [M]．昆明：云南大学出版社，2021．

[13] 胡瑞燕，姚文艳．实践视域下的文学理论研究 [M]．长春：吉林人民出版社，2021．

[14] 庾伟．中国古代文学理论与典型主题研究 [M]．天津：天津人民出版社，2021．

[15] 梅选智，韩向阳，张敏丽．网络文学创作理论及未来发展分析 [M]．天津：天津人民出版社，2021．

[16] 许苗苗．网络文学的媒介转型 [M]．北京：中国社会科学出版社，2021．

[17] 刘文良．中国当代生态文学创作理论与批评 [M]．北京：九州出版社，2021．

[18] 王金山．当代视角下的文学理论研究 [M]．长春：吉林出版集团股份有限公司，2020．

[19] 赵长林，王桂清，李友雨．大学课程与教学研究 [M]．北京：北京理工大学出版社有限责任公司，2020．

[20] 王晓路．文学研究与文化史的诸种问题 [M]．成都：四川大学出版社，2020．

[21] 王金山．新媒体时代下的文学理论教育教学研究 [M]．长春：吉林出版集团有限责任公司，2020．

[22] 冯岩．中国新媒体文学诗萃 [M]．北京：现代出版社，2020．

[23] 李灵灵．新媒体与中国网络文学 [M]．南京：东南大学出版社，2020．

[24] 杨春时．文学理论的现代重构 [M]．北京：人民出版社，2021．

[25] 姚新勇，李晓峰．当代文学理论卷 [M]．大连：辽宁师范大学出版社，2020．

[26] 霍伟．文学理论原理与比较研究 [M]．延吉：延边大学出版社，2020．

[27] 关秀丽．文学理论与文学创作研究 [M]．北京：现代出版社，2019．

[28] 钱中文．现代性与当代文学理论：钱中文文艺学文选 [M]．济南：山东文艺出版社，2021．

[29] 李莎，王玉娥．文化传承与古代文学 [M]．长春：吉林文史出版社，2019．

[30] 王璐，郑遨．文学写作 [M]．2 版．天津：天津大学出版社，2019．

[31] 石恪，伍微微．文学经典与人生 [M]．湘潭：湘潭大学出版社，2019．

[32] 刘师培．中国中古文学史讲义 [M]．济南：山东画报出版社，2019．

[33] 李小钰．中国古代文学多元化研究：探寻渊源流长的中华经典文化 [M]．长春：吉林大学出版社，2019．

[34] 刘学明．中国现代文学名著导读 [M]．2 版．成都：西南交通大学出版社，2019．